KB185771

약이 되는 세월

산문　박경리

다산
책방

차
례

초하·정릉·촌부

산이 좋고 물이 좋아서 일요일이면 많은 사람들이 모여들던 정릉 골짜기, 초여름에 접어들면서 산은 더욱 푸르고 수량도 풍부하여졌다. 그러나 매점은 한산하다. 혁명 후 유흥객들이 줄어든 때문인가 보다.

정릉 골짜기에 이사한 것은 작년 8월이었다. 셋방에만 돌아다니던 푼수에 90평 가까운 뜰을 가진 독집을 갖는다는 것은 대견하고 고마운 일이겠으나 새로 지은 부흥 주택이라서 구석마다 벽돌 조각, 양회 부스러기가 산더미처럼 쌓여 있고 풀 한 포기 없는 메마른 땅과 회색 담벼락은 삭막하기 그지없었다. 며칠이 걸려서 쓰레기를 날라다 버린 뒤 꽃밭도 만들고 채마밭도 일궜으나 웬 돌이 그렇게도 많았던지, 이러는 동안 교외의 강렬한 햇볕은 내 얼굴을 형편없이 만들어놓았다. 친구 P는 사흘이 멀다고 정릉 골짜기까지 나를 찾아주는데 형편없는 내 얼굴을 보자 눈살을 찌푸리며 챙이 넓은 모자를 갖다 주었다. 그 모자의 제구실도 못 한 채 그해를 보내고 어느덧 금년의 절반을 맞이하였다.

정릉에 온 후 한 달에 외출이 고작해야 한두 번, 나는 세상일과 세상 사람들과 차츰 멀어지게 되었다. 네 식구와 개 한 마리, 토끼가 두 마리, 평화스런 정적인지도 모르겠다.

봄부터 우리는 산에서 예쁜 돌을 주워 모아 뜰에 깔아서 길을 마련하고 공간은 모두 꽃밭을 만들어버렸다. 돌 하나하나를 반듯하게 맞추어나가는 일도 그다지 수월하지는 못했다.

몇 번이고 잘못되면 뜯어서 고치고 이렇게 일에 열중하는 동안 나는 값싼 곳에 함부로 비유하여 예술지상파에게는 미안한 일이지만 이 하찮은 작업도 예술의 과정이 아닌가 생각하였다. 농작물을 가꾸는 농부나 이곳저곳으로 떠돌아다니며 집을 짓는 목공이나, 즐겨서 일에 열중할 때 곧 그것은 예술 하는 자세가 아닐까? 어처구니없는 잡념의 비약이다.

길을 만드는 작업이 끝나자 작년부터 장독대가 없어서 불편을 참아오던 참이라 장독대를 만들기로 작정하고 역시 산에서 반반한 돌을 날라다가 사흘 걸려서 장독대를 만들고 장독 바닥에만 양회를 발라 겨우 완성이 되니 여간 멋이 있지 않았다.

"국토개발사업 얼마나 진행되었소?"

앞집 할머니가 농 삼아 말씀하며 들어오셨을 때 양회 때문에 손가락에 구멍이 뚫려 따끔따끔 쑤시는 것도 잊고 나는 흐뭇이 웃었다. 이 지경이니 겨울 동안 본시로 돌아갔던 얼굴은 다시 검둥이가 되고 어쩌다 시내에라도 나가게 되면 희고 윤기가 도는 남의 얼굴에 창피스럽기도 하였다.

전에는 제법 자신이 있던 손도 기막히게 거칠어졌다. 개울을 치우다가 유리 조각에 벤 흉터가 흉하고 손톱은 모질어졌으며 찔리고 할퀸 상처가 가실 날이 없으니 그야말로 촌부의 손이 다 됐다. 친구 P는 젊은 사람과 달라 30대가 지나면 햇볕에 그을린 얼굴에 기미가 생긴다 하며 이번에도 밀짚모자를 가지고 왔다. 처음에는 그 모자를 쓰고 산에도 가고 채마밭에도 갔으나 거추장스러워 결국 벗어던지고 말았다. P의 충고와 애정은 쉽사리 그 효력을 잃은 것이다. 한번은 P가 온다기에 부랴부랴 도오란을 바르고 그를 기다렸다가 둘이서 실컷 웃고 말았다. 거울을 볼 때마다 내일부터는 태양의 직사를 피하고 들어앉아서 글이나 써야겠다고 다짐하면서 해가 솟으면 여전히 밖으로 쫓아 나간다.

일거리가 없어도 채마밭이나 꽃밭에 퍼질러 앉아 몇 시간이고 이유 없이 보내곤 한다. 그러면서 나는 생각한다. 이름 모를 두메산골의 촌부가 되어 묻혀 사는 것을. 그러나 일면 스스로 여유에서 온 사치이며 현실을 도피하려는 약자의 변이 아니냐고 비웃기도 한다. 도시의 사람들을 대하는 것은 확실히 피곤한 일이다. 상대방의 허식보다 나 자신의 허식을 감당하고 돌아오는 길은 자기 협약의 고독에 가득 찬 시간이다.

나는 P를 보고 만일 나에게 돈이 좀 생긴다면 시골로 가서 서부영화에 나오는 식의 오두막집을 짓고 가축을 기르며 농사를 하겠다고 곧잘 지껄인다. P는 나의 어리석은 꿈을 깨지 않으려고

"그럼 차비가 더 들겠구나. 내가 찾아가려면 말이야."

하며 돈보다 할 수 있는 능력이 문제란 듯 씽긋 웃는다. 나 자신도 허튼 공상이라 그를 따라 실쭉 웃고 마는 것이다.

밖에서는 귀뚜리가 울고 있고 개울을 흐르는 소리가 들려온다. 밤은 조용히 내 곁에 머무르고 있다. 내일부터는 정말 밖에 나가지 말고 글을 써야지.

약이 되는 세월

빛과 서재와

아이를 잃고 불의의 화재를 당하고 가난과 절망, 그러한 고통스런 기억밖에 없는 돈암동에서 봇짐을 싸고 정릉 골짜기에 들어온 지도 어느덧 삼 년이 지나가고 이제 사 년으로 접어들려 한다.

산수가 좋아서 정이 들었고, 찾아오는 사람이 없어 외롭기는 했지만 나 혼자만의 시간을 가질 수 있었던 일이 흐뭇했는데, 이제는 인가도 늘고 합승도 들어오게 되고, 게다가 고맙게도 말끔히 아스팔트를 깔아놨으니 도시의 한 모퉁이로 손색이 없게 되었다.

그러나 요긴하게 편리해졌다 느끼면서도 어딘지 모르게 더 먼 곳으로 도망치고 싶어지는 생각이 이따금 들곤 한다.

내 집에도 방문객이 잦아서 전처럼 외롭지는 않지만 일을 하는 시간을 빼앗겨 늘 초조한 기분이 든다. 찾아오신 분에게도 미안하지만 때론 나 아닌 내가 손님 앞에 우두커니 앉아 있는 것 같고, 고장 난 기계처럼 침묵하는가 하면 어느 때는 나도 알 수 없는 말을 지껄이고 있는 일이 있다. 피곤과 허세—거의 이런 연속만 같은 요즘의 생활이다.

그러나 정릉의 밤은 좋다. 일하고 휴식하고 사념하고 물소리만 들려오는 적막하고 긴 정릉의 밤을 나는 사랑한다. 그러나 새벽녘이 되면 멀리 아주 먼 곳에서 가도를 구르는 무거운 차량 소리가 울려오곤 한다. 그러한 음향이 밤의 정취와 고요를 깨뜨리는 수도 있지만, 때론 도시가 갖는 생활과 더불어 엷은 향수 같은 것을 느끼며 귀를 기울이게도 한다. 어딘지 모르는 곳에 무엇을 두고 온 것 같은 느낌인 것이다. 그것이 기억 속에서 희미하게 되살아나는 듯 착각이 드는 것이다.

그것이 무엇이었는지 환각처럼 잡히지가 않는다. 안개처럼 뿌옇기만 하다. 그것이 사람이었는지 물건이었는지—아마도 망실된 내 인생 같은 것이나 아닐까?

무거운 커튼을 내려놓고, 지금 내 방 라디오에서 울려 나오는 크리스마스 캐럴, 그 종소리, 그 울려 퍼지는 종소리 속에 내 어린 시절이 있다.

교회당, 하얀 눈, 흰 수염에 붉은 옷을 입고 푸대를 짊어졌던 산타클로스 할아버지, 그런 것들은 다만 어린 시절의 기억일 뿐 지금은 아무런 의의도 감동도 없는 것이다. 나는 날이

약이 되는 세월

새고 밤이 와도 지금은 산더미 같은 일과 마주 앉아야 하는 것이다.

금년은 춥지 않은 겨울이었다. 하기는 겨울이 없는 나라도 있다고는 하지만 춥지 않은 겨울은 이상하다. 뜻하지 않은 요행이 기쁘기보다 두렵고 불안한 심정과 마찬가지로 자연이 주는 이 온후한 날씨가 나는 불안한 것이다. 이러다가 언제 무서운 눈보라가 칠지 알 수 없는 일이 아닌가.

생각해보면 임인(壬寅)년의 한 해는 다사다난하였다. 나쁜 일, 좋은 일이 겹쳐서, 그러나 힘껏 살았다는 자부가 있으니 행복하지는 못했으나 유감은 없다. 잇따른 신문 연재에 『김약국의 딸들』이 출간되었고 숨을 돌릴 수 없이 바쁜 일정 속에, 그러나 내 노력의 대가는 어김없이 돌아왔으니 허황하나마 만족했다.

그리고 빚을 청산하고 내 조그마한 서재도 꾸몄으니 당분간은 안심해도 좋을 것 같다. 그러나 병으로 쇠약해진 몸으로 밤을 밝힌 생각을 하면 나 자신이 비참해지기도 하고 앞으로의 불안이 다시금 일기도 한다.

어느 분이 나를 보고 이제는 좀 행복해지라고 했다. 행복해지라고 해서 행복해지는 것도 아니겠지만 그 우정에 감사하며 나는 곰곰이 생각해보았다. 도대체 어떻게 하면 내가 행복해질 수 있겠느냐고—오만한 생각이 아닐 수 없다. 행복하지 못하더라도 평온할 수 있고, 또 생활의 질서가 유지된다면 나는 감사해야 할 것이 아닌가. 가장 불우했을 때 나는 고독하다는 감정이 얼마나 사치스런 것인지를 뼈저리게 느꼈던 것이다. 그 사치는 불필요한 것은 아니다. 낭만이나 고독은 인간으로부터 떠날 수 없는 것이기 때문에. 그러나 그것을 피하려는 것이 옳을지 받아들이는 것이 옳을지 그것은 심상(心像)에 비치는 대로 내버려둘 수밖에 없는 일이다.

　성실하게 다만 자기 자신에게, 그리고 자기가 하는 일에 성실해야 한다는 것만을 다짐하며 그 성실이 감정의 잉여상태나 결핍상태를 조절하며 통어하여 하나의 품성을 만드는 것이 아닌가 생각되는 것이다. 허황한 행복보다 자기 내면의 질서를 새해에도 유지해나간다면 나는 그 새해가 끝난 후에도 유감이 없을 것이 아니겠는가.

약이 되는 세월

여심(旅心)

　몇 해 전, 그러니까『시장과 전장』이 책이 되어 나왔을 무렵
인 것 같다. 그것은 스치고 지나간 바람 같은 것이지만 꽤 열
심히 구체적으로 생각해보았는데 어디 먼 곳으로 떠나버리
고 싶다는 문제였다.

　인종이 다르고 언어가 다르고 풍속이 다른 곳이면, 내가 누
구인지 어느 나라의 여자인지 알아보지 못하는 곳이면 아무
데라도 떠나고 싶다는, 거의 집념에 가까운 생각을 했었다.
어디를 둘러보아도 낯이 선 거리, 이민족들이 붐비는 장터,
바람이 불고 막막한 시편에서 해가 떨어지는 공원, 그런 곳을
온종일 헤매다 지쳐서 돌아오면 주린 들쥐처럼 한 조각의 빵
을 씹다가 잠이 들고 더러는 책을 읽으며 생각이 나는 대로

조금씩 글을 쓸 수 있다면…….

(그리고 아무도 몰래 죽어간다. 잿빛 벽이 바람에 흔들리는 유리 창문이, 아주, 영원한 망각 속으로 들어간 한 여자의 모습을 지켜보겠지. 밖에서는 무슨 소리가 들려올까? 이 세상에서, 세상에서 물거품이 하나 꺼지는 것처럼 없어진다…….)

천정을 멀거니 올려다보며 고독한 한 여자의 모습을 생각하고 나는 이상한 희열에 몸을 떨었다.

그것은 일종의 자학이었을지도 모른다. 현실에서 가눌 수 없게 된 자기 자신을 도피시키기 위해 마지막 짜낸 지혜였는지도 모른다. 정체를 파악할 수 없는 불안과 공포에 대하여 배수의 진을 치는 것 같은 마음이었는지도 모른다.

그 모두는 아마도 다 함께 내 속에서 갈팡질팡하며 있었을 것이다.

지금 생각하면 씁쓰름한 웃음이 나온다. 시간은 나를 작가로 만들어주고 풍경을 그리는 화가로 만들어주는 것일까. 그래서 나는 씁쓰름한 웃음을 띠는지 모르겠다. 그러나 바람은 여전히 불 것이며, 나는 오늘의 물결 속에서 허위적거리고 있다. 시간이 갔을 뿐이지, 사실 나는 가지 않고, 이 갈팡질팡한 지점에서 더러는 나 자신을 바라보고 더러는 나 자신이 휘말리며 있는 것이다.

신문광고나 혹은 지면에서 내 얼굴과 내 이름 석 자를 대할 때 나는 내 손으로 친 거미줄에 파닥이고 있는 한 마리의 나비를 생각한다. 이름 석 자는 때가 묻어서 내동댕이쳐진 것 같고, 사진의 얼굴은 나하고 아무 인연도 없는 생소한 여자, 이런 것들이 나의 자유를 모조리 저당잡고 있는 것이다. 방방곡곡에 울려 퍼진 위대한 이름도 아니요, 누구의 눈에나 익혀진 잘난 얼굴도 아니다. 어느 구석에서 조금은 알고 있는 이름, 익혀져 있는 얼굴, 그 수효가 소수일망정 언제, 어떻게 해서 나는 내 자유를 팔아버린 것일까. 어디 숨을 곳은 없을까. 두메산골에서 송이나 산나물을 뜯어 읍내 장에 나가서 팔고 호밀이나 간조기 같은 것을 사 들고 타박타박 산골로 다시 돌아오는 아낙네처럼 살 수는 없을까. 정처 없이 이 산줄기, 저 산줄기로 옮겨가며 감자를 구워 먹는 화전민이 될 수는 없을까. 이런 말을 하면 실천력이 없는 지식인들의—내가 지식인에 속할지—어리석은 전원 취미니 관념의 유희니 하고 타박을 맞기 일쑤지만, 또 사실 그 말이 맞기는 맞다. 더러 화보라든가 수필, 자질구레한 글을 청탁받았을 때 나는 이렇게 저렇게 거절을 한다. 청탁하신 분은 섭섭해하고 노여워하고 한편 오해하기도 하는 일이 허다하다. 거기 대해서 나는 내 심정을 어떻게 설명해야 좋을지 모르겠고 때론 변덕, 친분, 사정에 따라 쓸 경우도 있다. 언젠가 옛 동료였던 P기자도 내 심정을 오해하고 있는 듯 지면을 가려 쓰느냐, 고자세다, 하는 투로 은근히 비난한 일이 있었다. 하기는 작가가 되지 않았더라면 나는 지면에 박혀나오는 이름 석 자, 사진을 선망했을 것이며 문학을 한다는 행위가 무거운 십자가를 지는 일이라는 것을 깨닫지 못하였을 것이다.

어느 분이 말씀하시기를 많은 사람에게 영향을 주는 만큼, 그만큼 자신의 자유는 희생하지 않으면 안 된다고. 그러나 나는 내 작품이 사람들에게 영향을 주고 있다는 확신을 가질 수 없을 뿐만 아니라, 나 스스로 내 속에 사명감이 있는지 그것조차 규명하지 못하고 있는 것이다. 나는 무엇을 위해 글을 쓰는가. 무엇을 위해 쓴다고 선뜻 대답할 수가 없다. 희미한 윤곽을 잡아채어 자아, 나는 이것을 위해 글을 쓴다고 힘찬 소리를 지를 배짱이 없는 것이다. 가난하고 불쌍한 사람의 편에 서서 글을 쓴다 한다면, 커피를 마시고 피곤하다는 핑계로 택시를 타고, 과연 나는 가난한 사람들의 편이었을까. 풍경을 그린다고 할 것 같으면 빠져나갈 구멍이 없는 것도 아니겠지만. 사회의 정의를 위해 글을 쓴다 할 것 같으면 방대한 역사 속에서 어리둥절하다가 끝내 장님인 채 따뜻한 방으로 돌아올 수밖에 없는 내게 무슨 할 말이 있겠는가.

예술을 위해, 오로지 예술을 신앙하며 글을 쓴다. 그렇다면 나는 예술가란 말인가? 예술가…… 준열하고 무서운 말이다. 그러나 지금은 어디든지 흔하게 굴러다니는 말이다. 그 천덕스럽게 굴러다니는 광의의 예술가라면 나는 그 칭호를 거절하고 싶은 마음이요, 귀하고 엄준한 협의의 예술가라면 나는 그 칭호 옆에도 못 갈 것이다.

어린 날, 바닷가에서 바다 울음을 듣고 너무 무서워 집으로 달려오던 때의 일이다. 그 공포와 고독, 나의 존재의 신비와 하늘과 땅, 바다와 별빛, 그 모든 것은 나와 어떤 연유를 가졌

약이 되는 세월

으며, 그 모든 것을 마음대로 하시는 하나님은 저 바다 울음이 나의 덜미를 잡아챌 때 어떻게 하실 것이며…… 나를 구제해주실까, 나를 사랑해주실까 하고, 일순이 모든 것, 영원한 것같이 느껴진 일이 있었다. 그 어린 날에다 아픔의 담을 쌓아 올리고 또 쌓아 올린 것이 지금의 나인 것이다. 그 속에서 뽑아내는 누에 실 같은 것이 내 글이라면 차라리 담을 허물고 화전민의 무리에 끼어드는 것만 못했음 못했지, 더 나을 것은 없지 않겠는가.

또 어느 분은 말씀하시기를 소신껏 일하고 그리고 무엇인가 남겨야 한다고. 나는 무슨 소신을 갖고 일을 했을까. 나는 내 영혼의 안식을 찾다가 그것이 구름이라는 것을 깨달았으며, 그 구름을 작품 위에 펴봤을 뿐이다. 사람의 형상을 만드는 조각가가 코를 만들고 눈을 만들고 입을 만드는 것처럼 그냥 구름을 작품 위에 편 것은 아니었고, 일꾼처럼 이것저것 놓을 자리에 놓고 들어낼 것 들어내고 했지만 그것은 구름이라는 것을 깨닫는 것보다 더 허망한 노릇이나 아니었던지 모르겠다. 무엇인가 남겨야 한다. 구름도 허망하지만 내 간 뒤 남는 것이 내게 무슨 관계가 있으며, 의미가 있는 것일까.

기차를 타고 여행을 떠나면 나는 차창 밖의 외딴집을 보고 저 집을 사서 살아볼까 생각하고, 깊숙한 곳에 둘러싸인 펑퍼짐한 빈 터를 보면 그곳에 내가 살 오두막을 지어볼까 생각하곤 한다. 언젠가 진주에 갔을 때 농대에서 재배했다는 푹신푹신한 스펀지 같은 잔디를 보았다.

"만일 내가 이곳에 와서 살면 저 잔디를 나누어 올 수 있을까요?"

했을 때 옆에 있던 소녀가

"그럼요."

"여기 와서 살아볼까?"

하며 나는 싱긋이 웃었다.

가는 곳마다 집값을 물어보는 것은 내 버릇이다. 목포(木浦)에 갔을 적에도 전주(全州)에 갔을 적에도. 그것은 항상 반지가 없는 내 빈 손가락이건만 남이 끼고 있는 반지를 빌려 한번 끼어보고는 돌려주는, 나로서 어쩔 수 없는 버릇과도 흡사하다. 결국 나는 내 앉을 자리를 찾지 못하고 허공에 떠 있는 것이다. 그렇다고 나는 방랑하고 있는 것도 아니다. 여심(旅心)만으로 낯선 곳을 생각하고 낯선 곳의 거리를 생각하고, 자유를 갈구하면서 무엇인가에 발목이 묶여 있고, 그것이 무엇인가 돌아보면 나와는 무관한 나를 안다는, 내 글을 읽는다는, 그리고 내가 어느 나라의 여자인가를 등록한 모든 그런 눈, 그런 것들임을 깨닫는다.

약이 되는 세월

기다리는 불안

어디로 떠난다 떠난다 하면서도 하룻밤을 집에서 떠나지 못하고 견뎌 배기는 내 인내야말로 미련하기 짝이 없다. 떠나지 못하는 원인이야 여러 가지 있기는 하다. 첫째 여비를 생각하면 자신이 없고, 집에서는 내리닫이 같은 옷 한 벌로 뒹굴다가 모처럼 외출이라도 하려면 이것저것 끼워 맞춰 입노라고 고통인데 여행에 알맞는 의복이 문제다. 여행 가방도 없고 신발도 변변치 않고—하다가는 그만 체념하고 만다. 작년 가을에 소설 연재를 하는 신문사에서 한번 여행의 기회를 마련해준 일이 있었다. 비용 없이 5,6일간 다녀올 수 있는 그 호의를 나는 바쁘다는 이유로 사양하고 말았다. 그러고 보니 옷이 없네, 여비가 없네 하는 것은 진짜 이유가 아니었던 모양이다. 실상은 변화를 갈구하면서도 나는 그 변화를 두려워하고 불안해하는 것이 아닐까? 정류장에서 버스나 합승을 기다리는 불안을 나는 견디지 못한다. 타고 나면   안심하고 마음을 놓지만 기다리는 동안은 참으로 괴롭다. 결국 하나의 상태로부터 다른 하나의 상태로 옮겨가는 그 과정이 무서운가 보다.

약이 되는 세월

연륜

한 달에 한 번씩 나가는 연재물 오십 매를 끝내고 나는 어머니가 계시는 안방으로 건너갔다. 명년에 대학 입시를 앞둔 딸아이가 공부 때문에 앙탈을 부리다가 할머니 방에 와서 아랫목 자리 이불 속에 발을 디밀어 넣고 우두커니 앉아 있었다. 딸아이나 나나 다 마찬가지로 벅찬 짐을 잔뜩 짊어졌으니 마음 놓고 바람 쐬러 멀리 나갈 형편이 못 된다. 그래서 고작 가는 곳이란 어머니가 계시는 안방인 것이다

우두커니 딸과 손녀를 바라보고 계시던 어머니가

"영주네도 이젠 늙는구나. 내일모레가 벌써 사십 고개니……."

하시며 혀를 찬다. 그러나 나는 언짢은 생각이 도무지 들지

않았다. 서글픔도 느껴지지 않았다. 연령과 늙음을 한탄하기에는 너무나 벅찬 일에 쫓기는 나날이기 때문인지도 모른다.

모두들 나를 보고 모양을 내지 않는다, 옷을 해 입지 않는다고들 한다. 머리만 해도 생머리를 그냥 내 손으로 자르고 다니니 친구들은 미용사가 굶어 죽겠다 핀잔하고, 차림에 무관심한 남성까지도 내 머리에 대해서는 한마디 하곤 했다. 게으른 탓이라면 그만이겠으나 미장원에 가서 앉아 있을 생각을 하면 아득해진다. 미장원에서 머리를 빗고 있노라면 마음이 급해서 견딜 수 없게 된다. 의복이나 구두만 해도 색깔을 생각하고 모양을 정하는 일은 피곤하다. 내 머릿속에는 다른 일로 하여 가득 차 있기 때문에 그런 일에다 생각을 빌려줄 여유가 없는 것이다. 그래서 자연히 옷이 없으면 딸아이를 시켜 사 오게 하고 길 걷다가 생각이 나면 해 입는 식이니 내 의복은 언제나 내 취미와 동떨어진 것이 되고 만다.

매일매일 꽉 짜인 일 속에서 하루만 밖에 나갔다 와도 그다음 날은 내게는 지옥의 고통이 되는 것이다. 생활이 없는 나의 하루하루, 어머니 말씀대로 이제는 늙는가 보다. 그러나 늙지 않고 멋진 차림으로 명동거리를 활보하는 나 자신을 생각해봐도 그다지 유쾌할 것은 없다. 도리어 허무해질 것 같고, 방향을 걷잡을 수 없을 것만 같다.

어차피 연륜이란 준열하고 가차 없는 것이 아니겠는가?

외형적인 장식에 골몰한다손 치더라도 그것은 눈 가리고 아옹 하는 식으로 연륜을 도외시할 수는 없는 것이다.

약이 되는 세월

세월

　흔히 슬픈 사람들에게

　"세월이 약이니라. 살아가노라면 차차 잊어버리지" 하고 위로한다. 그러나 실제에 있어서 그렇지 않은 모양이다. 세월이 흘러도 상처는 아물지 않고 때때로 더 진하고 많은 피가 상처에서 쏟아지니 말이다. 불우하면 불우한 대로 생각이 나고, 생활이 안정되어 육신이 편해지면 그럴수록 더욱더 생각이 나서 밤이 깊도록 잠을 이루지 못한다.

　아이가 죽은 지 벌써 육 년, 기복이 많은 세월이 지나갔다. 한 해, 또 한 해가 지나감으로써 잊어버릴 줄 알았던 그 고통은 오히려 연륜처럼 한 겹, 두 겹 내 마음을 더 깊이 싸고도는 것이었다.

명절이 싫은 것도 아마 이 때문인가 보다.

요즘 며칠 동안 나는 통 글을 쓰지 못했다. 미리미리 써놓은 연재소설도 이제 달리게 되었다. 그래도 나는 소설 쓸 생각은 하지 않고 방에 드러누워 천정만 멀거니 바라보고 있는 것이다.

육이오 때 아이를 업고 눈이 펄펄 내리는 피란 길을 떠나던 생각, 울 밖에 한 번 내보낸 일도 없는 세 살짜리 어린 것을 얼리던 생각, 온순하고 말 잘 듣는 그놈은 누나를 때린다고 하면 울었다. 어른들은 그것이 재미난다고 곧잘 누나를 때리는 시늉을 했었다. 휴전이 되어 서울로 돌아왔으나 엄마의 형편이 풀리지 않아, 그렇게 고생을 시켰건만 아무런 보상도 치르지 못하고, 그놈은 아홉 살 나던 해 가버린 것이다.

지금 살았으면 중학교 3학년이 될 것이다. 언제나 큰 것은 누나를 주고 작은 것을 집는 다정스런 그놈은 누나보다 공부를 잘해서 우등을 했을 것이다. 누나도 그림을 그려 더러 상도 받았지만 그놈 그림 재주의 발밑에도 못 가던 일을 생각하면 지금쯤 그놈은 꼬마 화가로서 당당했을 것이 아니겠는가.

그러나 죽은 자식 자랑한들 무슨 소용이 있으랴. 몇 해 전만 해도 그 애 또래의 아이를 만나면 보기가 싫어서 외면을 했었지만 요즘은 가끔 나도 모르게 지나가는 중학생을 넋을 잃고 바라보는 수가 많다.

오 년 지나면 나는 대학생을 그렇게 바라볼 것이다. 십 년이 지나면 신사복을 입고 어색해하는 청년을 나는 그렇게 또

약이 되는 세월

바라볼 것인가.

이삼일 전의 일이다. K고등학교 졸업식에 죽은 아들을 대신하여 어머니가 졸업장을 받은 사진이 신문에 실렸다.

그때 받은 충격이 가시지도 않았는데, 오늘 석간신문의 사진이 내 마음에다 기어코 불을 지르고 말았다. 둔중한 아픔으로 늘 맴돌던 괴로움이 나 자신 주체할 수 없는 울음으로 변한 것이다.

굶주리던 배영고아원의 아이들이 시립 아동보호소로 옮겨졌는데, 그중에 아홉 살 난 김용길 군은 그림 재주가 있다는 것이며, 고사리 같은 손에 크레용을 잡고 그림을 그리는 모습이 사진에 나와 있었다.

그 손, 그 귀가 가버린 아이를 어쩌면 그렇게도 닮았는지.

가끔 아이가 살아왔다고 좋아서 울다가 울다가 깨어보면 꿈일 때가 있다. 이런 날에는 하루 종일 도사리고 앉아서 아무것도 하지 못한다. 그러나 우리집 식구들은 말 없는 내 심중을 알 턱이 없고, 쌀이야, 연탄이야 하고 걱정이 늘어진다. 도시 산다는 일이 징그럽게만 여겨진다.

내일은 음력 설이다. 밤은 깊었건만 어머니는 방마다 불을 환히 켜놓고 설 차림이라야 고작 생선부침에 나물이건만, 왔다 갔다 바쁘시다.

봄은 멀지 않았다. 이 정릉 골짜기에는 얼마 안 가서 진달래, 철쭉이 필 것이다. 메말랐던 잔디에도 푸른 싹이 틀 것이다. 어서 봄이 와가지고 뜰에 꽃을 심고 작년처럼 산에서 돌을 날라다가 하다 만 층계를 완성해야만 하겠다.

시시포스처럼 꼭 같은 일을 의미 없이 되풀이하는 동안 나는 피곤한 밤을 얻어서 잠을 잘 수 있을 것이 아닌가.

그리고 집안일이 좀 정리되면 아무래도 고아를 하나 얻어다 길러야겠다.

약이 되는 세월

신경쇠약

작년 여름의 일이었다. 요즘은 문우들과 제법 어울려져서 영화관 출입도 하고, 모여 앉아 신세타령도 하게 되었지만, 그때만 해도 사람들이 모여드는 곳에 가는 것을 영 꺼려 하는 내 천성을 다스리지 못한 그런 시기였기 때문에 영화관하고도 자연히 멀어져 있었다.

그러던 것이 어느 날 K다방에 모여 앉은 문우들이 영화를 보러 가지 않겠느냐고 했다. 몹시 울적한 기분 속에 있었던 나는 그들을 따라 일어섰던 것이다.

D극장이 어디에 있는지조차 잘 모르고 문우들을 따라간 나는 매표구 앞에까지 왔을 때 별안간 뒤통수를 꿰뚫는 듯한 아이의 비명소리에 깜짝 놀라 뒤를 돌아보았다. 나는 거기에

서 바로 살인극이 연출되고 있는 것을 보았다.

"아버지! 아버지!"

하며 뛰고 숫구치는 아이의 기막힌 울음소리, 그러나 그 울음소리는 다만 하나의 반주곡에 지나지 못했다.

뜨거운 햇볕이 쨍쨍 내리쬐고 있는 아스팔트 길 위에는 피가 낭자했다.

산뜻한 하늘빛 하복에다 나비넥타이까지 맨 훌륭한 중년 신사가 무슨 잘못을 저질렀는지 알 수는 없지만 역시 동년배로 보이는 러닝셔츠의 인부인 듯한 아이의 아버지를 치고 박고 하는데 쓰러져 나자빠진 그 인부의 목과 가슴팍을 완강한 구둣발이 찰 때마다 길 위에 붉은 피가 울컥울컥 쏟아진다. 그러나 아무도 나서서 감히 말리는 사람이 없다. 나는 미친 듯이 울며 곤두박질을 하는 아이를 잡고 떨었다. 그러자 신사는 축 늘어진 인부를 내버려두고 달아나는 것이 아닌가. 신사가 달아나자 비로소 주위의 사람들은 저놈 잡으라고 외치는 것이었다.

구경할 기분을 잡친 것은 물론이거니와 영화관으로 들어가는 내 다리가 후들후들 떨려서 도무지 걷잡을 수 없는 기분이었다. 거기다가 영화마저 피비린내 나는 난투극이니 나는 모처럼 영화를 보면서 얼마나 후회를 했는지 모른다. 그뿐만 아니라 며칠이 지나도록 그 아이의 뒤통수를 꿰뚫는 듯한 울음소리가 귓가에서 사라지지 않아 고통을 받았다.

그 후 나는 D극장이라면 그때의 일이 생각나서 어쩐지 섬

약이 되는 세월

뜩하고 가고 싶은 마음이 없어진다. 「여로」라는 영화가 썩 좋다는 얘기를 여러 번 듣고도 나는 그 극장에 가기가 싫어서 끝내 「여로」를 보지 않고 말았다.

올봄의 일이다. 어느 일요일 저녁때였다. 내 옆에 앉아서 공부를 하고 있던 딸아이가 온다 간다 말도 없이 없어지고 말았다. 손녀를 찾아 나간 어머니까지 영 돌아오지 않으니 불안해질 수밖에 없었다. 사내아이를 하나 잃은 뒤 극도로 신경과민증에 걸린 나는 그냥 앉아서 아이가 오기를 기다릴 수 없어서 일어서서 대문 밖으로 나갔다. 하마 오는가, 하마 오는가 하고 길 저편에다 눈을 박고 서 있는데 겨우 어머니와 아이가 나타났다.

아이는 내가 성이 났을 때 하는 언제나 그 버릇으로 싱글싱글 웃으며 다가왔다. 나는 하도 부아가 나서 주먹으로 머리를 한 번 쥐어박아 주며 도대체 어디 갔었더냐고 추궁을 하였더니 아이 대신 어머니가 말씀하기를, 어떤 여편넨지 모르겠으나 예닐곱 난 계집아이를 옷을 발가벗겨 데리고 가더라는 것이다. 어떻게나 매질을 했던지 아이의 몸은 온통 피멍투성이가 되어 있었으며, 겁을 먹은 아이는 그저 와들와들 떨면서 울음도 제대로 울지 못하는데 마치 개새끼처럼 몰고 가더라는 것이다. 어머니와 내 딸아이는 그런 꼴을 구경하기 위하여 몰려가는 군중들을 따라갔다는 것이다. 나는 어이가 없어 우두커니 어머니를 바라보고 섰는데 다시 말씀하기를, 그 여편네는 아이를 집에까지 데리고 가더니 방문을 꼭 잠가놓고 아이를 개 잡듯이 때려잡는데 문 구멍으로 들여다본 아이들의 말에 의하면 아이의 모가지를 비튼다는 것이다.

"그래 그년을 다 가만둡디까! 경찰에 끌고 가지 못하고!"

그렇게 외치는 내 눈에 핏발이 서는 것 같았다.

"그 흉악한 계집을 어떻게……. 하긴 나중에 순경이 왔었지."

"말리지도 못하는 그런 구경을 하다니, 이놈 계집애, 무섭지도 않든?"

나는 다시 아이의 머리를 쥐어박아 주고 방으로 들어왔다.

참말 세상 살맛 없고, 도시 인간이란 동물이 싫어지기만 한다.

나는 공연한 말을 내 귀에 넣어 이제 원고 쓰기는 다 글러먹었다고 투덜거렸다. 그리고 풀 길 없는 마음을 혼자서 앓았던 것이다.

요즘도 신문의 삼면기사에 난 여러 가지 인간 비극을 보면 내 마음은 이내 격해버린다. 누구에게 풀어보고 탓해볼 수도 없는 슬픔! 그저 세상이 이런 것이라고 해버리기에는 너무나 울분이 크다. 나의 이러한 울분을 동무들은 신경쇠약에서 오는 것이라 했다. 몸이 약하니 만 가지가 다 눈에 거슬리고 슬프게 생각된다고 했다. 따라서 신경은 점점 더 약해진다는 것이다. 그런 뜻으로 동무는 어느 날 나를 끌고 가서 설렁탕을 사주는 것이었다.

정말로 신경쇠약인지도 모르겠다. 왜 남들은 구경을 하는데, 그리고 조용히 신문을 훑어보는데 이렇게 주책없이 나만

약이 되는 세월

흥분을 하는가.

　나는 오래도록 한밤중에 눈이 뜨이면 그 아이들의 울음소리가 귓가에 울려와서 괴로움을 당해야 했다. 예닐곱 된 사내아이, D극장 앞에서 곤두박질을 하며 울던 아이, 셔츠를 입은 모습하며 사 년 전에 죽어버린 아이를 생각하게 한다.

　이렇게 내 마음이 아프고 슬퍼지는 것은, 세월이 가도 아이가 나에게 남겨놓고 간 모진 상처가 여전히 아물지 않는 탓인가?

지도

　전에 셋방살이를 할 적에 만일 이것이 내 집이라면 이렇게 저렇게 고쳐 보겠다는 계획을 세우고 부질없이 혼자 좋아했었다. 남의 집을 방문했을 때도 주제넘게 그 집을 허물고 고치는데 정신이 빠져서 주인에게 헛대답을 한 일조차 있었다. 거북한 시간을 보내기에 참 편리한 공상이었다. 요즘은 그 버릇 대신 심심하면 지도책을 펴 본다. 서울 변두리를 이리저리 살펴보고 동해안·서해안, 다음을 제주도로 뛰는데 한림이라는 곳에 신부, 수녀들이 면양을 기른다는 이야기를 들었기에 그 가까운 곳, 언덕배기에다 조그마한 땅을 마련하고 집 한 간을 지어 살아볼까 생각하곤 한다. C선배 선생께서 제주도는 잠시 여행하는 데 좋지, 바닷바람이 거세고 입은 옷에 곰

약이 되는 세월

팡이가 날 지경으로 습기가 많아서 오래 살 곳은 못 된다는 말씀을 한 일이 있다. 뭐 기후야 어떻든 할 수 있으면 가겠고 공상으로는 단념하지 않고 있다.

나는 말도 모르고 그럴 만한 여유도 없으므로 외국 여행은 염도 안 낸다. 그러나 발뿌리에 얽힌 것을 모두 잘라버리고 둥실 뜨고 싶어질 때 세계지도를 펴 본다. 사람 사는 곳이라면 어디인들 고통과 슬픔이 없을까마는 제발 연관이나 갖지 말고 혼자 겪어보자는 심사, 혼자 우뚝 설 때 무엇이 될 듯도 하고 안 되어도 좋을 듯도 하다. 이러구러 지도 위의 방황을 계속하다가 마지막 돌아가는 곳은 남해의 그 아름다운 고향이다.

오래오래 내 눈은 그곳에 머문다. 바람 잡아 집 나간 아이가 울타리 밖에서 노란 열매가 달린 유자나무를 바라보고 서 있는 것처럼, 언제부터 우리는 고향을 잃었을까? 아무것도 찾지 못하고 빙빙 겉돌다가 지금 어디에서 있는지도 모르고.

비 오는 거리를 거닐어보면 여기도 저기도 고향 잃은 사람들의 허황한 눈이 있다. 비가 들친 레인코트에 흙 묻은 구둣발이 포도를 터벅터벅 지나가는데 그 뒷모습에 어디로 가는지 모르는 마음이 있다. 잘하고, 못하고, 이기고, 지고, 추악한 싸움터, 그런 것을 넘고 다 지나쳐 버린 이 마당에서도 우리에게 아직 노래가 남아 있을까! 하지만 세계를 지도 한 장이라 생각하고 공상은 남의 집도 다 뜯어고칠 수 있다고 생각한다면 가난한 자의 마음은 차츰 평화로와지리.

거리의 악사

작년과 금년, 여행할 기회가 있었는데 그때마다 제일 인상에 남는 것은 거리의 악사다. 전주에 갔을 때 아코디언을 켜고 북을 치면서 약 광고를 하고 다니는 풍경에 마음이 끌렸고, 작년 가을 대구에 갔을 때 잡화를 가득 실은 수레 위에 구식 축음기를 올려놓고 묵은 유행가 판을 돌리며 길모퉁이로 지나가는 행상의 모습이 하도 시적이어서 작품에서 써먹은 일이 있지만, 역시 작년 여름 진주에 갔을 때의 일이다. 그때는 새로 착수한 작품을 위해 자료 수집과 초고를 만들기 위해 여행을 떠났었다. 일없이 갔었으면 참 재미나고 마음 편한 혼자 여행일 테지만 일을 잔뜩 안고 와서, 그것이 제대로 되지 못하고 하루하루 날만 잡아먹는다고 초초히 생각하다가

약이 되는 세월

답답하면 지갑 하나, 손수건 하나 들고 시장길을 헤매고 낯선 다방에 가서 차를 마시곤 했었다. 그래도 늘 일이 생각 속에 맴돌아 뭣에 쫓기는 듯 휴식이 되지 않는다.

어느 날 아침 조반도 하기 전에 나는 밀짚모자를 들고 여관 밖으로 나왔다. 서울서 내려간 듯 낡은 합승, 혼자 빌리면 택시가 되는—주차장으로 가서 차 한 대를 빌어 가매못으로 가자고 했다. 운전사는 아침 안개도 걷히기 전에 밀짚모자 든 여자가 가매못으로 가자 하니 이상한 생각이 들었는지 좀 떨떠름해하다가 차를 내몰았다. 옛날 학교 시절에 몇 번 가본 일이 있는 가매못 앞에서 두 시간 후에 나를 데리러 오라 일러주고 나는 천천히 가매못 옆에 있는 농가길을 따라 저만큼 보이는 언덕 위에 나란히 두 개 있는 무덤을 향해 걸어갔다. 어떻게 길을 잘못 들어 가파른 벼랑을 기어올라 무덤에 이르렀을 때 아침 안개는 다 걷히고 가매못 너머 넓은 수전지대와 남강 너머 댓숲이 바라다 보였다. 그리고 아침 햇볕이 뿌옇게, 마치 비눗물처럼 번지고 있는 것을 볼 수 있었다.

나는 우두커니 혼자 앉아서 허겁지겁 달려온 자기 자신의 변덕을 웃으며, 그러면서도 작품 생각을 하고 있었다. 얼마 동안을 그러고 앉았다가 뒤통수를 치는 듯한 고독감에 나는 쫓기듯 산에서 내려오고 논둑길을 급히 걸어오는데

"장판 사려어—."

외치는 소리에 고개를 드니 바로 앞에 장판지를 말아서 짊어진 할머니가 다시 장판 사려 하고 외친다. 나는 그의 뒤로

바싹 붙어서 따라가다가

"할머니?"

하고 불렀다. 할머니는 돌아보지도 않고 대답을 했다.

"이러고 다니면 장판지가 더러 팔려요?"

"사는 사람이 있으니께, 팔리니께 댕기지."

"많이 남아요?"

"물밥 사 묵고 댕기믄 남는 것 없지, 친척 집에서 잠은
자고……."

노파는 다시 외친다. 집이래야 눈에 띄는 농가가, 박 덩굴
올라간 초가지붕이 몇 채도 안 되는데, 뒤따라 가는 내 생각
으론 한 장도 팔릴 것 같지가 않다. 그래도 노파는 유유히 목
청을 돋구어 장판 사라고 외치다가 그것도 그만두고 노래를
부르기 시작한다. 연못 속의 금붕어가 어쨌다는 그런 노래였
는데 너무 구슬프게 들려 나도 모르게 귀를 기울이다가 여기
도 또한 거리의 악사가 있구나 하고, 어쩌면 이런 사람들이
진짜로 예술가인지도 모르겠다는 묘한 생각을 하다가 그 노
파는 옷마을로 가고 나는 가매못 곁에 와서 우두커니 낚시질
을 하고 있는 아이들 옆에 서서 구경을 한다. 부평초가 가득
히 깔려 있는 호수에 바람이 불어 그 부평초가 나부끼고 연꽃
비슷하기는 하나 아주 작고 노오란 빛깔의 꽃이 흔들린다.

"이게 무슨 꽃이죠?"

하고 물었더니 고기를 낚아 올리던 청년이

"말꽃이라 하지요."

약이 되는 세월

"말꽃……."

가련한 꽃이름이 말꽃, 어쩐지 잘못된 것 같아 꽃에 대하여 미안한 생각이 드는데

"저저, 선생님."

하고 누가 뒤에서 부른다. 여기서 나를 부를 사람은 없다. 이십 년 세월이 지나 이제 이 고장은 낯설고 남의 땅만 같고 그래서 일 생각만 잊는다면 나는 외로움이 행복스럽게 될 수 있는 기분인데

"저, 선생님."

나는 하는 수 없이 돌아보았다. 여학생이

"저, 박 선생님 아니어요?"

아무래도 이상한 일이다. 나를 알 사람이 있을 턱이 없다. 더욱이 이런 소녀는.

"그렇지만 어떻게 나를?"

"저 책에서 봤어요. 사진으로요."

나는 아차! 싶었다. 그리고 나를 알아주어서 고마운 마음보다 나를 의식하게 하는 번거로움에 짜증스런 마음이 앞섰다. 얼마나 좋은 시간인가. 그 시간을 이 소녀는 찢어버린 것이다. 나는 이곳 여학교에 다니느냐고 소녀에게 물었다. 그리고 나도 이곳 여학교를 옛날에 다녔노라고 했다.

"알고 있어요. 하지만 저는 중학을 나와서 고등간호학교에 다녀요."

하며 소녀는 수줍어서 말했다. 나는 다시 이 마을에 사느냐

고 물었다. 소녀는 그렇다고 고개를 끄덕였다.

"그런데 이 호수에 사람이 빠져 죽니?"

"네, 가끔. 작년에 할머니가 한 분 자살을 했어요."

"그럼 저 둑에서 떨어져 죽겠구나."

"글쎄요······."

"여기서 물에 빠지려면 한참 걸어 들어가야잖니? 걸어 들어가는 동안 마음이 변할 텐데······. 그래도 죽는 사람이면 상당히 의지가 강할 거야."

나는 쓸데없는 소리를 하며 으스스 떨었다.

마침 부탁해 놓은 차가 왔기에 소녀와 작별하고 자동차에 올랐다. 가매못 옆을 지나가면서 나는 어릴 때 상두가를 구슬피 불러서 길컨에 선 사람들을 울리던 그 넉살 좋은 사나이와 농악군에 유달리도 꽹과리를 잘 치고 춤 잘 추던 사람을 생각하며 그들이야말로 예술가인지도 모른다고 생각했다. 거리의 악사―멀리 맑은 공기를 흔들며 노파가 부르던 노랫소리가 들려오는 듯했다.

약이 되는 세월

조화

무슨 빛깔을 좋아하느냐, 어떤 꽃을 사랑하느냐 하고 묻는다면 얼핏 대답할 수 없을 것이다. 그와 같이 어느 계절이 인상적이냐고 한대도 역시 생각해보아야겠다고 할 것이며 종내는 잘 모르겠노라는 대답이 될 성싶다. 사람의 경우만 하더라도 마찬가지다. 어떤 성격이 매력적이며 어떠한 얼굴에 흥미를 느끼는지 잘 모르겠다. 그렇다고 해서 자연과 인간들 앞에서 창문을 닫아버리고 내 마음이 황무지 속에 묻혀 있었던 것은 아니다. 다만 어떠한 하나하나를 추려내어 이것이 좋다, 저것이 좋다 하며 서둘러 보기에는 좀 나이 들어버린 것 같기는 하다.

무릇 어떤 꽃이든 빛깔이든 혹은 계절이든 인간이든 간에 어느 조화를 이룬 속에서만이 참된 아름다움이 있지 않을까. 그러한 조화는 명확하게 구체화시켜 볼 수 없는 일종의 꿈이기도 하다. 느낌 속에 안개처럼 몰려오는 환상이기도 하다. 그러나 때때로 정신과 현상이 일치되는 순간 우리는 미의 가치를 인식하는 일이 있다. 그것은 결코 고정된 관념은 아닌 것이다.

내가 작품을 구상할 때도 등장인물을 설정하는 데 있어서 먼저 포착하는 것은 인물의 분위기다. 그 분위기에 따라 얼굴이나 몸짓이나 성격을 옮겨보는 것이다. 전체의 분위기를 잡은 뒤에 포플러를 놓거나 은행나무를 놓거나 구름 혹은 강변을 마련해본다. 작품에 대한 인스피레이션은 어디까지나 분위기를 잡는 것이며 하나하나를 옮겨 놓을 때는 벌써 나는 설계사처럼 미의식에 앞서 거의 사무적이다. 대인관계에 있어서도 그러하다. 남녀를 막론하고 용모나 성격에 앞서 오는 것은 그들이 지닌 분위기다. 그 분위기는 참말로 신비로운 작용을 하는 것이다. 그것이야말로 조화를 이룬 어느 현상을 말하여 주는 것이다.

자연 속에는 꽃도 헤일 수 없이 많은 종류가 있고 같은 꽃이라 할지라도 그 자태가 같을 수 없을 뿐만 아니라 장소와 시기에 따라 각양각태라 하겠다. 색채는 인간들이 편리상 몇 가지로 분류하여 명칭하고 있지만 역시 꽃과 마찬가지로 명칭해볼 수 없는, 표현해볼 수 없는 많은 색채가 있으며 또한 사용되는 방법이나 장소, 시기에 따라 그 감각도가 달라지는

약이 되는 세월

것이다. 계절도 그러하다. 유구한 역사 속에서 해를 획하고 사계로 구분 짓고 달과 날을 가르고, 또한 시간으로 나누었지만 한 순간순간은 결코 동일한 순간일 수는 없을 것이다, 사람의 얼굴이 같을 수 없듯이 우주의 별들이라는 개념 속에 시간을 완전히 같은 것으로 잡아 넣을 수는 없을 것이다. 삼라만상이 다 그러하다.

이런 것을 생각하면 무한한 속에 어쩔 수 없는 개체, 그 수 없이 많은, 그러면서도 결코 동일할 수 없는 시간과 현상과 사물 앞에서 나는 무서운 신비를 느낀다. 이러한 시간과 공간을 끝내 생각하다간 무한한 질서와 힘 앞에 내 작은 머리통은 뻐개지고 말 것 같다. 그러나 그것은 영원한 형벌인 동시에 환희이기도 하다.

영원한 개체(고독)들의 기립 속을 헤매며 우리는 조화(진리나 애정)를 이룰 가능성을 갖고 있는 때문이다.

한 인간이 지닌 분위기도 용모나 성격이 아니며 실로 그 조화 속에서 배여지는 안개 같은 것이다.

항아리

항아리를 줄곧 그리는 화가가 계시고, 항아리에 미친 화가를 그린 소설가가 계시고, 또 항아리의 시를 쓰신 분이 계시다.

그 그림과 소설과 시를 좋아했기 때문인지 몰라도 청자니 백자니 하는 항아리에 대하여 조금도 모르면서 나는 막연히 신비한 마음을 가졌다. 며칠 전에 우연히 화가 C여사와 이야기가 맞아서 인사동 거리에 구경 간 일이 있다. 참 재미나는 거리였다. 장롱이라면 그것의 본고장인 통영이 내 고향이므로 다소의 보는 눈이 있지만 자기에 대해선 아주 백지, 어느게 좋고 나쁜지 알 턱이 없다. 음악을 들을 때 그냥 감정으로 받아들이는 그런 정도의 기분이랄까. 번들거리지 않고 광선

약이 되는 세월

을 흡수하는 듯 어쩌면 사람의 살갗 같기도 한 항아리의 결을 만져보곤 했다.

언젠가 부여박물관에서 부서진 기왓장과 엄청나게 큰 항아리와 벽을 쌓아 올린 것으로 추측되는 벽돌에 아름답고 섬세하게 꾸며진 무늬를 보고 느꼈고, 또 내 혼자만의 느낌도 아니지만 새삼스럽게 우리 조상들의 사치스런 생활, 여유 있는 생활, 그리고 미의식이 세련된 것을 곰곰이 생각하게 된다.

수요자도 적었겠지만 한가한 세월 속에 구름을 바라보며 기분에 따라 일을 했을 그 시절의 장이받이들, 치밀해지고 규격화되고 빨라진 공정에 미감을 잃어가고 있는 요즘에 살고 있는 예술가에 비해 하찮은 그 시절의 장이받이가 훨씬 행복한 로맨티시스트였겠다고 생각이 든다. 그만큼 낡은 그 물건들이 아름다우면서도 너그럽고 바보 같이 보인다. 그러는 한편 고물상에는 일제 강점기 중국집에서 쓰던 그 우동 사발도 있었으니 어쩌면 현재라는 이 시점이 뜻을 주는지도. 몇백 년이 지나면 그 우동 사발이 고고학의 가치를 충분히 가질 테니까.

마침 그날은 토요일이어서 그런지 몰라도 인사동 골동품 가게에는 많은 외국인들이 몰려가고 몰려오며 골동품상 영감님들을 긴장시키고 있었는데 처음엔 안경을 쓰고 엄숙한 표정으로 응대하는 영감님 얼굴을 재미나게 바라보았고 도대체 얼마에 저 물건을 사갈까, 하는 호기심으로 외국인들을 보았는데 문득 이 사람들이 다 쓸어가면 우리나라엔 쓰레기만 남지 않을까? 하는 생각이 들었다.

사치스러운 것

쓸쓸하다, 허전하다 정도의 말은 산뜻한 수채화 같은 기분이어서 괜찮다. 그러나 외롭다, 고독하다는 따위는 실격이다. 말만 그런 게 아니고 느낌 자체의 깊이가 의심스러워 칙칙하게 보이는 경우가 많다. 어쩌다 외롭다는 말을 하고 보면 나 자신이 싫어지고 남이 그 말을 자꾸 하면 아주 싫어진다.

실상 요즘 우리들 생활에서 외로워질 수 있는 시간을 갖지 못하는 데 더 큰 괴로움이 있지나 않을까? 몸이 바쁘다는 것은 건설적인 뜻에서 좋을지 몰라도 남의 일로 하여 너무 많은 생각을 빼앗긴다는 것은 참을 수 없다. 우리는 매일 아까운 시간과 귀중한 마음을 보람 없이 버리고 살아간다. 가족이라는 첫째 인간관계로부터 교우 혹은 사회로 말미암아 의무는

약이 되는 세월

항상 명심하고 있으며 애정을 위해선 당연한 일, 다만 한계를 넘어선 연대의 강요가 고통이라는 이야기다.

좋은 일, 궂은일 가려서 살 수 없다고 나무라면 자기의 이기심을 뉘우치게도 되지만, 그렇다고 해서 우리는 그런 것들로부터 놓여난 일도 없고 그 괴로움에서 놓여난 일도 없다. 달아나려고 하면 그럴수록 더욱더 깊이 물려 들어가서 꼼짝 못 하는 집단과의 연결, 과연 거기서 풀려나간 사람이 있을까? 제아무리 두문불출하고 방 한 간을 세계로 삼는대도 현대는 시속이 빨라서 갖가지 전파가 끊임없이 개인의 고요한 심상을 허물고 다지고, 한 그루의 나무처럼 있는 대로 내버려두는 일이란 결코 없다.

그런데 고독하다, 외롭다는 말이 나오니 모순덩어리다. 이 덩어리는 내부에 있는 것일까? 외부에서 오는 것일까? 아무튼 잘라서 말할 수 없는 오만가지 복잡한 그늘 속에 있는 사람의 일이긴 하지만 편리한 이 문명 황금시대에 자유(고독)와 구속(친화)의 두 갈래 길을 왔다 갔다 하며 갈팡질팡하고 있는 것만은 확실하다. 옛날보다 더 절박하게 그러나 한국의 우리는 슬픔보다 더 짙은 노여움을, 외로움보다 한결 더한 초조함을 느끼며 세월을 허비하고 있는 것이나 아닐까?

그런 뜻에서 자유나 외로움은 아직도 우리에겐 귀한 것이며 함부로 유행가처럼 부를 수 없는 사치인 것이다.

목련

사람이 살아간다는 게 참 우습게도 생각되고, 뭔지 생명을 거부하고 싶은 생각도 든다.

이런 생각을 떠밀어내기 위하여 마루방으로 나가서 먼 산을 우두커니 바라본다. 송신선인지 잘 모르지만, 건너편 산에 우뚝 솟은 철탑 비슷한 것을 보고 있노라니, 초조하고 가슴을 에는 듯한 아픔이 다소 가라앉는다. 아니, 그것 때문이 아니고, 아마도 산의 푸르름 때문인가.

일에 쫓기고 가난한 내 마음에 쫓기어 봄 한 철은 그냥 가버리고 말았다. 뒤뜰에 있는 앵두나무는 나 모르게 꽃이 피었다가 지고 만 모양이다. 지금 내다보이는 앞뜰에 몇 그루의 벚나무가 서 있다. 그것도 꽃핀 줄 모르게 어느새 싱싱한 푸

약이 되는 세월

르름 속에 싸여 있고, 그늘도 제법 짙어졌으니, 격세한 듯한 요즈음 내 순간순간이 뼈에 사무치도록 되살아난다.

저 송신선은 작년 여름인가, 비가 부슬부슬 오던 날 바라보고 있었던 일이 있다. 수시로 드나드는 마을 사람들처럼 엄습해오는 이상한 기분, 회오리바람에 말려 올라간 나뭇잎처럼 흔들어도 흔들어도 땅이 밟히지 않고, 사람이 보이지 않는 그런 시간이 지나면 심한 고통이 온다. 그러나 지나간 일은 항상 잊기 쉬운 것이다. 아픔은 언제나 새로운 것이다.

어느 영화를 보니, 저승과 이승의 시인이 수신하고 송신하는 장면이 있었다. 그것 또한 괴로운 노릇이나 아니었는지. 슬프다는 것은 아예 속화된 용어이거니와, 그래서 진정 슬프다는 것은 무슨 말로 표현할지.

저 산을, 저 송신선을 바라보고 있으니, 차라리 인간이 그것만 같지 못하다는 느낌이 든다. 우뚝 서 있을 수 있고, 과학적인 작용만으로 반응하는 편리한 물건이나 되었음 싶다.

무섭게 무관심한 저 철탑은 완벽한 신의 의지 같기만 하여, 어떠한 행복스런 사람들보다 오히려 부럽기만 하다. 행복이 불행을 동반하는 것은 뻔한 일이니까.

그런데 나는 지금 그것을 바라보다가 푸른 초원을 눈앞에 그려본다. 서울에서 한 백 리, 기차로 가도 좋고, 버스로 가도 좋다. 그런 곳에 나는 푸른 잔디밭을 가꾸고 초막을 하나 지으리라. 그리고 그곳에서 혼자 생각을 가지고 있어야지. 슬픔에도 감시가 있다는 것은 상처 위에 매질이 될 것이다.

어느새 어둠이 왔다.

기둥시계의 추 흔드는 소리가 내 마음을 먹었다가 토해 내고, 벌써 오래전부터 그 짓을 되풀이하고 있는 것 같다. 희끄무레한 하늘에 거무죽죽한 나뭇잎이 흔들린다. 바람이 이는가 보다.

마루에서 비쳐 나간 불빛으로 하여, 창가에 한 그루 선 해당화만이 아직 푸르다. 이 푸르름이 한동안 중단되었던 초원에의 환상을 다시 연결해준다.

방은 하나가 좋다. 그 속에서 밥도 지어 먹고, 잠도 자고, 생각이 나면 글도 쓰고 한 달이고 일 년이고 두더지처럼 묻혀서 살고 싶다.

정원은? 그렇지, 집은 일간 두옥이라도 좋지만, 정원은 호화스러워야지. 수목이 없는 잔디밭은 햇빛이 쏟아져서 피곤할 테니까, 간간이 나무를 심어야겠고, 내 방 창문 앞에는 목련을 심을까 보다. 하필 목련을 심어야 할 이유는 없지만, 향기가 없어서 좋을 것 같다.

향수를 뿌리고 다니지 않는 이유와 비슷한 것인지도 모른다.

하기는 목련에 관한 추억이 없는 것도 아니다. 학교 시절, 구석진 교정에 상당히 큰 목련이 있었다. 미끈한 연회색 나뭇가지가 겨우내 단아하면서 바보같이 사슴을 연상케 하는 모습을 지녔다가, 얼음이 풀리면 큼지막한 꽃순이 돋아 조화를 잃은 듯한 큰 꽃이 핀다. 그러면 몇몇 소녀들이 그 밑에 모여 잡담을 하고, 감상에도 젖어보고, 그러나 그들은 꽃보다 더 몽상적인 자기 세계에 도취하여 꽃은 한갓 배경으로밖엔 보이지 않는다.

그러나 그 목련은 세월이 지난 지금에 와서 선명한 과거가 되어 내 눈앞에 있다. 항상 열이 나서 콧등에 땀이 송송했던 벗도 목련과 더불어 기억 속에 되살아나고, 강당에서 번져나오는 피아노의 맑은소리도 목련과 더불어 내 머릿속에 울린다.

나는 무슨 꽃이 좋고 무슨 빛깔이 좋다는 생각을 거의 해본 일이 없지만 여러 가지 잠재해 있는 기억의 부스러기들이 이따금 작품에 뛰어들곤 한다. 4, 5년 전에 어느 잡지에 단편을 쓴 일이 있었는데, 그 제목은 「목련 밑」이었다. 그 작품은 여학생과 선생의 이야기며, 목련 밑에서 선생이 여학생의 뺨을 때리는 장면이 있었다. 역시 두드러지게 좋아하고 싫어한 것은 아니지만, 내 속에 그것이 있기는 있었던 모양이다.

정릉으로 이사 온 뒤 장사꾼들이 가지고 온 목련을 몇 그루 사가지고 우리 좁은 뜰에다 심었는데, 죽고 말았다. 이듬해 미련이 남아 다시 한 그루 사서 심었으나, 끝내 실패하고 말았다. 그러나 외출 시에 합승을 기다리고 있노라면, 개울 저켠 옥수장이라는 호텔에 아름드리의 큰 목련을 볼 수 있다. 봄이면 소담스런 꽃이 피었는데 나는 대개 무심히 그것을 바라보는 것이다. 들리는 말에 의하면 십만 원 정도의 값이 나가는 목련이라 하니 가난한 살림에 웬만큼 집 한 채 값이 아닐까.

　잠이 들었다가 깨어나니 아침이다. 안정된 마음, 누구에겐지 모르게 감사를 드리고 싶은 기분이다. 간밤에 혼자서 그렇게 좀을 볶던 생각을 하면 쑥스럽기도 하지만 오늘은 일을 좀 많이 할 것 같다.

　개울물 흐르는 소리가 고요한데, 그러나 정릉의 아침은 분주하다. 맑아진 아침 공기의 탓인지, 미아리 쪽에서 언덕길을 굴리는 차량 소리가 들려오고 멀리 아마도 청량리 쪽인가, 그곳에서도 기적 울리는 소리가 난다. 나를 실어다 준 것처럼, 그 초원으로 실어다 준 것처럼 기적이 울려온다.

　　　　　　　　　　　　　　　약이 되는 세월

약이 되는 세월

눈이 남았는데 경칩이 지났다.

입춘의 글자를 보면, 마른 수풀 사이 저만큼 봄이 서성거리는 것 같고, 경칩을 보면, 봄 속에 내가 있는 것 같다. 며칠 전인가, 꺼진 연탄불을 사르려고 숯불을 피우면서 환하게 비치는 햇빛을 바라보았는데, 앓다가 일어난 것처럼 참 좋고 고마운 생각이 들었다. 받침나무가 섞어서 쓰러진 등나무도 그런 대로 보는 게 즐거웠다. 전 같으면 고쳐야겠다는 걱정부터 했을 것을.

사람이 그리워 강아지는 치맛자락을 물어뜯고, 큰 개는 부채질하는 내 꼴이 을씨년스러웠던지, 고개를 갸웃거리며 쳐다보았다. 울타리 옆의 보송보송한 눈은 치마 끝에서 녹아 떨어지는 물방울 소리를 미안하게 듣고 있는 듯했다.

지난날에도 이런 좋은 봄날이 여러 백 번 있었을 텐데—잃어버리고 잊어버릴 수 있어서 약이 되는 세월도 많지만 모두 빈손만 펴보고 어째서 이렇게 가난할까.

어떤 철학자께서 언어가 진실의 표현이라면 많은 말이 필요 없을 것이며, 언어를 사용할 때 벌써 이야기꾼은 비속해진다고 했다. 돌아오지 못하고 가버리는 것을 잃어버릴지라도 잊어버리지 않으려고 사람들은 저마다 말과 글로 추억을 만든다. 하고 많은 말과 글은 얼마만큼이나 추억을 만들어놓았을까. 꿈에 본 숲, 흐르는 구름, 탱자나무 울타리의 놀, 마음에 비친 천만 가지의 아름다움과 슬픔을 얼마만큼이나 기록해 놨을까. 참말을 하려면 그럴수록, 참말을 쓰려면 그럴수록 철학자의 말씀대로 비속해지고 말이 많아질 뿐, 진실은 저 혼자 아무도 몰래 둥둥 떠내려가 버린다. 사람들이 길모퉁이를 돌아가다가 왈칵왈칵 눈물이 치미는 것도 아마 그 때문이 아닐까. 배고픈 설움도 이야기를 다 못하지.

시를 쓰기에는 죄송스럽다. 수기나 자서전은 제목부터 협잡, 소설이라도 쓰지 않으면 무엇을 하리. 봄볕이 좋은 마음이야 혼자 떠내려가게 내버려두고.

약이 되는 세월

산이 보이는 창에서

전에 나는 겨울보다 여름을 좋아했고 봄보다 가을을 좋아
했다. 살림이 가난하니 겨울이 싫고 마음이 가난하니 봄이 싫
었던 모양이다.

그러나 올여름을 나는 어떻게 보낼까 싶어 걱정이다. 매일
책상에 달라붙어 일을 해야만 할 형편에는 여름이란 그다지
좋은 계절은 못 된다.

얼마 전에 옮겨 온 방은 크고 남향이며 창이 있어 건너편의
푸른 산이 바라다보인다. 그러나 작년보다 갑절이나 일을 해
야 하니 아무리 방이 넓고 창문에서 푸른 산이 바라보인들 가
슴은 답답하기만 하다.

원고지를 내려다보다가 글줄이 꽉 막히면 나는 창밖을 바

라본다. 비가 내리는 때는 산의 푸른 수목들이 뿌옇게 눈에 묻어온다. 미풍이 불 때는 마치 나무들끼리 다정한 이야기라도 주고받듯 가볍게 몸짓을 하고, 세찬 바람이 일면 잔칫집의 뜰 안처럼 나무들은 너울거린다.

하얀 언덕길을 보따리 인 여인이 넘어가면 나는 6·25 사변 때의 피란 행렬이 연상되고 실향민들이 우글거리는 현실에 가슴이 아프다.

이따금 꼬마들이 비탈길을 타고 내려오는 일이 있다. 그러면 5년 전에 산으로 놀러 갔다가 죽은 아이 생각이 나서 나는 창문을 닫아버리고 만다.

내가 좋아하던 여름을 싫어하게 된 것은 여름이면 아이의 명일이 닥쳐오는 까닭인가.

아직도 내 나이는 젊고 희망도 있는 것 같았다. 그러나 과거는 참말로 길어, 온갖 풍상에 내 마음은 이미 늙어버린 것 같았고 희망은 언제나 믿기 어려운 공수표 같은 것이니 아마도 내게는 사철을 두고 황량한 겨울바람만 불고 있는가 보다.

나는 항상 내가 걸친 의상을 벗어 던지고 싶었다. 그것은 진실로 찬란한 욕망이었을 것이다. 그래서 여름이 좋았는지도 모른다. 그러나 의상을 벗어버릴 수 없는 데서 여름이 싫어졌는지도 모른다.

남편도 늦여름에 없어지고 아이도 여름에 없어졌다. 이별도 여름이었다. 여름이면 그 묵은 상흔들이 날궂이처럼 도져서 나를 괴롭힌다.

약이 되는 세월

쏴—하며 마치 빗소리와도 같이 내 옆을 지나가는 시간, 밤이다. 넓은 방 안에는 똑닥거리는 시계 소리와 잠든 딸의 숨소리만이 있었다.

올여름에는 꼭 아이를 데리고 바다에 가자. 그러나 그것은 말뿐이다. 마음은 그 말에 외면을 한 듯 조금도 덩달아 오지 않는 것이다. 아무런 기대도 흥미도 없다. 나는 여전히 올여름도 방에 틀어박혀 시간을 깔아 문드리고 말 것이다. 권세는 언제나 내 책상머리에 마주 앉아 있어야 한다. 몸에 밴 권태보다 오히려 새로운 희열 뒤에 오는 권태가 무섭다. 새 옷을 입을 때 나는 불안하다. 그와 같이 새로운 장소, 낯이 선 분위기는 나를 질식시킨다.

어느 선배가 문학 하는 사람은 결코 고독하지 않다고 말씀했다. 옳은 말씀이다. 일에 열중한다는 것은 고독에 대한 가장 효과 있는 마취이다.

배반된 우애, 아귀와 같은 눈초리에 쫓기면 나는 내 방이 소중해지고 책상 앞에서 진실한 내 벗을 발견하게 된다.

멀리서 전차 소리가 들려온다. 장마가 갠 여름밤은 깊어만 간다.

바닷물 소리

　살아온 세월이 그리 젊지는 않다. 그러나 전쟁 속에 내 젊음이 사라진 것은 사실이다. 그래서 모든 것을 잃어버린 나는 계절도 고향도 잃어버린 지 오래다. 다만 피부에 스며드는 계절의 냉기 속에서 나는 생활의 괴로움을 보았을 뿐이다.

　그러한 내가 며칠 전에 우연히 T다방에서 시인 K씨를 만나게 되었다. 그분과 나는 동향인이었으며, 또한 지상을 통하여 잘 알고 있는 터이다. 그러나 실상 그때가 처음인 대면이었다. K씨는 여러 가지 이야기 끝에

　"경리 씨는 우리 고향을 다 못 봤을 겜니다."

　나는 좀 어처구니없는 생각이 들었다. 내가 나고 자란 고향을 왜 다 못 봤을라고, 그러한 생각이었던 것이다.

　　　　　　　　　　　　　　약이 되는 세월

"보기는 보았겠지만 통영을 어느 위치에서 어느 시각에 보면 제일 아름다운가를 말입니다."

"하긴 그렇군요."

나는 비로소 K씨 말씀을 시인해버렸다. 그와 동시에 고향을 일찍 떠나 전전해온 내 생활의 아픔이 가슴에 벅차 옴을 느꼈다. 다방 밖에 나온 나는 집으로 향하는 길에서 무수한 바닷물 소리를 들었다. 그 바다가 있는 곳이 내 고향이고, 지금 눈앞에 한없이 뻗어간 양 켠의 가로수에는 가을이 있었다.

계절과 고향, 그밖에 모든 것을 잃고 또는 잊어버리고 사는 내 눈앞에 고향의 바닷물 소리와 더불어 가을이 나타난 것이다. 분명 이것은 잃어버린 것을 도로 찾은 것은 아니다. 다만 잊어버리고 있었던 일을 생각했을 뿐이다.

도시에는 안개처럼 황혼이 흐른다. 생활의 소음 속에서 가을은 다만 고요했다.

고향의 그 아름다운 물빛과 바닷소리와 그리고 동백꽃과 야자나무, 그 평화가 빈곤과 조악해진 인심에 쓰러졌다 한다. 이렇게 생활과 낭만이 조화를 잃은 터전에는 허탈이 거듭되고—불이 밝아왔다. 내 마음의 창문에 다시 비친 가을과 향수 속에서 진정 나는 무엇을 잡아야 할 것이 아닌가.

내 고향의 봄

겨울이라야 외투도 없이 지내는 사람이 대부분인 남쪽 고장이다. 국민학교 시절 일본인 여교사의 극성으로 단련이라는 명목 아래 양말 없이 한겨울을 보낼 수 있었던 곳이었다. 이곳에 봄이 오면 참으로 황홀하다. 언덕에 앉아서 아지랑이에 번져 나오는 빨간 동백꽃을 바라보고 있노라면 현기증을 느낄 지경으로 강렬한 봄의 발산을 느끼는 것이다. 바다 빛은 연한 청록색으로 변하여 바다 밑에 너울거리는 갖가지 해초와 고기떼들이 유리 속처럼 환히 들여다보인다.

언젠가 아주 어렸을 때의 일이다. 장배를 타고 나는 첫개라는 곳에 간 일이 있었다. 바람이 있는 날에는 돛을 달고 가지만 바람도 없이 햇볕이 부서지는 날에는 사공이 노를 저어간

약이 되는 세월

다. 이 장배가 미륵도 연안을 따라 천천히 가는 동안 나는 그야말로 기화요초 같은 바닷속을 들여다보느라고 뱃전을 두 손으로 꼭 잡고 하늘을 보지 못했다.

옛날 사람들이 용궁의 전설을 믿었던 것도 무리는 아니다. 지상이 그렇게 아름다울 수 없을 테니, 그러나 지금 나는 그 어린 시절의 환각에 다소 의심을 갖는다. 지금 가서도 그 바다는 아름다울 것인가. 너무나 이 눈은 많은 것을 보아왔다. 억척스럽고 조소에 가득 찬 내 눈에 정말로 옛날 그대로 바다는 아름답게 비칠 것인가. 그리고 고향은 황폐하였다 하지 않았던가.

고향을 떠난 지 20여 년, 6·25 피란 때 이태 묵은 일이 있었으나 거반의 세월을 나는 서울에서 보냈다. 이 오랜 세월 속에 내 생활이 바쁘고 마음이 바쁜 탓인지는 몰라도 나는 한강에 나가서 뱃놀이해본 일은 한 번도 없었다. 한강의 물빛이 곱다고 생각해본 일도 없었다. 이른 봄의 황홀이 남쪽 바다의 환상 때문인지도 모른다. 4월이 오고 멀지 않아 5월이 오면 바다 빛은 한결 짙어지겠지.

소진의 계절

봄은 만물이 소생하는 계절이라고 한다. 그런 뜻에서 봄은 마땅히 찬송되어야 할 것이다. 그 다사로운 햇볕만으로도 우리는 얼마나 자연의 슬기로움에 감사를 올려야 할지 모른다.

이와 같이 자연은 인간들에게 절대적인 조건으로서 배경하고 있는 것이다. 그러나 인간에게는 또 한 가지 절대 조건인 배경이 있으니 그것은 인위적인 사회인 것이다.

여기에서 봄은 자연이 부여하는 소생의 계절이지만 사회는 소진의 계절로서 봄을 어느 부분의 사회인들에게 제공하고 있는 것은 슬픈 현실이 아닌가 싶다.

겨우내 김치, 깍두기나 된장찌개 따위 또는 그보다 월등 험한 식물성을 섭취해야 하는 가난한 시민들은 엄동설한에 대항하고 일에 대한 정력 발동을 위하여 식물성으로 쥐어짠 조악한 칼로리를 연소해야 하는 것이다. 물론 저장된 지방이 있을 리도 없다. 그리하여 노후한 기관차처럼 달려가다가 겨우겨우 당도한 봄이라는 고개에 와서 덜커덕 서버리고 마는 것이다.

보릿고개를 넘지기 못하고 죽었다는 정서 아닌 이 처참한 옛말에도 봄이 지닌 죄과가 있는 성싶다.

봄은 자연이 주는 가장 찬란한 선물이다. 발랄한 입김이 넘쳐 흐르고 축축하고 광활한 대지에는 희망과 친밀이 솟아오른다. 이러한 봄을 감수하는 마음들이 위축되고 도리어 매혹적인 창부처럼 경계를 해야 되는 인간 관리의 봄인 것이다. 노곤한 봄 아지랑이 속에는 실로 무수한 유형무형의 각종 병균들은 저항을 잃은 인간들에게 교묘하게 파고 들어간다. 그 피해는 육체적인 경우보다 정신적인 경우가 더 많은 것 같다. 그리고 또 그 병균을 대항하는 것도 육체적인 것보다 정신적인 것이 더 강한 것 같다.

나도 지방 속이 아니었던 탓인지 봄이 오면 언제나 앓아눕게 마련이다. 병원을 찾아가는 내 거친 피부에 스며드는 햇볕은 도무지 자애롭지 못한 것이었다. 나에게도 봄은 소생의 계절이라기보다 소진의 계절인 모양이다. 그래서 나는 봄을 솔직하게 느껴본 일이 없다. 그러나 나는 앓게 되는 봄 한철을 휴식으로 삼는다. 절망을 한다거나 초조해한다는 것이 제일의 금물인 것이다. 저항을 잃어버리는 순간부터 나는 나를 잃어버릴 것이니 말이다. 물론 나는 저항에서 한 단계 승화하고 싶다. 그 경지를 얼마나 갈망했는지 모른다. 내 정신이나 육체 속에 다소나마 지방이 저장되어 저항해야겠다.

나는 내 문학이나 생활이 저항으로부터 한 단계 승화될 것은 언제나 원하고 있지만 또한 저항을 잊었을 때 나는 내가 생활인이나 문학도로서 패배하고 말 것이라는 것을 언제나 명심하고 있다.

약이 되는 세월

전원으로 향하는 마음

어제오늘은 화폐개혁으로 사회가 좀 어수선한 듯하다. 라디오에서 발표하는 순간에는 몹시 긴장하기도 했으나 지내 놓고 보니 필연적으로 올 일이 왔다는 생각이 들었다.

호주머니가 가난한 소시민들이 주로 모여 사는 정릉 골짜기에는 화폐개혁의 물결도 거세지 않았던 모양으로 언제나 다름없는 정적을 지키고 있었다.

지금 이 동리에는 해가 저물고 있다. 가뭄이 계속되던 날 그렇게도 뻐꾸기가 수선스럽게 울어대더니 이제는 그 소리마저 들려오지 않고 멀리 안개가 서린 듯한 미아리고개 부근에서 차량의 울림이 아득히 들려올 뿐이다.

참으로 답답하고 가슴 저리는 황혼이 푸른 숲 사이에 묻혀

오고 있다.

일본의 어느 시인이 「도회의 우울」이란 글을 써놓고 시골로 달아나더니 또다시 「전원의 우울」이라는 글을 쓰고 도시로 나왔다는 일이 있었다지만 어쩌다가 시내에라도 나가면 자연히 사람들을 대하게 되고, 그런 사람들 속에서 나는 군중 속의 고독을 느낀다. 그리고 나의 모난 방 한구석을 그리워하게 된다. 그러나 이 골짜기의 물소리밖에 들려오지 않는 한밤중은 나를 뜰로 몰아낸다. 그리고 웅성거리는 서울 한복판의 소음에 귀를 기울이게 한다.

언젠가 한번 나를 찾아주신 선배 P여사께서 우리 집을 선화장(仙華莊)이라 이름 지으시고 P여사 자택을 진풍사(塵風舍)라 하셨다. 집은 신통할 것도 없는 후생주택이지만 뜰에 꽃이 있고, 시시각각 음영을 달리하는, 마치 청전(靑田) 선생의 그림 같은 산수(山水)가 배경하고 있으니 아마도 P여사께서는 과분한 이름을 붙여주신 모양이다.

하기는 일간초옥이라도 풍류가 있고 유유자적하는 야인의 집이라면 어찌 값어치가 있을 수 없는 옥호(屋號)에 인색하랴.

하지만 심정에 풍류가 메마르고 세상일에 아직도 집념이 태산 같은 범속한 나 자신인 만큼 그런 마음의 선물이 후하기만 하다.

세세년년을 하루 같이 근심에 해가 저물고 근심에 날이 밝는, 그래서 감성은 닳아진 나사처럼 예리하지만 쓸모없게 되어버린 일을 생각하면 차라리 아름답고 적막한 이 자연은 내

약이 되는 세월

게 있어서 하나의 불협화음 같은 것이었는지도 모른다.

내 신경은 강철과 강철이 마찰하는 소리를 끊임없이 듣는다. 내 신경은 무거운 차량이 지축을 흔드는 소리에 젖어 있다. 내 신경은 웅성거리는 도시인들의 대화에 귀를 기울이고 있다. 몸은 선화장에 있지만 마음은 진풍사에 머물고 있는 모양이다.

누군가가 농군이 되려면 하찮은 지식과 서적을 말끔히 불태워라, 그리고 전원으로 돌아가라 하였다. 결코 정신노동과 육체노동이 양립할 수 없다는 뜻이겠지.

걱정 중에는 여러 가지가 있고, 사람마다 걱정은 다 있다. 나 혼자만이 걱정을 짊어지고 사는 것도 아니고 단지 한 가지만을 걱정하며 지내는 것도 아니다. 그러나 걱정 중에서도 일거리가 밀려 있는데 단 한 자도 쓸 수가 없을 때, 마감 시간은 저승차사처럼 바짝바짝 다가올 때의 공포는 정말 피를 말리고도 남음이 있다. 매일매일 나가는 연재소설을 시작하면서부터 사실상 내 머리는 감옥 속에다 가두어버린 셈이다. 길을 거닐 때도 밥을 먹을 때도 심지어 꿈속에서까지 그 저승차사와 같은 마감 시간은 나를 쫓아오고 있는 것이다. 아흔아홉 시간이 걱정의 시간이라면 작업을 하는 시간은 한 시간이나 될까. 이러한 비율로 나는 나의 정신을 낭비하고 있으니, 생각해보면 어처구니없는 일이 아닐 수 없다.

만일 이러한 나에게 꽃이라도 가꾸는 일이나마 없었던들 질식하고 말았을지도 모른다. 하기는 시내에 살았다면 그럴 때는 영화관으로 가든지 혹은 몇몇 문우들이 모이는 다방에 나가서 잡담이라도 했겠지만.

사치스런 이야기인지는 몰라도 정신노동을 하는 사람에게 있어서 육체노동은 휴식의 역할을 한다. 또는 정신노동을 피하기 위한 방편이 되기도 한다. 나는 때때로 이 골짜기에서 벗어나 멀리 더 멀리, 그리고 깊은 곳으로 가고 싶어지는 때가 있다. 그런 곳으로 가서 가축이나 기르고 감자나 심어 먹고 살았으면 하는 생각에서다. 그러면서도 결코 문학을 버리리라는 생각은 없다. 그러니 나는 농군도 될 수 없고 참된 소설도 쓸 수 없는 중간 지점에서 방황하고 말 것만 같다.

결국 실천력이 없는 헛된 꿈을 꾸고 있는 것이다. 글로써 벌어먹고 산다는 고통, 그러기 때문에 언제나 쫓기고 있는 이 상태, 언제인가는 우리들에게 좋은 시절이 오리라 하며 기다리기에는 너무나 가는 시간이 아깝고 안타깝다. 예술을 위하여 모든 고난을 물리치리라는 비장한 결의를 하기에는 나 자신이 위대하지 못하고, 또 예술 그 자체는 너무나 자유분방한 존재가 아닌가. 낭만의 시기가 지난 오늘날의 상황 속에서 우리는 허다한 의무와 생활을 또한 짊어지고 있는 것이다.

멀리 종점에서 교회당의 종소리가 울려온다. 고통의 시간이 가고 나면 자위의 시간이 온다. 이러한 기복의 연결 속에서 살고 있다는 확신과 무엇인지 우리가, 그리고 우리 민족이, 세계의 인류가 앞으로 나가고 있다는 기대에 젖어보며 라디오를 끄고 자리에 든다.

약이 되는 세월

해마다 봄이 오면

해마다 봄이 오면 나는 생각한다.

"그 다사롭고 포근한 햇볕을 피하지 말자……."

그러나 나는 그 꽃의 계절 동안을 의연히 햇빛을 외면한 채 어둡고 그늘진 곳을 찾아 걷는다. 왜 햇빛을 싫어하는가? 언제부터 햇빛이 싫어졌는가?

아마도 내가 나를 밉다고 느꼈던 그 순간부터 나에게는 햇빛이 싫어진 마음의 어둠이 생겼으리라. 봄이 옴과 더불어 햇빛을 피하지 말자는 그러한 나의 염원은 두말할 것도 없이 올해에는 나를 그토록 미워하지 말자, 그리고 나를 아껴보자 하는 염원이었을 것이다.

나를 미워한다는 자의식, 다시 말하자면 자학 같은 것, 이 치열한 자학 속에서 나는 나를 가누지 못한 채 한 해, 또 한 해 그렇게 세월이 흘러갔다. 올해도 나는 그렇게 무자비하고 처참하게 나 자신을 괴롭히며 살아가야 하는가.

자학은 굴종과 비열에 대한 자기비판일 것으로 나는 알고 있다. 그러나 일면 자학을 이렇게도 생각할 수 있다. 격렬한 욕구가 충족되지 못하는 곳에서 오는 어쩔 수 없는 하나의 반동적인 현상인지도 모른다고. 그러기에 자학은 자기 수도에의 길로 앙양할 수 있는 하나의 과정일 수도 있지만 때로는 자기 멸망의 길로 전락되어가는 과정일 수도 있을 것이라고.

자학은 물론 일종의 부정일 것이다. 그러나 그것은 일체의 세계를 버리는 새까만 부정은 아닐 것이라고 생각한다. 나를 버리려고 해도 버리지 못하는 그러한 경우에 일어나는 걷잡을 수 없는 욕구, 절망, 그러한 것이라고 생각한다. 그것은 거역을 당한 자의식의 항거 형태인 것이다.

그러나 가만히 헤아려본다면 그러한 자의식의 항거는 하나의 삶에 대한 모멘트가 아닐까. 보다 적극적인 삶을 위한 부정의 계기였을는지도 모른다.

여기에서 멸망에의 길로 전락되어가는 반대 방향을 제시해주는 것이 된다. 그것은 결코 망각도 포기도 아닐 것이며 다만 삶에 대한 의지요, 삶을 위한 탈출이 있을 뿐이다. 이러한 항거하는 정신, 그것은 바로 창조하는 의지가 되는 것이다.

그러나 이 자학이 자학에 그치고, 그 자학 상태가 하나의

약이 되는 세월

타성이 되어버린 경우, 우리는 여기서 인간이라는 자신이 지닌 조건을 버려야 하는 것이요, 스스로의 폐인 선고가 필요하게 되는 것이다. 그것은 죽음을 의미하는 것이다. 나는 언제인가 누구에게 이러한 말을 한 적이 있다.

죽음에 대한 공포(신비와 고독의 의식)와 그리고 자신으로 향하는 학대(도덕의식보다 본질적인 선의식)가 종교를 낳았을 거라고, 그리고 그 자학 속에서 탈출한 사람이, 즉 그리스도, 석가 또는 공자였을 거라고……. 건방진 얘기지만.

나는 봄이 오면 생각한다. 나를 미워하지 말자고. 그러나 내가 나를 미워한 그 자학의 형태가 어느 것에 속했으며 어느 방향으로 가고 있는가. 이것부터가 나에게는 식별되어야 하는 것이다. 나의 자학은 나로 하여금 폐인 선고를 하게 하였는가, 아니다. 결코 나는 나 자신이 자학이라는 타성 속에 빠져 있지는 않다는 것을 알고 있다. 나는 일을 하고 있고 내게는, 인생에 대하여 무한한 의욕이 있다. 그렇다면 나는 자학으로부터 탈출할 수 있을 것인가. 나를 미워하지 않고 살 수 있을 것인가.

그러나 나는 성인이 될 수 없는 너무나 범속한 인간이다. 나의 자학은 한 발씩, 한 발씩 디디고 나가는 인생에의 계층에의 정신 행위다. 그래서 나는 올해도 나를 미워하고 나를 학대할 것이다.

오동나무

아주 어릴 때의 기억이 난다. 몇 살이나 되었을까?

나는 뒤란에서 혼자 놀곤 했었다. 뒤란에는 오동나무가 한 그루 서 있었다.

그 오동나무의 형태는 지금도 내 눈앞에 생생하지만 그것이 정말 오동나무였던지 잘 모르겠다. 나는 "오동나무 비바람에……" 지금 불러보아도 가락이 슬픈 그 노래를 오동나무 밑에서 부르며 혼자 놀았다.

오동나무 옆에는 장독대가 있었다. 장독대 둘레에는 빨간 벽돌로 야트막한 담이 쌓아 올려져 있었는데, 왠지 내 기억 속의 그 장독대는 음산하기만 하다. 여름 장마철에는 파아란 이끼가 끼어 나는 손톱으로 그것을 긁곤 했었다.

약이 되는 세월

이 뒤란에서 부엌 뒷문으로 들어갈 수 있었다. 나는 수시로 앞뜰에서 뒤란으로 부엌을 통하여 들락거렸다. 거울처럼 길이 든 부뚜막과 먹칠을 한 듯 반들거리던 솥이 세 개, 어머니는 언제나 밥이 끓으면 물기가 질펀한 행주로 솥전을 닦았다. 그리고 한 손에 주걱을 들고 한 손으로 솥뚜껑을 드는데 그때마다 나는 그 큰솥 뚜껑이 어머니 발등에 떨어지지나 않을까하고 겁을 집어먹었다. 부뚜막 위에 즐비하게 놓인 밥상이 각기 방으로 들어가고 그것이 다시 부엌으로 나오면 비로소 어머니는 행주치마에 손을 씻고 부엌 계집아이와 같이 부뚜막에 앉아 밥을 먹는 것이었다. 어머니는 문틈에 손가락이 끼여 피를 흘릴 적에도 행주치마로 내 손가락을 감싸주었고 코를 흘릴 적에도 행주치마로 내 코를 닦아주었다. 그러한 어머니는 자기 자신의 슬픔도 그 행주치마로 곧잘 가리곤 했다.

어쩌다가 뒤란에서 부엌을 바라보면 어머니는 부뚜막에 앉아서 행주치마로 눈물을 닦고 있었다. 나는 혼자 슬퍼져서 다시 "오동나무 비바람에……"하고 노래를 부른다. 부뚜막과 행주치마, 이것은 한국 여성의 인고의 역사와 더불어 있었던 것이다.

동백꽃

거의 칠팔 년 동안을 나는 내가 좋아하는 꽃이 무엇인가를 모르고 살아왔다.

소녀 때는 코스모스를 퍽 좋아했다. 그리고 오랑캐꽃도 좋아했다. 이 꽃들은 모두 화병에 꽂힐 꽃이 못 된다. 그만큼 미에는 자신이 없는 꽃이지만 또한 향취도 없다. 그런데 왜 좋아했는지 모르겠다. 구태여 좋아한 이유를 붙인다면 아마도 열등감에서 오는 내 천성 때문이 아닌가 싶다.

장미나 백합은 강렬한 향취와 그리고 모양은 다르지만 화병에 꽂혀 능히 자태를 자랑할 수 있는 아름다움을 지니고 있다. 물론 그 아름다움이 싫은 것은 아니다. 그러나 그 아름다움은 내게 있어서 분명히 어느 거리를 만들어버린다. 귀부인에 대한 외포(畏怖) 같은 것이다. 꽃에 대한 이러한 기분은 대인(對人)에 있어서도 마찬가지다. 신분이 높고 훌륭한 사람 앞에 서면 나는 우선 내 몸이 떨려오는 것을 제지하지 않으면 안 된다. 숨이 막히고 얼굴까지 비틀어지는 듯한 그런 느낌 속에서 나는 나를 감당해내지 못하는 것이다.

국민학교 시절의 선생님을 위시하여 오늘에 이르기까지 번번이 그러한 대인에서 오는 외포를 느끼며 왔다. 참으로 그것은 괴로운 감정이다. 그래서 나는 되도록이면 그러한 괴로움을 피하려고 내가 움직이는 범위를 좁혀서 살아왔던 것이다. 그러나 그 대신 체질이 같고 허수룩한 위치에선 사람과는 직감적으로 통한다. 그러면 저절로 다변이 되고, 분위기를 마음껏 호흡하며 즐긴다.

꽃 이야기가 이상한 곳으로 흘렀지만 아무튼 그러한 내 성질의 약점 때문에 꽃도 그렇게 강조되지 못한 것이 좋았는지 모르겠다.

봄이 되면 들에나 길 언저리에 보랏빛 오랑캐꽃이 핀다. 가련한 꽃이다.

가을이 오면 쓰러질 듯한 오막살이집 마당에 코스모스가 핀다. 엷은 구름보다 가벼운 화판(花瓣)이다. 이들은 계절의 낭만을 지니고 있다. 그러나 지금 내가 좋아한다면 오랑캐꽃이나 코스모스는 아닐 게다.

푸르다 못해 검은 이파리, 부푼 핏빛같이 붉고 중량 있는 꽃, 그리고 그는 굳은 씨앗을 배태한다. 남국에 피는 동백꽃이다. 촌부같이 앳되고 건설적인 나무, 그것은 정력의 결실이다. 결코 향취와 자태를 자랑하는 꽃은 아니다.

　내가 그렇게 되어보고 싶은 것이다.

약이 되는 세월

산사의 고독한 피서

추위보다 더위를 더 견디는 편이며 겨울보다 여름에 나는 일을 많이 한다. 원고도 많이 쓰고 뜰에 돌을 깐다든지, 여러 가지 자질구레한 집안 공사도 여름에 하는데 땀을 흘리는 것은 저항 정신에 자극을 주는 까닭일까. 아무래도 오들오들 떨어야 하는 겨울은 밀고 나가는 힘을 끌어낼 수 없는 계절인 것만 같다. 그러나 사실은 계절 탓이기보다 폐쇄된 내 생활 탓이 아닌가 생각되기도 한다.

더위에 이긴다고 자부하던 나도 오늘은 할 수 없이 냉수를 몇 번이나 뒤집어쓰곤 했는데, 예년보다 더위가 심해서 그런지 체질이 변해 그런지 정말 견딜 수 없는 무더위였다.

해마다 여름이면 어디로 피서 가느냐는 인사를 받는다. 그런 인사를 받을 때마다 나는 피서라는 말이 생소하기만 했다. 피서를 목적으로 여행을 떠난 일이 없었기 때문에. 어린 시절에는 시원한 바닷가에 살았었고, 어머니하고 물맞이하러 가서 먹은 참외 생각이 더러 나기는 하지만.

한창 어려운 시기, 서향(西向)인 셋방에서 기나긴 여름 한낮, 찌는 듯한 더위 속에서 원고지와 씨름하던 생각을 하면 지금은 뜰이 있고 숲이 있는 내 집에서 피서 갈 것 뭐 있느냐, 말로는 그렇게 하지만 가난해 못 간다거나 집이 시원해 안 간다는 것은 모두 빈말이다.

나는 여행이라는 것이 끔찍스러워 떠날 용기가 없었던 것이다. 여행뿐만 아니라 도시 밖에 나가는 것이 싫다. 몇 해 전에 작품을 위한 자료 수집 때문에 해인사에 간 일이 있었다. 혼자 여행이었으므로 신변 보호상 여관 주인에게 신분을 밝히고 며칠 묵었는데, 그때가 마침 여름이었다.

고명하지는 못하여도 조금 알려진 이름 석 자는 여자의 혼자 여행에 적잖은 도움이 되어주기는 했지만 신분을 밝힌다는 것은 벌써 여행이 갖는 자유를 포기하는 결과가 된다.

아무리 시원한 해인사라 하더라도 좁은 여관방에 종일토록 방문을 닫아놓고 있어야 하는 것은 우선 기분부터 더워지게 마련이다.

원고 정리를 하다 너무 답답하면 찾아갈 곳이라곤 다방인데, 다방 창가에 앉아보아도 사방의 산이 가슴을 짓누르는 것 같아 집 생각만 자꾸 나는 것이었다.

약이 되는 세월

그리고 꼬불꼬불 한정 없이 올라온 버스 길을 생각하면 서울로 돌아가지 못할 것만 같은 착각마저 들었다. 지금도 그때 다방에서 듣던 음악을 들으면 해인사에서의 뼈저리는 것 같은 고독감이 되살아와 가슴이 뻐근해진다.

결국 피서를 위한 여행이든 그 밖의 관광을 위한 여행이든 여행 그 자체보다 마음이 시원하여야 하고 마음이 즐거워야 하는 것이 더 중요하지 않을까.

금년에도 나는 피서갈 아무런 계획도 없다.

어떤 면에서 나는 피서지에 살고 있는 셈이니까. 봄 한 철은 붐비던 정릉 골짜기가 얼마 동안 조용해지는 것 같더니 요즘 또다시 붐비기 시작했다. 멀리 갈 수 없는 서민들의 피서지인 정릉에서 나는 피서객들을 구경하며 집에서나마 마음놓고 푹 쉬고 싶은 것이 소원이다. 그렇다고 해서 일을 하는 것도 아니니 마음만 바쁘고 따라서 육신도 까닭 없이 바빠 피서간들 휴식이 될 리도 없겠고, 귀중한 시간을 그냥 떠내려보내는 초조함에서 해방되는 일이 우선 좋은 방법인 듯하다.

겨울밤

바람도 없는데 참 추운 날이다. 아스팔트 길이 유난히 희게 보이고. 나는 을지로 사가에서 돈암동행 전차를 탔다. 밤이 저물어 전차 속은 텅 비어 있었다. 운전사 어깨 위에 희미한 불빛이 걸려 한결 춥고 쓸쓸했다. 낮에 만난 사람들의 불쾌하고 사교적인 이야기는 다 잊어버리기로 하고, 나는 요술 보따리를 펴듯 있을 성싶지도 않은 공상 속으로 들어갔다. 나무 의자는 차갑고 딱딱했지만.

"여기가 어딜까?"

S여사가 서둘고 일어서는 바람에 고개를 돌려 깜깜한 밖을 내다보았다. 밤거리가 눈에 익지 않은 나는 어디메쯤인지 얼른 알아볼 수가 없었다. 내 처소가 종점이기 때문에 내릴 곳

84   약이 되는 세월

에다 신경을 쓰지 않고 푹 생각에 잠기는 평상시의 버릇 때문에 차창 밖의 풍경은 생소하기만 하다. S여사는 혜화동에서 내려야 했다.

"명륜동이군요."

S여사는 도로 자리에 주저앉는 것이었으나 진동이 없는 목소리가 내 귀에는 서글프게 울렸다. 그도 허황한 생각 속에 있었더라는 어느 친근한 공감에서 나는 그의 얄팍한 눈꺼풀을 보았다. 자물쇠가 걸린 S여사의 셋방이 내 눈앞을 잠깐 스친다. 우리는 외로움만이라면 어떻게 할 수도 있고 견딜 수도 있다. 그러나 우리는 생활에 지쳐 있다.

나는 S여사의 피로한 눈으로부터 시선을 옮겼다. 전차 바닥에는 사과와 꺼들꺼들 마른 인절미를 담은 함지가 희미한 불빛을 받고 있었다. 동대문 시장 같은 데서 야시(夜市)를 거둬온 듯한 두 아낙네가 사과와 떡이야 어찌 되든 말든 어깨를 비비고 졸고 있다. 별안간

"이년아! 차장이면 어딘지를 알려주어야 할 게 아니야!"

버럭 소리를 지르는 것이었다. 깜짝 놀란 우리는 터무니없는 욕설의 주인공을 쳐다보았다. 차장을 위해서 분하기 짝이 없다.

사나이는 외투 깃을 세우고 팔짱을 끼고 있었다. 거기다가 색안경까지 쓰고 있어서 얼굴은 잘 볼 수 없었지만 소위 그무슨 권력을 지닌 듯한 인상을 준다. 사나이는 내려야 할 곳을 지나버렸기 때문에 화를 내고 있는 모양이다. 욕설을 들은

차장은 상기된 얼굴로 사나이를 노려본다.

"건방진 년, 노려보면 어쩔 셈이야!"

사나이는 색안경을 번득이며 연방 또 욕설이다. 차 내의 사람들은 모두 경멸에 찬 시선을 사나이에게 보내는 것이었으나 누구 하나 나서서 사나이를 나무라는 사람은 없었다. 나는 주위의 남자들을 이리저리 살펴보았다. 그러나 목상처럼 입을 다물고 있을 뿐이었다. 나는 분하고 안타깝게 생각하다가 그만 그 사나이를 주정꾼으로 몰아버리고 체념했다. 아니, 내속에 있는 무사태평주의를 합리화시켜버린 것이다.

사람이 길에 죽어 자빠져도 목상처럼 까딱없는 표정으로 시민들은 지나가 버린다. 이러한 무감각의 습관에서 욕설쯤 실상 문제 될 것도 아니다.

사나이는 S여사와 같이 혜화동에서 내렸다. 사나이는 술에 취한 척 비실거렸다. 나는 그것이 왜 그런지 고의로 보이는 것이며, 또한 그러고 가는 그 역시 고독하리라는 생각이 들었다.

삼선교에 왔을 때 이번엔 진짜 주정꾼이 두 사람 탔다. 한 사람이 전차 바닥에 놓인 사과를 보자 오십 환을 주고 두 알을 사서 저희끼리 먹기 시작하더니 무슨 생각을 했는지

"아주머니, 이십 환에 하나 더 주겠소?"

사과 장수는 제일 작은 것을 하나 골라준다. 그는 사과를 들고 비실거리며 전차 운전사 옆에 가더니

"아저씨, 수고하십니다. 어, 우리 서로 기분 좋게 합시다.

네? 그렇잖습니까? 먹어보시오. 으응."

꼬부라진 말을 지껄이며 사과를 내민다. 운전사가 사양을 하니까

"아니, 사과 한 개도 정이라오. 자!"

운전사는 사과를 받는다. 두 주정꾼은 이리저리 몸을 흔들며 사과를 씹고 있다. 운전사는 사과를 보고 빙그레 웃는다.

"아저씨, 따님 생각 말고 잡숴 보슈."

늙은 운전사는 드디어 사과에다 이빨을 세운다. 사과 장수도 떡장수도 그것을 보고 웃고 있었다. 나도 웃었다.

종점에서 전차를 내렸을 때 두 주정꾼은 모자를 벗고 깍듯이 절을 하더니 서로가 어깨동무를 하며 미아리 쪽으로 걸어가는 것이었다. 유쾌한 주정꾼이다. 길을 횡단하는 내 마음속에는 한줄기 따사로움이 있었다.

작업의 시작

해마다 봄은 오게 마련이요, 또 가게 마련이다. 그런데 십여 년 동안 거의 봄이 오고 가는 것을 모르고 살아온 것 같다. 겨울 동산에 묻혀서 긴 꿈을 꾸어온 것처럼.

길모퉁이를 지나가는 여인네들의 화사한 의상에서 봄을 발견할 때도 있었고, 창 밑에 한 그루 서 있는 해당화에 돋아난 자줏빛 움을 볼 때 봄을 느낄 수 있었고, 정릉 유원지 개울가에 술병을 들고 싸움질하는 취객에게서 봄을 구경하는 일도 있기는 했다.

그렇다면 남과 같이 봄을 그냥 지나쳐온 셈은 아니겠다. 발견하고, 느끼고, 구경은 했어도 내 속에 봄의 샘이 솟질 못하였고, 내 몸이 봄 속으로 뛰어들지 못했기 때문에 지나간 봄

약이 되는 세월

들은 그렇게 내게 있어 생소한 것이었는지도 모르겠다.

참으로 오랜 동면의 계절, 겨울 동산에서 봄과 먼 곳에 드러누워 너무나 많은 꿈을 꾸어왔었다. 잠이 깬 날의 새로운 작업을 위해 험난하고, 슬프고, 그리고 조금은 기쁨도 있는 그런 꿈들을 쉴 새 없이 꾸어왔었다.

지금 안개를 헤치고 한 줄기 빛이 오고 있는 것 같다. 그래서 눈을 뜨고 희미한 속에 그 한 줄기 빛을 바라보고 있는 것 같다. 그것은 화창한 봄빛, 서러운 꿈의 세월에서, 그 오랜 꿈의 방황에서 이제 꿈이 아닌 진실된 봄이 다가오는가. 그리고 마음속에 샘이 솟으려고 하는가. 그러면 물오른 마음의 줄기가 마구 뻗어날 것인가.

어느 친구에게

"이제 겨우겨우 딱지가 떨어진 것 같다. 이 뭉글뭉글하게 솟아나려는 온갖 것을 나는 다 쏟아놔야 텐데, 밤마다 누워서 남은 세월을 셈해보지. 구십까지 산다면 오십 년, 육십까지 산다면 이십 년, 아니 오십까지라도 십 년은 있다. 그 십 년 동안 알차게 꼬박 일을 한다면? 그것을 생각하면 참 기쁘다."

고 말한 일이 있다.

아주 에누리하며 십 년, 앞으로 십 년, 잉크의 얼룩 한 방울 안 간 백지같이 고마운 세월이 아니겠는가. 치밀한 계산, 규칙적인 노력으로 그 백지 위에는 삼십여 년 동안의 꿈에서 본 온갖 일들을 이룩해야 할 것이다. 처음 맞이하는 듯한 이 봄, 내 앞에서 손짓하고 마음속에는 샘이 솟아나고, 꿈속에서 흘린 그 숱한 눈물과 온갖 고통과 조그마한 아주 조그마한 행복과 그런 것들이 모조리 꽃피어 나야 할 것 같다. 그 꿈들이 오늘날 나에게 준 적은 돈과 명성은 한갓 포장지 같은 것, 진실로 큰 선물은 이제 잠이 깨어 봄이 분명하게 내 속에 있다는 그것이다.

또다시 고통이 오고 슬픔이 오고 여름이 오고, 겨울이 오고, 그것은 명확하게 알고 있다. 그러나 그것은 이제 꿈속의 그것이 아니며 잠을 깨어 눈으로 보는 것 같다. 봄이 가도 이제는 봄을 기다릴 것이다. 그리고 사철을 내 속에 안고 치밀한 계산과 규칙적인 노력으로 백지같이 남겨진 십 년 마지막 결실을 위해 작업을 시작해야 할 것이다. 참으로 이 봄을, 처음으로 나는 찬송하는 것이다.

약이 되는 세월

일종의 유행병

내가 선인장을 기르기 시작한 것은 작년 여름이다. 기른다고 해서 뭐 대단한 취미랄 수도 없다. 셋방살이의 우리들한테 허용된 마당이란 그야말로 손바닥만 한 것이니 사실 분인들 몇 개를 들여놓겠느냐 말이다. 그런 데다가 서향인 방에는 오후의 이글대는 햇볕이 몰려드는 대신, 분이 놓인 마당에는 앞집의 높은 담이 가려서 음지를 이루고 있어 꽃에 햇볕을 보여 주기 위하여 부엌 지붕 위에까지 올라가는 형편이니 내가 꽃을 가꾼다는 것은 차라리 외람된 짓인지도 모르겠다.

꽃을 기르게 된 동기는 이웃에 사는 동무들 간에 선인장을 가꾸는 것이 대유행인 데 있다. 그들이 선인장 수집에 열중하는 데 나도 한몫 끼여 한 가지 얻어 모은 것인데, 그만 겨울 동안 방에서 모조리 얼어 죽고 봄이 왔을 때는 달갑지도 않은 평양난초가 두서너 오라기 누렇게 뜬 채 남았을 뿐이다.

그리하여 여기저기에 보기 싫게 빈 분이 굴러 있는 참에 꽃장수 할머니가 왔다. 개발선인장 칠백 환, 용설란이 육백 환이라 한다. 손가락만 한 새끼 선인장을 얻으려고 법석을 떠는 동무들 생각을 하면 값이 무척 싸다고 느꼈기에 성큼 사버렸다.

그래가지고는 동무들한테 용설란을 싸게 샀노라 자랑을 했더니 그들은 배를 잡고 웃는 것이 아닌가. 내가 용설란이라 지레짐작하고 산 것은 용설란이 아니고 다찌아로이라는 것이다. 꽃장수 할머니의 잘못은 아니다. 내가 혼자 아는 체하고 샀을 뿐이니까. 이러한 에피소드를 남기면서 진짜 용설란, 개구리용설란, 공작선인장, 아마릴리스를 들여놓은 것은 훨씬 뒤의 일이다. 그리하여 지금은 이십 종 가까이 갖게 되었지만 시시한 잡종. 우리들이 부르기를 손바닥이니 주먹덩이니 손가락, 브로치 따위가 대부분이다.

나는 이름도 잘 모르는 정도의 숙맥으로서, 그러나 아침이 되면 얼마나 컸을까 하고 선인장을 들여다보는 습관이 어느새 생겨버렸고 또 글줄이 꽉 막혀버리면 밖에 나가서 우두커니 그것들을 들여다본다.

커다란 어항 속에는 금년 들어 이십여 마리나 되는 붕어가 차례차례 죽어버리고 이제 겨우 세 마리가 남았을 뿐이다. 그러나 선인장만은 하나도 말라 죽지 않고 자라고 있는 것이다.

약이 되는 세월

그러나 겨울 넘기기가 걱정스럽다. 나는 이 하잘것없는 꽃을 갖고 미래에 내가 만일 집을 갖게 된다면 꼭 온실을 마련하리라는 꿈을 지녀본다. 참말 서글프고 실현성이 없는 꿈이기는 하지만. 글줄이나 써서 연명해나가는 내가 온실이니 전축이니 그런 것을 생각한다는 것은 너무나 황당한 얘기다.

내가 좋아하는 화가 천경자 여사를 따라 가끔 꽃집에 들르는 일이 있다. 거기에 가면 우리 작은 용설란에 비하여 거목같이 솟은 용설란이 있는데 도무지 부럽지 않다. 그리고 오륙백 환이면 살 수 있는 별종도 있다. 그러나 돈이 있어도 나는 그것을 사가지고 돌아올 수고가 싫어서 안 산다. 꽃은 언제나 집에 오는 꽃장수 할머니한테서 사게 마련이다. 언제인가 천 여사가 꽃을 사 준 일이 있는데, 나는 그때도 가지고 올 때의 신경 쓰는 것이 싫어서 거절을 하고 기어이 천 여사가 가지고 가버렸지만 신경 쓰는 것이 귀찮아 여름에도 양산을 못 들고 다니는 나의 이기심이 그러한 무례를 저지른다. 천 여사는 꽃의 아름다움을 아는 분이고 나는 그저 구경하는 사람인가 보다. 나는 가끔 천 여사는 화가이지만 시인이고 나는 소설가일 수밖에 없다는 생각을 한다.

나는 꽃이나 그 밖의 아름다움이라는 것을 생활이라는 배경 위에서 보지만 그분은 아름다움만을 골똘히 응시하는 그런 체질이 아닐까?

지난봄에 아마릴리스가 빨간 꽃을 네 개 피웠다. 내가 아마릴리스의 꽃을 보았을 때 천 여사를 생각했다. 강렬한 그 붉은 빛깔이, 더구나 오렌지에 가까운 그 빛깔이 도무지 천하지 않은 기품을 지니고 있었던 것이다. 천 여사의 사람됨과 그분의 예술이 이런 것이 아닐까? 강렬한 색채, 강렬한 관능, 그것이 예술로 승화되었을 때 무한한 아름다움이 있는 것이다. 순수가 있는 것이다. 아무튼 천 여사는 예술과 인생의 가장 어려운 길을 걷고 있는 분인 성싶다.

이것은 여담이었고 내가 선인장을 기르는 것은 하나의 타성, 그리고 일종의 유행을 뒤늦게 따라가고 있는 것뿐이지만 그것이 내 신경을 쉬게 하는 한, 꽃은 기를 것이고 신경을 낭비할 때는 버리는 것이다.

약이 되는 세월

식구와 두 개의 외각

나의 신변이라 하면 올해 여학교에 들어가야 할 열세 살 난 딸이 하나 있고, 그리고 인생의 재미를 모르고 살아온 어머니가 한 분 계시다.

그리고 이제는 아이에게 안겨서 자는 것을 싫어하고 밤이면 밤마다 쥐 사냥을 하느라고 종적 모르게 나가버리는 고양이가 한 식구라면 식구랄 수도 있다.

이렇게 고양이가 나가버리는 밤이면 아이는 시험공부할 생각도 잊어버리고 새로 세 얻어간 집의 대문 앞에서 고양이를 찾아 헤맨다.

"애데! 애데야!"

아이는 원을 그리듯 그 맑은 소리를 지르는 것이었다.

얼마 전에 집에 불이 났을 때도 아이는 고양이 때문에 울었고, 불이 꺼진 뒤 이웃집 가마니 속에서 고양이를 발견했을 때 아이는 기뻐서 울었다.

친절한 이웃 사람이 방을 얻어갈 동안 우리 집에다 고양이를 두자고 사정을 해도 아이는 굳이 그 말을 듣지 않고 여관방에 데리고 와서 꼭 안고 잠이 들었던 것이다.

나는 요새 삼월이 빨리 가고 사월이 와서 아이를 그 시험지옥으로부터 빨리 건져줄 것을 엄마 된 마음에서 원하고 있다.

나는 고생 많은 어머니를 미워한다. 그리고 나와 같이 불효한 자식이 이 세상에 둘도 없을 것이라고 자처한다. 자처하면서 인종과 희생정신으로 살아온 못난 어머니를 나는 미워하는 것이다.

나는 자기의 생애를 딸자식 하나에다 걸어버린 어머니의 인생 사업의 실패를 기회 있을 때마다 규탄하고 공박한다. 그렇게 함으로써 나에게 주어진 무거운 의무감을 벗어 넘기려고 하고 책임을 회피하려고 든다. 그러나 끝내 회피도 감당도 못 하는 곳에서 나는 어머니를 미워하게 되는 것이다.

이러한 외동딸인 내가 또 외동딸을 두었으니 참말로 무슨 숙명 같은 이야기가 아닐 수 없다. 나의 신변이라고 하면 이 밖에 나를 둘러싼 두 개의 외곽(外廓)이 있다.

하나는 문단인들이요, 하나는 나의 동무들이다. 한잔의 커피를 대접하는 데 있어서도 호주머니 속에 남은 돈을 생각해야 하는 가난뱅이들, 한결같이 고지식하기만 한 얼굴들, 선량

약이 되는 세월

한 웃음이 죄 없이 흐르는 곳, 그러면서도 오만하기 그지없는 문학 정신에 도사리고 앉은 그분들은 의연히 고독만을 지키고 있는 것이다.

나는 그분들을 좋아한다. 그리고 그 분위기에 향수를 느낀다. 그리하여 그분들과 얼마간의 시간을 나눔으로써 내 외로움을 무마시키며 돌아오는 밤길이 내 신변의 일부분이다.

그다음 내게는 또 하나의 외곽이 있는데 그것은 나의 동무들이다. 그들 중에는 전형적인 미덕에 사는 여자가 십 년이 가까운 세월 동안을 그 고지식한 애정을 나에게 베풀어왔고, 또 한 여자는 나로 하여금 여지없이 원고지를 발기발기 찢게 한 독설(毒舌)을 갖고 있었다. 그러나 그의 비평을 나는 높게 사는 동시에 그의 우정도 높게 사는 것이다. 이 밖에 내 신변에 대하여 나는 할 말이 없다.

나는 지금 나의 과거에 대하여 그 가치를 부정하고 있다.

"그래서 지난날이, 그 지난날의 슬픔이 오늘에 있어서 어떻단 말이냐?"

나는 항상 이러한 반어(反語)를 준비하고 있는 것이다. 그뿐만 아니라 나는 미래에 대해서도 극히 회의적이다.

나는 지금 문학을 하고 있지만 그것이 사실 그렇게 대단한 일이라고 생각지는 않는다.

이렇게 말하면 문학도로서 문학을 모독하는 것이 되겠지만 내 문학적 요소는 인간에 대한 동경으로서 비롯된 것이지 결코 문학을 위한 것은 아니었기 때문이다.

분명히 나는 인간으로서의 행복을 인간으로서의 참됨을 갈망하고 왔으나, 그러나 오늘날에 이르기까지 내게는 허황한 속의 바람 소리뿐이었다.

　가장 최근에 겪은 일에는 화재(火災)가 있었다.

　사방에서 동정금이 모였다. 이 앞에서 고맙다는 마음보다, 그 고마운 마음의 무게로 해서 내가 고독해지는 것은 무슨 탓일까? 앞으로 내 신변에 또 무슨 일이 생길지 그것은 모르겠다.

　그러나 이제는 하나의 갈망이 체념(諦念)으로 마음속에 자리 잡고 있다. 바라건대, 이 체념이 갖는 고요함이 흔들리지 말아주기를 원하고 있는 것이 현재의 나의 심정이다.

약이 되는 세월

저상(佇想)

남에게 욕을 들으면 오래 산다는 말이 있다. 억울하게 욕을 먹은 사람의 자위의 하나라고 볼 수도 있을 것이다. 그러나 이 말에 무시 못 할 근거가 있는 것을 나는 간혹 생각해보는 것이다.

신춘 벽두부터 화재를 당한 데다가 직장까지 버린 나의 한가한 요즈막의 셋방살이에서 얻은 실없는 상념인지도 모르겠다.

남에게 욕을 듣게 되는 데는 인간으로서 정당하지 못한 짓을 한 경우가 있고, 남이야 뭐라고 하건 말건 내 하고 싶은 대로 한다는 일종의 자기 충실인 경우가 있고, 진정 옳다는 확고한 어느 이념에 의해 이루어지는 행위가 있고, 상반된 이해나 혹은 이해에 의한 결과로서 욕을 먹게 되는 경우가 있다. 제1의 경우에는 악에 입각한 인간성의 파멸이 있고 제2의 경우에는 에고이즘에서 오는 무비판이 있고 제3의 경우에는 선의식(善意識)에서 오는 의지에의 준열함이 있다. 제1과 제2의 두 경우는 무비판과 선의식의 몰각으로 일어나는 필연적 산물로서 약간의 무신경 또는 둔감을 들 수 있다.

인간에게 있어서 육체의 지나친 소모가 그 생명을 단축시키듯이 역시 신경의 지나친 소모도 인간의 생명을 단축시키는 데 관계가 있는 것이다.

다시 말하면 무신경과 둔감함이 인간으로 하여금 정신적 피로를 적게 해주고, 따라서 오래 살 수 있다는 속된 말들 속에 일리가 있음을 발견하게 되는 것이다. 그리고 제3의 선(善)으로 향한 의지의 경우에는 그것이 발랄하고 건강한 정신적 신진대사인 줄로 생각한다. 이러한 의지는 정신의 큰 소모가 되는 동시에 항상 새로운 것의 공급을 꾀하고 있기 때문이다.

이와는 반대로 비교적 욕을 먹지 않고 사는 사람들의 경우를 생각한다. 인격적으로 존경할 수 있는 사람, 무류(無類)의 호인이라는 정평적 인물, 소심하고 항상 뭔지 공포관념에 사로잡혀 있는 사람, 대개 이러한 사람들이 욕을 먹지 않는 축이다. 그러나 이들은 모두가 자기 학대가 아니면 위선자요, 신경과민증이다. 인격적으로 존경받는 사람 중에도 교활한 위선자가 있고 끊임없는 자학 속에서 반영된 인격이 있을 것이다. 이 자학의 영역을 해탈한 사람이 성자가 아니었던가.

약이 되는 세월

그렇게 생각해본다. 다음 호인이라는 이 인간형 속에도 실로 복잡하고 다양한 것이 있겠지만 개념적으로 말하면 사회도 덕이나 사회적 규율에 맹종하는 원만과 무난성이 아닌가 한다. 그러나 모가 지지 않는 속에는 자기를 감당해나갈 정도의 교활한 처세의 설계가 숨어 있다. 그리고 소심한 사람의 경우를 분석해보면 이들에게는 항상 불충족과 자신이 없는 데서 오는 불안 때문에 침착성을 결한 초조함이 있다. 그것은 박해를 가하려는 외부로부터 자기를 보존하려는 태세다. 말초적인 신경만 산 이 정신 상태는 그야말로 유리그릇처럼 위험하고 건강하지 않은 것이다. 그리고 비굴하다.

　이와 같이 능동적이기보다 항상 피동적인 후자가 욕을 덜 먹게 되는 것이지만 수세에서 오는 정신 과로가 수명하고 무관계한 것은 아닐 것이다. 이렇게 구분을 짓고 보니 욕을 먹는 사람은 오래 산다는 말이 수긍되기도 하지만 어째 욕을 좀 먹는 편이 정직하리라는 생각이 드는 것은 무슨 까닭인가. 화창한 봄볕 속에 서 있는 내 거추장스런 의상을 돌아다보며 나는 그러한 생각들을 하고 있었다.

답답증

아이들은 그림이나 TV에서 보는 바다가 얼마나 큰지를 모른다. 강물과 바다를 혼동하기도 한다. 내 손자도 기차를 타고 친가 외가를 오르내리면서 강물을 보아왔지만 바다가 어떤 것인지 모른다.

그런데도 방에다 이불 베개를 모조리 꺼내놓고 그것이 섬이라는 것이다. 보물섬으로 간다면서 배 타고 가는 시늉도 하고 헤엄질 하는 시늉도 하고 이불 위에 앉아서 무전을 치는 시늉을 하며 "할머니, 보물 찾아 곧 갈게요, 오버." 하기도 한다. 그래서 전철 타고 인천 데려가서 바다 구경 한번 시켜주자고 딸애랑 작정을 하고서도 여름 내내 별렀을 뿐 못 가고 가을이 왔다.

약이 되는 세월

지난여름에는 동행하자는 사람이 있어서 팔당의 댐 근처까지 간 일이 있다. 물가에 매어둔 배를 타고 노를 저어보니까 흔들리는 것을 느낀 손자는 신기하고 경이에 차서 도무지 땅에 내리려 하지 않았다. 아빠가 오면 이보다 더 큰 배 타자고 달래며 돌아왔는데, 그날의 일은 퍽 충격이었던 모양이다. 만화에서 본 로봇 고래, 코뿔소 같은 것을 그리던 아이는 산이며 나무, 강물, 배를 계속하여 그리는 것이었다.

얼마 전에도 송추로 가자고 권하는 사람이 있었다. 송추에 가본 일이 없는 나는 강물부터 상상했고 수영을 할 수 있다는 말에 옳다구나 싶었다. 사실 아이를 업고 택시를 못 잡아서 애쓰는 생각을 하면, 또 아이 업은 손님을 환영 안 하는 운전기사 양반의 무언 속의 구박을 생각하면, 더군다나 교외는 엄두도 못 내는데 자가용으로 가자는 제의는 얼마나 반가운지 모를 일이었다.

그러나 자가용 속의 나는 답답했다. 숨이 가쁜 것 같았다. 택시나 자가용의 공간이 꼭 같은데, 자리도 푹신하고 편한데 왜 자가용만 타면 숨이 가쁘고 답답한지 알 수가 없다. 거리가 멀면 멀수록 그렇다.

차 임자가 화를 내는 것도 묵살하고 주유소에서 기름값을 내가 지불했는데 그래도 마음이 안 편하고 미안하기만 하다. 편안치가 못하다. 연도 풍경이 좋지요, 하면 좋다고 했다. 참 좋다고 했다. 공기가 얼마나 맑으냐 하면 그렇다고 했다. 정말 그렇다고 했다. 풍경은 좋고 공기는 깨끗했다.

그러나 내 귀에는 손자가 재잘거리는 말만 뚜렷했고 딸이 무슨 생각을 하고 있는지 얼굴을 훔쳐보는 데 신경이 쏠렸고 가슴속의 뭉게뭉게 이는 덩어리, 차창의 풍경은 무관하게 달아나고 있었으며 창틈으로 밀어닥치는 공기에서 흙냄새를 맡을 수 없었다.

(연추, 아니야 송추지. 연추? 송추?)

송추를 『토지』에 나오는 노령(露領)의 연추로 착각하며 마음속으로 지명을 시정해보는, 고작 그것이 내 사고 속의 병신스런 여유였다고나 할까.

옛말에 아이들 때문에 상두꾼에 든다는 것이 있다. 아무 인연도 없는 망자를 위해 울어주고 떡 쪼가리나 얻어와서 배고픈 아이들에게 먹이는 부모의 서글픈 애정을 생각하며 송추에 닿았다.

친구는 준비를 완벽하게 해왔다. 아이스박스 속에 맥주며 사이다며 컵이며 생선, 냅킨 대용의 예쁜 휴지며. 저 완벽성이 나를 답답하게 하는가 하고 나는 생각했다.

송추에는 큰 호수도 강물도 없었다. 흐르는 물을 막아놓은 풀장이 있을 뿐이었다. 사방이 야트막한 산에 둘러싸여 다른 곳과는 완전히 차단된 듯한 지형 역시 내게 답답증을 안겨주었다. 빨간 벽돌로 지은 산장에 노오란 해바라기가 피어 있었다.

잔디가 군데군데 줄기를 뻗고 있었는데 잔디밭 사이에 드러난 흙이 황토라는 것에 나는 기이한 느낌을 받았다. 내 의

약이 되는 세월

식 속에 서울의 땅은 모두 백토로만 알고 있었던 것이다. 내 고향의 붉은 땅이 이런 곳에 있다니. 물론 서울은 백토다, 하는 것은 내 착각이었지만.

역시 나는 이곳이 답답하다는 얘기를 친구에게 하지 않았다. 아늑하고 참 좋다고 했다. 그러면서 나는 사교라는 말을 생각했다. 아아, 바로 사교라는 것이 나를 답답하게 하였구나.

소나기가 쏟아져서 아이는 풀장에 발목을 담갔다가 말고 우리는 비에 쫓기어 집으로 들어갔다. 비 덕분에 점심도 저녁도 아닌 어중간한 식사를 하고, 그러다 비가 개어 아이는 잔디밭을 쏘다니며 잘 놀았다. 붉은 흙에 뒹굴어 흙투성이가 되어 두 번이나 옷을 갈아입혀야 했다. 아랫도리 벗은 것을 남이 보았다 하여 어디까지 달아나는 것을 잡으러 다니고, 그러는 동안 해가 졌다. 우리는 다시 자가용을 타고 붉은 벽돌집에 노오란 해바라기가 피어 있는 산장을 작별하고 서울을 향해 떠났다.

의정부로 돌아오는 길은 완벽했다. 헤드라이트에 비치는 길은 넓고 완벽했다. 그 넓고 완벽한 길과 같은 비례로 사람들은 사교에 능해가고 있는 것이란 생각이 든다. 거대한 건물과 기계로 돌아가는 일상과 형식으로 쏠리는 감정과, 쓰레기 속에서 지렁이를 잡은 것보다 더 끔찍스러움을 느낀다. 휘발유로 모는 자동차 말고 소달구지를 타야 한다면 오늘 이 칼끝 같은 역사 위에서 멸망할 것을 누가 모르겠는가.

하지만 삶을 위해 삶을 저당 잡힌 모질고 독한 목숨은 정녕 징그러운 것이다. 그러나 그보다 무서운 것은 행복이라는 말이 자주 들추어지는 일이다.

한데 집으로 돌아온 나는 손자를 보고, 할머니 돈 많이 벌어서 자가용도 사주고 비행기도 사줄게, 응?

녹음

신록이라 하면 오월을 생각하지 않을 수 없다. 오월은 거리에 가로수의 그늘이 지는 계절이다. 그리고 햇볕이 따가워서 그늘을 찾아드는 계절이다.

푸른 빛깔에서 오는 오월이 지닌 분위기, 휴식을 마련하는 그늘, 그것을 나는 좋아한다. 무슨 희망에서가 아니다. 젊음이 가질 수 있는 환희 같은 감정 때문도 아니다. 오히려 일종의 안정감에서 나는 오월을 좋아하는 것이다.

봄이 오면 불안스럽게 꽃바람이 불어오고 뿌연 햇빛이 눈 가장자리에 찝찔하니 비치고, 현기증을 느끼는 아지랑이, 그러면 거리에는 개나리, 벚꽃들이 지기 시작한다.

이러한 어수선한 상태로부터 가로에는 플라타너스의 잎이

커지고 시원한 그늘을 마련해주게 된다. 그러면 내 마음에 일던 불안은 저절로 차분히 가라앉고, 메말랐던 감정에 가을비처럼 시(詩)가 내린다. 고독한 혼잣말이다. 느낌이다.

가로의 그늘 밑에는 소복의 여인이 서도 좋고, 노란 리본의 아이가 놀고 있어도 좋고, 심지어 가위를 재깍거리는 엿장수 영감의 모습이 있어도 평화스런 한 폭의 수채화가 된다.

여학생 시절에도 나는 봄이 무척 싫었다. 그렇게 싫은 봄이 가면 오월의 그늘이 찾아온다. 소녀다운 향수를 느끼는 것도 이러한 계절이다. 애송시인 사토 하루오(佐藤春夫)의 「오월의 노래」를 얼마나 즐겨 읊었던가!

나는 지금도 창백하지 않은 그 시가 지닌 향수를 사랑한다. 그것은 건강한 낭만이었다. 하늘과 산과 바다 그리고 도시와 시골, 회상과 현실, 생활과 꿈, 그러한 것에서 부드러운 조화 속에 가라앉는 고요를 느끼기 때문이다.

사람이나 자연이나 시간, 그 밖의 모든 것에 조화가 있다. 그 조화가 깨지는 느낌 속에서 분위기는 흙 바람처럼 뒤집힌다.

봄과 가을 그리고 겨울 동안 엉성한 바람이 불고 꽃잎이나 낙엽이나 또는 휴지 같은 것이 휘말리어 가는 풍경 속에서 나는 나와 자연과의 부조화를 느낀다. 그리고 고개를 쳐드는 나의 열등의식은 내 메마른 피부에서부터 심화된다. 그리고 생활에서 오는 너절한 내 의상과 주변이 숨길 수 없이 강조된다.

약이 되는 세월

그러나 오월이 오면 내 피부는 축축이 젖어오고 풀 냄새와 더불어 내 마음속에 윤기가 돈다. 그리고 비록 의복이 퇴색되었다 할지라도 햇빛 아래 나설 필요는 없어지는 것이다.

여름 어느 날

주변에 아쉽지 않게 있으면 귀한 줄 모르고 없으면 갈망하는 것이 사람의 마음이다. 재작년까지만 해도 서향 방에서 하늘 구경도 못 하고 더위와 싸워야 했던 나는 마치 피서지 같은 정릉 골짜기로 옮아오면서부터 그렇게 갈망하던 개울물, 솔바람, 그리고 푸른 하늘을 거의 자각하지 못하고 나대로의 고통에 싸여 지내고 있다. 어쩌다가 시내에 나가면 참 정릉은 좋구나, 새삼스럽게 생각하곤 한다.

바닷가에서 자란 나는 어릴 때부터 나돌아다니기를 좋아하지 않았기 때문인지 여름이 와도 해수욕장에 가본 일이 별로 없었다. 따라서 수영도 할 줄 모른다. 그런 내가 작년 여름 하도 아이가 졸라대기에 수영복을 두 벌 가지고 아이와 함께

약이 되는 세월

정릉 풀장에 간 일이 있었다. 아이 혼자 보내기가 걱정스러웠고 또 그 핑계 삼아 나도 물에 들어가 보자는 심산에서다.

그러나 막상 가보니 어린애들 아니면 중·고등학교 학생들, 그리고 이십 대의 청년들만이 우글거리고 있었다. 우리 또래의, 더군다나 여자는 거의 없었다. 좀 무춤한 생각이 들기는 했으나 용기를 내어 물에 들어갔다. 전신이 저리듯 물은 차가웠다. 그러나 시원한 것보다 까닭 없는 불안이 자꾸만 일었다. 신경을 쓰거나 별로 친하지 않은 사람과 식사를 같이하면 체하는 버릇이 있는 것과 마찬가지로 아무리 재미나는 놀이를 해도 낯이 설고 주위에 익지 않으면 이내 피곤하여 공연히 내 방 생각을 하고 혼자 방에 도사리고 앉은 그 고독을 그리게 된다.

마침 그날은 중학생이 심장마비로 그곳에서 죽었기 때문에 더욱 마음이 산란하였던 모양이다. 아이는 무척 즐거운지 흰 이를 드러내고 나를 보며 연신 웃었다. 그러나 나는 집에 돌아가고만 싶어졌다.

물속에 엉거주춤 서 있는데 따님을 데리고 온 H화백과 우연히 만나게 되었다.

그분은 수영을 곧잘 하시는 모양이다. 그러니 더욱 내가 멋쩍을 수밖에. 하는 수없이 바위 위에 올라와 버렸다. 아이에게 신경을 쓰면서 H화백과 이런저런 얘기를 하다 보니 더위를 잊기는커녕 집에서보다 더 답답하고 고역 같은 시간을 치른 셈이다.

사람이란 어떤 외적 조건보다 내적 상태로 더워지기도 하고 서늘해지기도 하는 것일까? 문명이 인간에게 절대적인 행복을 줄 수 없다는 그 때문이겠지. 하기는 이런 얘기는 감정의 사치인지도 모를 일이다.

약이 되는 세월

뒤안길

음악을 듣다가 문득 5, 6년 전의 어느 악단 생각이 났다.

미스 아메리카가 오고 어쩌고 하며 신문의 선전은 그럴싸했지만 쓸쓸한 삼류 쇼단, 레퍼토리도 시원찮고, 일부러 시간을 내어 신촌까지 간 값어치는 못 되었다. 담배 선전을 곁들인 납인형 같은 미스 아메리카, 앞날의 성공을 꿈꾸며 순회공연에 따라온 젊은 가수들, 눈요기지만 그것마저 마음까지 닿아주지 않았다. 끝날 무렵 어떤 가수가 나타났다. 그가 노래 부르는 동안 같이 나온 가수들의 딱해하는 눈치가 청중석에 번져올 만큼 안 좋은 목소리였다. 그러나 비록 노래는 마음을 따르지 못해도 기쁨에 넘친 그 사나이는 손뼉까지 치며, 그러자 청중석에서 그의 손뼉에 맞추는 소리가 꽤 많이 났다. 흥을 사주는 것일까? 가수로서는 노병인 그를 동정해서일까? 함께 손뼉을 칠 용기는 없었지만 마음이 놓이고 기뻐졌다. 노랫소리는 메말라도 뒤안길을 가는 그의 슬픈 모습은 미국 제일의 미녀보다 내 마음에 와서 닿았다.

그 후 방송극의 공개방송이라는 것을 한번 구경한 일이 있는데 그곳에서 나는 또다시 뒤안길의 사람을 보았다. 그분의 과거가 화려했는지 어쩐지 모를 일이지만 얼마 전 감옥에서 풀려나왔다는 것이며, 유행가를 하기에는 아까운 목소리였다. 이제 인기 직업인들 속에서는 늙었고, 스스로 자기 위치를 좁히려 드는 소박한 태도, 초라한 의복, 그러나 어느 누구보다 무대를 소중히 여기는 겸허한 미소에는 뭉클해지는 것이 있었다.

어설픈 환상인지 모르지만 멀지 않아 낙엽처럼 무대에서 사라질 그에게 영광도 돈도 없이―나이트클럽의 슬픈 악사처럼 그러나 그들은 그들대로 낭만의 한 시절을 보냈으니 복 많은 늙은이들보다 인생의 애환을 뼈끝까지 맛보았을 것이며 화창한 날보다 비 오는 날의 다감함을 지니고 있으리. 그때 나는 서커스의 클라리넷의 가락을 마음에 들으며 생각에 잠겨 돌아왔다.

약이 되는 세월

독백

하도 적적해서 펜을 들었다. 그러면 나는 무엇을 쓰려고 하는가. 그러나 단지 적적해서만이 펜을 들 수 없는 것이 지금의 내 심경이다.

그렇다면 필연 그 이상의 무엇이 있을 것 같다. 이것들이 나를 적적하게 만들었고, 이 시름에 싸여 멍청한 자의식이— 즉, 이 적적함이—생명의 과잉이 아니라, 생명이 마멸되어가는 초조로써 펜을 들게 한 것 같다.

나는 지나간 해에 죽어버린 아이를 생각해보는 섯이다. 하루에 몇 번씩은 반드시 이런 생각으로 해서 내 마음이 언짢아지는 것이지만. 그러다가도 나는 굽어진 등허리에 스며드는 찬바람을 느낀다. 그리고 쪼그리고 앉은 무릎의 뼈가 못 견디게 쑤시는 것을 느낀다. 아예 내게 그러한 아이가 없었더라는 체념에서가 아니다. 내 생리가 추위에 견디지 못한 것뿐이다.

어떤 사람이 내 슬픔에 대해서 다음과 같은 글을 주었다.

'물론, 여기에는 시간이 필요할 것입니다. 제어할 수 없는 감정에 올바른 방향을 주기 위해서 이성은 노호하는 감정의 뒷동산에 일시 머물러 있어야 할 것입니다. 이래서 모든 사람은 원한과 슬픔과 괴로움에 정당한 방향을 주어 자신의 문제(즉 感情)를 처리하고, 이로 하여금 이성인간(理性人間)은 감정을 사상에로 양기(揚棄)하여 인류의 앞길을 가르치는 지표로 삼는 것입니다.'

그래서 나는 내 마음 위를, 그리고 내 고요한 눈앞을 주마등처럼 스쳐 가는 귀찮은 의혹, 그 발랄한 생명이 순식간에 재[灰]로 화해버린 신비를 씻어버리려고 옆집에서 흘러나오는 라디오 소리에 귀를 기울인다. 그리하여 나는 베토벤, 하이든…… 이렇게 고전파의 감정의 절도(節度) 위에 나를 앉혀본다. 그러나 이 우주와 인생의 조화 위에 무상히 아름다웠던 감정의 율곡(律曲)은 내 마음의 '의미'를 물리치지 못했다. 이러한 것이 덧없고, 부질없는 일인 줄 잘 알고 있다. 감정의 기복과 부침 위에 명멸하고 있는 나 자신이란 너무나 보람 없는 것인 줄도 알고 있다.

나는 무진한 현재를 꾀하고 있는 현재의 감정을 저 넓고 깊은 바다에로 이끄는 '하상(河床)'처럼 미덥고, 굳건한 것으로 만들어보고 싶은 것이다. 보석은 어두운 곳에서 더욱 빛을 발

약이 되는 세월

한다고 하고, 그와 같이 진리도 항상 역경 속에서 그 모습이 나타난다고 한다(상투적인 어구이지만).

이래서 인생은 애꿎은 감정을 지니면서 진리 앞에 넋두리하는 습관을 버리지 못하는가 보다.

이럭저럭 지루한 검토가 거의 끝난 것 같다. 결론은 내 문학에 있는 것일까?

사진과 죽음

사진을 볼 적마다 나는 이상스런 충동을 느낀다. 죽음이라는 문제가 가슴에 선뜩 오기 때문이다. 이러한 때의 감정은 나 자신이 주체할 수 없을 정도로 기막히는 것이다. 왜 사진을 보면 그러한 절망적인 감정이 북받쳐오는지 알 수가 없다.

나는 여학생 시절에 퍽 많이 사진을 찍었다. 그때는 소위 그 태평양전쟁이 말기에 이르렀을 무렵이라 학교 당국에서는 사진 찍는 것을 아주 엄금하고 있었다. 그런데도 불구하고 나는 누구보다도 사진을 많이 찍었던 것이다. 아마도 그것은 나의 반발심의 소치인 듯 지금 생각되지만 아무튼 여학교 시절에 그렇게들 사진을 찍은 것과는 반대로 여학교를 나온 뒤로 십여 년 동안 나는 통 사진을 찍지 않았다. 사진을 찍는 데

약이 되는 세월

흥미가 없어진 것이다. 사진을 찍는다는 일 자체가 벌써 귀찮았고 쑥스럽기만 했다. 즐길 줄 모르게 되어버린 나의 생활 감정이 그렇게 만든 것이라고 생각된다.

메마른 감정의 나의 생활 주변에 전쟁이 왔다. 그리하여 내 신변의 사람들이 죽어갔다.

전쟁은 끝이 났다. 그렇게 색이 바래진 사진들이 왜 남았는지 모르겠다. 그것은 두려운 추억들이었다. 그리고 저주스런 고뇌의 찌꺼기들이었다. 그래도 나는 그것을 불에다 살라버릴 용기를 갖지 못했다. 그저 눈에 띄지 않는 곳에다 살며시 넣어두었던 것이다.

근래에 와서 나의 생활은 형식만일지라도 좀 밝은 곳으로 옮겨졌다고 볼 수 있다. 그리하여 마음속으로부터 즐기지 못하게 되어버린 내 성격과 어떠한 오락에도 취미를 붙여보지 못하는 내 심경에는 개의 없이 어울려 놀아야 할 경우가 있고, 또한 사진을 찍어야 할 경우가 생긴다. 이러한 것이 나에게 괴로운 마음의 부담이 되는 것은 물론이지만 그렇게 해서 또 사진이 한 장씩 두 장씩 내 책상 서랍 속에 모이게 된다.

결국 이렇게 색이 바래고 하나의 회고로서 남겨질 사진, 죽은 사람의 섬뜩한 감각만을 간직하게 될 운명에 놓인 사진. 생명과 더불어 모든 것은 아름다운 것이다. 생명을 잃은 것은 오로지 흉스러운 것일 뿐이다.

이렇게 사실적으로 받아들이는 나에게는 모든 꿈이 갖게 되는 화려함 대신 무서운 자학이 남게 된다. 자학을 완전히 탈피 못 한 자아의 미명 속에 일어나는 현상이다. 초조·공포·저주 그리고 마음 밑바닥에 깔려 있는 미진한 것, 그것은 수시로 발열한다. 아무 곳에서도 위안을 받지 못하는 고통을 움켜쥔다. 그래도 나는 꿈을 마련하지 못하고 마음이 아프지 않기 위해 어떤 반증도 내세울 수 없는 사실적 안목 속에 앉아 있다.

생명을 잃어버린다는 것은 두렵고 징그러운 일이다. 그 두렵고 몸서리치는 생각 때문에 나는 내가 죽는 날까지 없어진 사람들을 망각의 강에다 띄워 보내지 못할 것이다.

사람마다 과거를 회상한다는 그것이 아무리 괴롭고 슬픈 일일지라도 시간이라는 하나의 표백기간(漂白期間) 때문에 아름답게 형상화된다고 한다. 그러한 일 때문에 사진이 가진 바의 의의도 있는 것이다.

그러나 내게 있어서 회상은 다만 가슴 저리는 허무에 지나지 못한다. 그때 그 모습이 그러했다고 해서 현재의 나에게 그것은 무엇이란 말인가. 무슨 의미를 갖는다는 말인가. 허무에의 계시가 다만 나에게 적용되는 것이고 모든 사람에게 적용되는 것이고…….

밖에는 가을비가 내리고 있다. 이 건강하지 못한 사념으로부터 내가 놓여야 할 것을 바라면서 암담한 가을비 소리를 듣는 창밖에는 먼 불빛들이 어둠 속에 달무리처럼 번져가고 있다.

약이 되는 세월

바다의 향기

　정오가 지나면 아무리 펜을 고쳐 잡아도 단 일행을 써 내려
갈 수가 없다. 서향인 방에는 그야말로 찌는 듯한 열기가 몰
려들기 때문이다. 결국 할 일도 없는 거리에 나서는 도리밖에
없는 것이다.
　"바다에 안 가십니까?"
　누구든지 만나면 곧잘 그런 인사를 한다.
　"글쎄요. 갔음 좋겠는데……."
　인사말로 대꾸해주지만 마음은 그와 같은 희망적인 것은
아니다. 아예 못 가겠거니 단념을 하고 있으니까 욕망이나 미
련이 있을 턱이 없다.
　바닷가에서, 그도 물빛이 곱기로 이름난 곳에서 출생한 나

였건만 바다하고는 지극히 인연이 멀다. 왜 그런지 이십 년 가까운 세월을 나는 황망하게 산 것이다. 수영복을 입고 물속에 잠겨본 기억은 아슴푸레한 옛날의 얘기다.

그래도 나는 항상 바다를 생각한다. 여름 한 철뿐만 아니라 사철을 두고 생각한다. 바다는 내 환상 속의 고향이다. 꿈속에서 그리는 아름다운 나라다. 한산도로 가는 나룻배에서 본 하얀 등대, 거울같이 맑은 물빛, 우거진 해초 사이로 잔고기들이 줄지어 가고 소라와 조개껍데기가 깔려 있던 바위틈 사이, 굴을 깨어 먹던 일, 그 굴 맛이야말로 천하일미였던 것이다. 굴뿐인가? 전복, 소라, 또 이름 모를 가지가지 해산물의 신선한 향기―.

위장병 때문에 어떤 음식을 보아도 시들하기만 한 나에게도 바다의 향미만은 잊을 수 없다. 그래서 그런지 나는 외식의 기회가 있을 때마다 전복 초밥을 되도록이면 청하게 된다. 친구들은 변화 없는 나의 식성을 놀려주기도 하지만.

위장병과 더위와 원고지, 무서운 인고를 요구하는 이들 속에 묻힌 서향 방에서 올해도 나는 피서를 단념하고 있다. 정오가 지나면 견디다 못해 거리에 나서고 고작 찾는 곳이란 피서 못 한 가난뱅이 문인들이 땀을 쪼르르 흘리고 모여 앉은 다방인 것이다. 피서에의 초대장을 못 받은 이들 속에 나도 해가 지기까지의 한 자리를 마련해보는 것이다.

○월 ○일

창밖에 비가 내린다. 병들어 누운 내 마음에 빗소리는 죽음
의 그것과 같이 서럽고, 그리고 슬프다.

저녁 세 시쯤 비는 멎었다. 책을 읽고 있는데 어머니가 들
어오셔서 병들었던 금붕어가 죽었다고 하신다. 그러나 그다
음의 말이 나의 심화를 불러일으켰다.

"하도 불쌍해서 냇가 개울에 띄웠더니 동당동당 떠내려가
더라."

동당동당 떠내려가디라고? 얼마나 슬픈 이야긴가, 모습
인가.

사실 그 붕어는 이 주일째 다른 붕어와 격리되어 외롭게 살
았고 뼈가 보일 지경으로 살이 썩어가면서 명을 붙이고 있었

던 것이다.

그래도 나는 밤낮 머리를 뭉쳐 들고 일어나서 붕어에게 머큐로크롬을 발라주는 것을 잊지 않았다. 행여 새살이 나고 회복될는지도 모른다는 희망하에서. 그러나 문병 온 내 동무들은 사람으로 치면 문둥병이니 냉큼 버리지 못하느냐고 성화를 했다. 그러던 것이 그 가엾은 것이 오늘에사 죽어 개울가에 동당동당 떠내려갔다니.

손바닥만큼이나 굵은 붕어가 까닭 없이 아침이면 죽어 자빠져 있어도 이렇게 내 가슴이 쓰리지는 않았다.

가엾은 금붕어! 짧은 생애에 고난이 많았던 금붕어. 동당동당 어디로 떠내려갔을꼬──.

영주가 학교에서 돌아오면 눈에 눈물이 돌겠다.

약이 되는 세월

모녀상

올해 D여중의 이학년으로 올라가는 영주한테 그림을 그리는데 아이디어를 하나 달라고 했다. 영주는 즉석에서 종이에다 스케치를 하더니 나에게 넘겨준다. 소녀가 머리 위에 팔을 얹고 선 주변에 여러 얼굴들이 꽃잎처럼 혹은 구름처럼 모여 있는데 아주 환상적인 그림이다. 나는 그의 생각만을 따가지고 나대로의 기술을 부려보려고 했다. 그러나 생각은 물론이거니와 손이 굳어버린 것처럼 어린 그의 그림을 따를 수가 없었다. 하긴 영주는 벌써 예술이니 뭐니 제법 건방진 소리를 할 줄 알게 되었고 엄마의 작품에 대해서도 가장 신랄한 비평을 한다. 그런대로 그림에는 다소 재주가 있는 모양으로 학교 미술 선생님이 아껴주신다는 것이다. 그의 그림은 확실히 독창적이고 비약적이다.

나는 영주의 그림을 보고 그리다가 그만두고 말았다. 그의 감각의 세계와 나의 감각의 세계가 다르다는 것보다도 나는 할 수 없는 간판장이 그림이었으니까.

나는 일종의 쾌감적인 패배감을 느끼며 나대로의 그림을 그릴 작정으로 새 도화지를 꺼내었다. 여학교 시절에는 그래도 미술학교에 가고 싶다는 희망도 가져보았던 만큼 그림에는 전혀 자신이 없는 것도 아니다. 그러나 아무리 열심히 그려보아도 속화(俗畵)에 지나지 못할 것을 알고 있다.

그리고 그것이 나에게 중대한 일이라고 생각해본 일도 없다. 인간의 슬픔이나 괴로움을 그림 속에다 부어보고 싶었던 일이 없었고, 그저 재미로 심심풀이로 그려보았을 뿐이니까. 언제인가 퍽 옛날의 일이다. 무명 화가인 K라는 사람이 내 그림을 보고 이것이 그림이냐 하고 비웃었다. 그러더니 그는 어린아이들의 장난 같은 그림을 하나 그려놓고 이것이 그림이라 했다. 나는 그때 부끄러웠던 생각을 지금껏 잊지 않고 있다. 나는 그 후 영 그림을 그리지 않았다. 그 말 때문에 그림을 안 그린 것은 아니다. 나는 세상살이에 바빴고 그 바쁜 속에서도 그림에 대한 향수를 잊지 않으리만큼 내게 소질이 있었던 것은 아니다.

영주는 어릴 때부터 나처럼 공주 그림을 밤낮 그렸다. 나는 그것이 그림이냐고 비웃어주었다. 그러나 영주의 사내동생은 그렇지가 않았다. 그는 여섯 살 때부터 벌써 K가 그리던 그런

약이 되는 세월

그림을 너무나 놀랍게 그리는 것이었다. 고사리밥 같은 작은 손으로 그려지는 그림은 벽의 어느 곳에 붙여도 훌륭한 미술이었다.

그는 아홉 살 때 교회당이랑 개랑 누나의 얼굴, 그런 그림들을 수없이 그려놓고 죽었다. 영주는 그 후 혼자서 눈물이 방울방울 지는 공주 그림을 그렸다. 그러한 영주가 지금은 여학생이 되어 미술을 한답시고 실속 없는 내 주머니를 털어 간다.

그러나 나는 그의 작품에 대하여 언제나 남보다 무관심하다. 내 마음속에 그의 동생에겐 어림도 없지, 하는 서글프고 가슴 저리는 추억이 있기 때문이다.

간판장이식의 그림을 거의 두 시간이나 걸려서 그렸다. 그새 두서너 장이나 척척 그려놓고 기다리고 있던 영주는,

"어머니 끈기에는 두 팔 들었어요. 어쩌면 그리 꼼꼼해요? 그렇지만 그것은 예술이 아니어요. 우리가 그렇게 그리면 선생님이 막 야단치는걸요."

"그래, 네 말이 맞는다."

나는 그가 그린 소위 예술품을 넘겨다보며 빙그레 웃었다. 그의 그림에는 어린 대로의 예술적인 향기가 있다. 나는 다만 직공처럼 열심히 선을 다듬었을 뿐이다.

소녀예찬

목욕탕 탈의실에서 거울을 보고 선 소녀가 있었다. 청포도처럼 서늘한 눈이 내 눈과 부딪쳤을 때, 소녀는 황망히 그 긴 속눈썹을 흔드는 것이었다. 너무나 깨끗한 처녀상이다.

(어딜 다니시지요? 참말로 친하고 싶어요.)

나는 불시에 그런 말을 걸어보고 싶은 강한 충동을 느낀다. 그러나 나는 입을 다문 채 목욕탕을 나와버리고 말았다. 푸른 가로수에는 찬란한 오월의 햇살이 부서지고 있었다. 나는 길을 거닐면서 나 자신을 이상하다고 생각하는 것이었다.

만나기 전부터 너무나 잘 알고 있는 사람이 있다. 글을 통하여서지만…… 그런 체질까지도 알아버린 사람을 이따금 다방 같은 곳에서 소개를 받게 되는 수가 있다. 그러면은 나

약이 되는 세월

는 고작 한다는 것이 고개를 한번 숙일 뿐 한마디 말도 못 해 버리기 일쑤다. 두 번, 세 번, 네댓 번, 그렇게 만나야 겨우 한두 마디 입이 풀어지는 내 천성을 나는 얼마나 원망했는지 모른다. 그런 내 성격이다. 그런데 어찌하여 아까 그 꿈에도 보지 못한 미지의 소녀에게 말을 걸고 싶은 충동을 느꼈을까? 얼굴이 아름다웠기 때문일까? 그러나 나는 곧 허전한 내 마음이 그런 말을 시켰으리라고 일러주었다.

이삼 년 동안 내 마음 한구석을 차지하고 있던 사랑스런 나의 소녀가 며칠 전에 시집을 가버린 일이 생각났던 것이다. 그 자리가 차지 않은 채 지금 비어 있는 것이다.

소녀는 항상 편지에다 나를 언니라고 적어 보내는 것이었다. 그러나 나는 소녀를 한 번도 동생이라고 생각한 적은 없었다. 동무도 아니었다. 물론 연인일 수도 없다. 다만 내게 있어서 그는 아름다운 소녀일 뿐이다. 나를 알기 전부터 그에게는 연인이 있었지만 그래도 내게 있어서 소녀임에는 다름이 없었다. 그러나 그는 지금 시집을 감으로써 소녀가 아니고 말았다.

시집가던 그 날 소녀는 자동차에서 내리고서 손을 나에게 뻗쳤다. 그의 손을 쥐면서 나는 내 눈에 눈물이 폭 괴는 것을 느꼈다.

"예뻐! 참 예쁘다. 옥순아."

나는 백공단 예복을 입은 날씬한 그의 허리를 안으며 휴게실로 들어갔다. 신비스럽도록 아름다운 얼굴이었다. 그가 이날을 근심하여 앓지만 않았어도 얼마나 더 아름다웠을는지……. 나는 언제까지나 너울 속의 요정과도 같은 그의 눈을 보고만 싶었던 것이다.

내가 그를 처음 만났을 때 연둣빛 머플러를 소녀는 쓰고 있었다. 그때, 그이, 그분, 관두셔요. 그렇게 낙서를 하고 있던 소녀였었다. 어둠침침한 지하 식당에서 값싼 점심을 먹으면서 나는 소녀에게

"사변 때문에 집의 경제적 책임을 네가 지게 된 것은 안다. 그러나 모든 사람을 가치판단에 의하여 사교한다는 것은 슬프다."

그렇게 나무랐을 때 밥을 먹다 말고 흑흑 흐느껴 울던 소녀였었다.

결혼식이 끝났다. 신부와 신랑은 차에 올랐다. 바로 여행을 떠나는 것이다. 소녀는 자그맣게 꾸민 꽃다발을 들고 나를 가만히 쳐다보았다. 파르스름한 창유리 속의 꽃봉오리들이 나른하게 보인다.

나는 그 꽃으로 해서 갑자기 어느 생각이 머리에 왔다. 소녀는 언젠가 나에게 꽃다발 얘기를 한 적이 있었다. 그러나 나는 두고두고 나를 생각하며 쓰라고 은수저를 선물로 보냈던 것이다. 선녀와도 같은 소녀의 모습, 저 나른해진 꽃은— 안 될 말이다. 이 자동차 속에 싱싱하고 향긋한 꽃이 묻혔어야 했다. 마지막 소녀의 날을 나는 마땅히 장식해주었어야 했을 것이다.

약이 되는 세월

나는 잘 다녀오라고 떠나는 자동차에 손을 흔들며 땅을 굴린다. 분했던 것이다. 실질을 좇은 나의 통속성이 미웠던 것이다. 그리하여 나의 소녀의 마지막 날을 장식하는 기회를 나는 영원히 잃어버린 것이다. 두고두고 이 회오는 잊히지 않을 성싶다.

여자의 마음

헤드라이트가 무수히 흐르는 겨울 거리의 저녁은 슬픈 생활의 시(詩)가 무슨 통곡과도 같이 내 가슴에 벅차오르는 그러한 시각이다.

차가 아슬아슬하게 내 외투 자락을 스치며 지나간다. 죽음이라도 대기하고 있었던 것처럼 태연한 내 걸음걸이 속에 약간의 근심이 휘감긴다. 내 속옷에 때가 묻어 있지나 않았던가 하는 생각이었던 것이다.

직장을 갖기 전에 나는 달에 한두 번 외출을 하는데, 그럴 때마다 나는 교통사고를 연상하고 내 속옷에 신경을 쓰는 것이었다. 그러나 분주한 직장생활을 시작하면서부터 나는 한동안 그러한 신경질을 잊어버리고 있었다. 그러던 것이 왜 무슨 까닭으로 생각이 났을까? 그러나 나는 그 까닭을 구명하기 전에 그것이 얼마나 강한 허영의 소치였던가를 생각해보는 것이었다.

이미 생명이 무로 돌아간 연후에도 결코 자기를 곱지 않게 남기는 것을 원치 않는 강한 그것은 자살자가 유언을 남기고 가는 심리와 마찬가지라 할 수 있다. 더욱이 실연자의 유언이 그것이다. 감정의 사치와 허영이 무의식적이라 할지라도 반드시 그곳에 책동하고 있는 것을 결코 부인하지 못할 줄로 안다.

어느 친구가 이성 앞에서 내 얼굴이 붉어지는 것을 보고 나의 감정을 불순하다고 한 적이 있었다. 그 당시 나는 그 말에 몹시 화를 냈다. 그러나 그것은 사실일 것이다. 얼굴이 붉어진다는 것은 물론 부끄럽다는 의식에서 오는 것이지만, 그렇다면 그 부끄러운 감정은 무엇일까? 부끄러운 감정은 열등의식이다. 이 열등의식은 여성끼리에도 오는 것이지만 이성 앞에서 더 현저히 나타난다. 그렇다고 해서 그 열등의식이 겸손의 뜻이 될 수는 없다. 보다 많은 욕구의 반작용인지도 모른다. 자기가 자기에게 바라는 것이 많은 데서 오는 실망이 열등의식으로 나타나는 것이다.

이것도 허영의 한 변형이라 할 것이다. 결국 자기를 남에게 아름답게 인식시키자는 강한 욕망이 죽음 앞에서 속옷 걱정과 남겨둘 유서의 문구를 생각하게 되는 것이고 항상 열등의식에 사로잡히게 되는 것이 아닌가 생각한다.

여자는 항상 남성보다 감정이 사치스럽다. 그리고 때에 따라서 공리적일 수도 있다.

약이 되는 세월

차중(車中)에서

　내가 P신문사에 나가게 되고부터 얼마 후의 일이었다. 그 날 아침에 나는 삼선교에서 버스를 탔을 때 겨우 하나 남은 좌석을 차지할 수가 있었다. 일에 쫓겨 다녀야 하는 피로한 몸에는 앉아 갈 수 있다는 이 조그마한 일이 여간 행복한 것이 아니다.

　나는 창밖으로 눈을 돌리면서 우연히 내 옆에 앉은 부인이 들고 있는 봉투에 눈이 갔다. 봉투 겉에는 '한국일보 문화부 귀중'이라고 씌어 있었다. 나는 기자라는 직업의식보다 글줄이나 쓰고 있다는 현재의 내 위치에서 그 봉투를 가진 부인을 유심히 바라보았던 것이다. 그러나 전연 초면인 그분을 두고 나의 상상력을 총동원시켜 보았던들 그분이 무엇을 하는 분인지 알 턱이 없는 일이다. 다만 그 조용한 눈빛 속에서 무엇인지 모르게 생각하는 사람이라는 그런 막연한 생각을 하고 있었던 것이다. 머리에는 뿌옇게 먼지가 앉아 있었다. 이미 중년이 된 얼굴에는 기미도 끼어 있었다. 그런데도 불결하다거나 생활에 찌든 때가 조금도 보이지 않았다.

그러자 그 부인의 바로 옆에 앉았던 남자 한 분이 부인에게 손짓을 하고 좀 지나치게 분주한 표정을 지으며 무엇인지 잘 알아들을 수 없는 말을 걸었다. 그러니까 그 부인 역시 익숙하게 손짓을 하고 상대방의 눈을 보며 명확한 목소리로 말대답을 하는 것이었다. 그러한 대화가 잠시 동안 계속되었다. 나는 그때 비로소 그분들이 동양화가 K씨 부처인 것을 알았다. 잡지 속에서 본 사진의 기억이 났던 것이다. K씨라면 신문사 문화부하고는 깊은 관련이 있는 것은 물론이다. P신문사만 해도 현재 K씨가 삽화를 그려주고 있는 형편이다.

말을 못 하는 화가, 남편을 받들며 역시 같은 화도를 가는 부인, 이러한 특수한 조건으로 해서 그분들이 누구인가를 쉽사리 나는 알 수 있었던 것이다. 따라서 그 봉투가 빚어낸 나의 궁금증도 풀린 셈이다. 이것뿐이라면 이야기는 간단하고 구태여 이 글을 쓸 필요는 없다. 그러나 그 후에 벌어진 아름다운 광경이 나로 하여금 이 글을 쓰게 했다.

버스가 명륜동에 닿았을 때 출근 시간이 돼서 그런지 몹시 혼잡을 이루었다. 선 사람이 많고 더군다나 좁은 속에서 밀고 부닥치고 하는 것을 보면 앉아 있는 사람의 마음도 결코

　　　　　　　　　　　　　약이 되는 세월

편하지는 못하다. 그러는 중에 어떤 흰 두루마기를 입은 늙은이 한 분이 버스에 올라왔다. 그러자 K씨는 부인의 무릎을 치면서 다가앉게 하고 저켠에 서 있는 늙은이를 자꾸 가리키는 것이었다. 부인은 비좁은 사람들 사이로 겨우 팔을 내밀며 그 흰 두루마기 자락을 잡아당긴다. 늙은이가 돌아보자 K씨는 몸을 오므리고 만들어진 좌석을 가리키며 분주하게 손짓을 하는 것이었다.

이러한 자리쯤 마련해주는 것이 아무것도 아니라면 아니겠지만 그러나 그때 K씨의 표정은 그 늙은이를 자리에 앉히고자 하는 생각으로 해서 너무나 천진하게 긴장되어 있었다. 선을 행한다는 의식이라든가 사회도덕 같은 거추장스런 것은 티끌만큼도 보이지 않았다. 하물며 자기가 직접 표시할 수 없는 마음을 부인을 통하여 전하고, 그 부인 역시 남편의 마음을 그대로 감수하여 상대방에게 베풀었다.

늙은이가 좁은 자리에 앉자 겨우 안심이 된 듯 부인은 조용한 눈빛으로 가만히 앞을 바라보는 것이었다.

나는 순간적으로 흘러버린 그 짤막한 분위기에 가슴이 뭉클해졌다.

한 늙은이를 자리에 앉히고자 한 아름다움도 아름다움이거니와 두 내외분의 일치된 호흡이 나에게는 더 아름답게 느껴졌다. 이미 애정을 운운할 단계를 넘어서 하나의 의지와 이해로써 이루어진 인간의 결합을 보는 듯했다.

완전한 결합이란 두말할 것도 없이 하나의 세계를 갖는 것인데 하나의 세계를 이루는 데는 애정만으로 되는 것은 아니다. 공동의 일, 공동의 감정, 이러한 길로 이끄는 의지와 이해만이 건전한 결합을 이룩하는 것이다.

그분들이 버스에서 내린 다음 가을의 기척이 사방에서 느껴지는 창밖을 바라보는 내 마음에 일치된 한 쌍의 인간상이 상쾌하게 되살아오는 것이었다.

약이 되는 세월

고마운 그분

    나에게는 별로 아는 군인이 없다. 일가친척이 많지 않고 외톨박이이기 때문에 집안에도 군인은 없다. 그러나 단 한 분 말할 수 없는 은혜를 입은 분이 계시다. 생명의 은인이라 하여도 과언은 아니리라.

    그러니까 십삼 년 전 육이오사변이 나던 바로 그때의 일이다. 이미 가정을 갖고 아이까지 있었던 나는 학교를 나오자 가정을 버리고 연안여고에 취직을 해서 떠났다. 까닭 없는 인생에 대한 염증과 회의 때문에 나는 그런 곳으로 도피했던 것이다.

    집안에서는 삼팔선 접근지라 하여 극력 반대하였다. 그러나 모 여대 조교로 있는 Y부인의 소개로 연안여고에 취임한 것이 유월 초하루였다.

햇빛에 번질거리는 석탄이 아무렇게나 쌓여 있고, 이름 그
대로 흙냄새가 물씬 풍겨오는 듯한 남한의 종착역, 토성에서
연안으로 가는 기동차로 갈아타고 달리는 연변의 풍경이 지
금도 눈앞에 선하다. 산이랄 것도 없는 붉은 언덕을 오른편에
끼고 왼편에는 넓은 연백평야가 역시 검붉게 펼쳐져 있었다.
아직 모를 심지 않은 논에서는 흰옷 입은 농부들이 벽돌 조각
같은 토탄을 캐내고 있었다.

그때 나는 하늘 끝으로 홀로 가는 듯한 고독감과 견딜 수
없는 애수를 느꼈다.

(인생이 이렇게 황막할 수 있을까?)

나는 그 말을 되새겨보며 오시니까, 가시니까 하는 그곳 사
람들 특유의 사투리를 들으며 기동차에 흔들렸다. 지금 생
각하면 어찌해서 그때 그런 심정에 빠졌는지 이해가 가지 않
는다.

내가 학교에 취임하자 뒤이어 S여대를 갓 나온 R선생이 부
임해 왔다. 우리보다 먼저 온 K선생과 세 사람은 기숙사에 학
생들과 같이 묵으며 그 구수한 연안쌀밥과 아욱국을 원 없이
먹었다. 그러는 동안 나는 이따금 학교 뒷산으로 올라가서 이
름 모를 꽃을 꺾으며 막막한 생각에 잠기곤 했었다. 배천(白川)
온천도 좋았다. 외국의 어느 촌락처럼 아담하고 조용한 고장
이었다. 그곳으로 온천 하러 갔을 때 삼팔선이 제일 가까운
곳이란 말을 들었다.

약이 되는 세월

R선생과 나는 얼마 후 기숙사에서 나왔다. 그리고 작은 방한 간을 얻어서 자취를 시작하였다. 자취를 시작한 지 며칠이 안 되어(그날은 유월 이십사일이었다) 국민학교 교정에서 월남 귀순병의 환영식이 있다 하여 우리 학교에서도 꽃다발을 만들어 그 환영식에 참석하였다.

그때 사회를 본 분은 정훈장교였다. 나는 그저 스쳐 가는 일로 그 정훈장교에 아무런 인상도 받지 않았다.

그날은 토요일이었기에 배천온천으로 가려고 했으나 피곤하여 우리들은 그만두고 자리에 들었다. 지금 생각하면 그때 만일 배천으로 갔었다면 어찌 되었으랴 싶어 아슬아슬하기도 하고 감회가 무량하다.

육이오 날 새벽, R선생과 나는 총성에 잠이 깨었다.

"웬일일까?"

그러자 집주인 아주머니가

"이거 큰일 났구먼. 싸움이 붙은 모양이요."

하는 것이 아닌가.

"더러 이런 일이 있었어요?"

우리는 와들와들 떨면서 물었다. 주인아주머니는 더러 그런 일이 있었다고 대답하였다. 우리도 신문에서 사소한 충돌이 잦은 것을 보았기에 스스로 자위하며 마음을 가다듬었다. 그러나 난생처음 듣는 총성은 기분 나쁜 것이었다. 총성은 차츰 콩 볶듯 들려왔고 그 소리는 점점 가까워져 오는 것만 같았다. 우리는 더 이상 그러고 있을 수가 없어서 간단한 짐만

들고 기숙사로 쫓아갔다. 거리에는 사람의 그림자도 없고 총탄이 날아오기까지 했다.

기숙사에 들어가자 학생들은 울고불고 야단이며 학교 측에서는 아무런 연락도 없이 갈팡질팡했다.

"피란을 해야잖아요?"

말이 선생이지, 아직 세상 돌아가는 것을 모르는 젊은 여자 세 사람은 공포에 질려 서로 마주 볼 뿐이었다. 그러자 밖에서 소식을 듣고 온 학생 한 사람이

"헌병들이 한길에서 못 가게 막아요."

했다. 그러나 앉아 있을 수는 없었다. 우리는 짐을 다 버리고 신분증 하나만 들고 나섰다. 짐을 가지고 가면 못 가게 막을까 염려되었기 때문이다. 큰길로 나갈 수 없어서 우리는 논둑길을 따라 뛰었다. 그러나 논둑길마다 이미 많은 사람들이 쏟아져 나와 길을 메우고 있었다. 말로만 듣던 난리를 우리는 그 논둑길에서, 푸른 하늘 아래서, 모를 심은 수답에서 바로 가까이 느꼈다. 슬프다거나 무섭다는 감정보다 멍해진 공허 속에 기계적으로 발을 떼놓았을 뿐이다. 하얗게 몰려가는 사람들도 아이를 업은 사람 외에 짐을 들고 가는 사람은 거의 없었다. 그들도 우리와 마찬가지로 그 총성을 일시적인 충돌로 알고 있는 모양이었다. 또 그렇기를 바라는 마음이다.

염전이 있는 연백 해변가로 나갔을 때 배천에 인민군이 들어왔다는 불안한 소식이 들려왔다. 이런 중에서도 일찍 나온 사람들은 염전의 소금을 싣는 목선을 타고 떠났고 겨우 배

약이 되는 세월

두 척이 남았으나 그것은 군에 징발되어 탄약 무기를 싣고 있었다.

아무리 발을 굴러봐도 막막한 바다만이 눈앞에 있었다. 우리는 땅바닥에 주저앉아 아우성치는 피란민들의 모습을 기가 차서 바라보고 있었다.

군용차에 군인들을 가득 싣고 꾸역꾸역 밀려드는 광경은 더욱 우리들의 마음을 어수선하게 하였다. 잠시 동안 피하면 되겠다는 희망은 사라져버렸다.

이때

"연안여고의 선생님들 아니셔요?"

남자 목소리에 고개를 들었을 때 바로 어제 국민학교 교정에서 사회를 맡았던 그 정훈장교가 아닌가. 우리는 좀 더 자세한 뉴스라도 들을까 싶어서 일어서서 그의 얼굴을 바라보았다.

"가족이 없으셔요?"

우리는 고개를 끄덕였다.

"서울서 오셨습니까?"

역시 고개를 끄덕였다.

그 정훈장교는 아무 말 하지 않고 돌아서 가버렸다. 한참 후 그는 다시 나타났다.

"저 배에 타십시오. 묻거든 군인 가족이라 하십시오."

우리는 감사한 말을 할 겨를도 없이 나는 듯이 일어섰다. 그러나 걸쳐놓은 발판을 밟으려고 하는 순간

"누구야!"

벽력같은 소리가 났다. 우리가 주춤하자 권총을 손에 든 헌병 대위가 핏발선 눈에 불을 뿜으며 우리를 안내한 정훈장교에게 욕설을 퍼붓는 것이 아닌가. 우리는 하는 수없이 먼저 자리로 돌아오고 말았다. 나뭇가지를 주워 땅바닥에 낙서를 하고 있는데 눈물이 울컥 솟는다. 도시 우리는 어떻게 될 것인지 암담할 뿐이었다.

해는 지체 없이 서산으로 기울어가고 있었다.

"죽기밖에 더 할라꼬?"

우리는 악에 받쳐서 뇌까렸다.

그때 그 정훈장교가 다시 다가왔다. 우리는 다 같이 아까 헌병 대위로부터 욕설을 듣던 생각을 하고 민망하여 고개를 들지 않았다.

"일어나셔요. 얘기했으니까 가서 타십시오."

우리는 아까와 달리 눈치를 살피며 마치 패잔병처럼 초라한 꼴로 배에 걸쳐놓은 발판을 밟았다. 권총을 휘두르며 야단을 하던 그 헌병 대위는 못 본 척 슬며시 외면을 했다.

배에 오르니 군인 가족, 경찰 가족들이 배 밑바닥에 웅크리고 앉아 있었다. 우리도 그 속으로 끼어들었다. 바다가 황혼에 붉게 물들었을 때 배는 육지에서 떨어져 나갔다.

임진강 하류에 이르렀을 때 적선이 임진강을 타고 추격해온다 하여 군인들과 경관들은 뱃전에 몸을 기대고 응전태세를 취하였다. 탄약과 무기가 쌓인 이 목선에 총탄이 날아오면 그때는 만사휴의 아니겠는가. 우리는 머리를 꼭 눌러 잡으며 배 바닥에 엎드렸다. 하마 폭음이 나고 우리는 바다에 던져질 그 순간을, 그러나 마음은 사막같이 아무것도 남은 것이 없었다. 다행히 배는 호구를 탈출하였다.

우리는 나누어주는 건빵을 씹으며 종일 굶은 생각을 까마득히 잊고 있었다. 밤에는 강화도 근방에서 정박하였다.

그동안 그 정훈장교는 먼 곳에서 우리들이 있는 곳으로 전등을 비쳐주고 있었다. 한마디 말도 없고 가까이 오지도 않았으나 그는 아주 세심하게 우리들을 지켜주었다.

밤이 걷히고 아침이 뿌옇게 서려왔을 때 우리는 가구지라는 곳에 상륙하였다. 땅을 밟는 감격, 살았다는 확신, 비로소 나는 서울에 둔 가족 생각을 했다. 날개가 있으면 날아가고 싶었다.

그러나 피란민들을 위한 주먹밥을 얻어먹고 우리는 그 정훈장교를 찾았다. 감사하다는 말을 무엇으로 표현할 길이 없었다. 키가 후리후리하고 얼굴이 갸름한 그분은 우리들보다 훨씬 나이가 많은 듯하였다. 군인이라기보다 지식인이라는 인상이 앞섰다.

우리 세 사람은 서울 가거든 가족들에게 얘기해서 그분을 한번 모시고 대접을 하자고 의논했다. 그래서 그분에게 성함을 물었더니 좀 당황해하다가 슬며시 명함을 꺼내주는 것이었다. 그리고 우리는 헤어졌다.

피란민들에 몰려가면서 우리는 그분을 찬양하고, 또한 서울에만 간다면 다시 만나서 고마운 마음을 전할 수 있다고 믿어마지 않았다. 지나놓고 보니 참으로 어리석은 생각이었던 것이다. 그것이 이 나라를 초토로 몰아넣은 전주곡인 줄 어떻게 알았으랴. 서울만 간다면 우리는 안전할 수 있으리라고 믿었다. 그리고 다시는 연안에 가지 않겠다고 마음먹었던 것이다. 이렇게 대충 써놓고 보니 도무지 실감이 나지 않는다. 너무나 생생한 일이었고 또한 삼, 사백 매는 족히 될 그때의 기록이니 무리가 아닐 수 없다.

지금 그분은 어디 계시며 무엇을 하고 계시는지 알 길이 없다. 그러나 그분이 우리들에게 베푼 호의만이 아니고 부하를 대하는 태도나 여러 가지 세심하면서도 말수가 적고 높은 교양을 지녔다는 것을 잊을 수 없다.

나는 어느 때고 그분의 고마움에 보답해야겠다는 생각을 가끔 한다.

약이 되는 세월

고향 사람들

　금년 따라 별나게 생각나는 것은 고향의 봄이다. 며칠 전에 고향 선배분들을 만나서 받은 감명 때문일까. 그때 고향 얘기를 쓴 내 소설을 치하하기 위하여 저녁을 베풀어주셨는데, 그곳에서 나는 내가 모르는 고향 이야기를 많이 들었다. 흘러간 가지가지의 로맨스, 예술적 분위기를 젊은이들에게 남기고 가버렸다는 모더니스트, 하나 끝내 일본문화를 거부했다는 이야기, 조선호텔 근방에 '프라탄'이란 한국 최초의 다방을 경영한 분도 고향 사람이라는 이야기, 전국적으로 가장 많은 예술가를 내놓았다는 자부, 그런 말씀을 하시는 그분들의 흥분은 소박하고 감상적인 것이었다. 하기는 대선배인 유치진(柳致眞), 유치환(柳致環), 김춘수(金春洙), 김상오(金相沃) 여러 선배님은 현재 극단에, 시단에 군림하여 큰 영향력을 가지고 계시고, 평론가에 김성욱(金聖旭) 씨, 소설에 송기동(宋基東) 씨, 아동극의 개척자 주평(朱泙) 씨가 계시고 또 여류 시인도 한 분 계시다고 들었다. 『뒤웅박』이라는 영문소설로 해외에 알려진 고대(高大)의 김 교수도 그곳 분이라 했다. 악단에도 윤이상(尹伊桑) 씨, 정윤주(鄭潤柱) 씨, 내가 아는 것은 이 정도이지만 이만하면 작은 어항의 풍토가 심상치 않았다는 느낌도 들 만하다.

옛날에는 통영갓, 통영소반의 명산지와 오늘날에도 나전칠기의 전설은 남아 있지만 내 어릴 때 보아온 그 숱한 공예품은 피란 시절에도 그 자취를 찾을 수 없었고 그 시절의 명공도 지금은 떠나고 없다.

"지금은 정말 비참해서, 황폐일로입니다. 우리가 좀 어떻게 해야 할 텐데……."

창녀처럼 흔해 빠진 애국, 나는 그런 애국 안 한다고 소리치던 K시인의 말씀이다. 회상에 잠겨 있던 K변호사께서도 우울하게 고개를 끄덕였다. 나는 소박한 이분들, 애향가(愛鄕家) 앞에서 자기 자신에 대한 미움을 느꼈다.

『김약국의 딸들』이 출판되자 익살스런 분들이 고향 자랑이니 고향에서 훈장을 주지 않더냐는 등 우스개들을 했었지만 사실 나는 그곳에서 탐욕스럽게 소재를 착취했을 뿐 별다른 감동은 느끼지 않았다. 만일 내가 고향에 애착을 가졌더라면 도리어 그 작품은 주관에 얽매여 실패했을지도 모른다. 다만 그곳의 풍경, 그곳의 고적 유래를 쓸 때 나는 참으로 그곳이 아름답다는 것을 정확하게 느낄 수 있었다.

　나이 들면 눈물이 흔해진다고들 한다. 고향 사람을 만나게 된 일보다 나이 탓으로 나는 고향의 봄을 생각하는지도 모르겠다

말이 없는 사람

　말을 잘한다는 것은 물론 타고 난 천성이다. 말을 못하는 것도 역시 천성이라 할 수 있다. 그러나 말을 못하는 데는 천성이 있고 또 아는 것이 없어서 말을 못하는 경우가 있다. 아는 것이 없이도 아는 체 말을 늘어놓는 사람을 주책머리가 없다고들 한다. 그러나 아는 것이 없어도 교묘한 말재간을 부려서 남을 황홀하게 만들어버리는 사람이 있다. 이러한 사람을 주책머리 없는 사람이라고 하지 않는다. 도리어 재치 있고 영리한 사람이라고 한다. 즉 선천적으로 혜택받은 사람이라 할 수 있다. 다 같이 아는 것이 없다는 조건하에서도 묘한 화술로 인하여 상대자에게 주어지는 호칭이 이렇게 차이가 나는 것이다.

　다음 침묵하는 형의 경우를 말하자면 역시 두 가지 종류로 구분될 수 있다. 너무 무식해서 말을 못 한다고 인정받을 수도 있고, 신중한 사람이 되어 입이 무겁다고 인정될 때도 있다.

나의 경우의 무언벽(無言癖)은 물론 아는 것이 없다는 데서 비롯된 것이다. 아는 것도 없는 인간이 섣불리 말을 하다가 망신이라도 당하지나 않을까? 하는 위구심과 사투리에서 오는 주저가 어느 사이엔지 모르게 나의 무언벽을 만들어버린 듯하다. 소심하고 아주 비루한 일이 아닐 수 없다.

이러한 무식을 엄폐하려는 나의 무언벽은 그러나 나에게 큰 손실을 가져오는 때가 더 많았다. 무뚝뚝하고 멋이 없고 교만하고 우울의 상징이고 이런 비난이 온다. 그뿐만이 아니다. 어쩌다가 여러 사람들과 자리라도 같이하고 앉게 되는 경우가 있는데, 이럴 때는 돌부처처럼 말없이 앉았는 내 위치가 그분들의 눈에 상당히 거슬리는 모양이었다. 이런 이상한 기색을 내 온 피부에서 느낄 수 있다. 분명히 내 침묵으로 해서 그 자유스러워야 할 그분들의 분위기가 깨져 있다는 것을 모르는 바 아니다.

그러나 종내 나는 얼어붙은 것처럼 입을 열지 못하는 것이다.

여기까지 이르면 벌써 무슨 무식을 엄폐하려는 그런 불순한 생각은 없어지고 다만 하나의 관습상 말을 못 하게 되는 것이다. 이런 결과로서 나와 자리를 같이하고 앉았던 사람은 한 사람 두 사람 자리에서 떠버리는 것이었다.

나의 주변에서 왜 이러한 새로운 친지들이 사라지는지 물론 나는 그 이유를 알고 있고 또 그 책임이 전연 나에게 있다는 것도 알고 있다. 그러나 나는 나의 무언벽을 개조하지 못하는 것이다. 천성이라면 천성이겠지만 나의 한 생활 태도라고 볼 수도 있다.

무언은 때에 따라서 강력한 자기 의지의 표시일 때가 있다. 그러므로 어느 때는 맹렬한 부정일 때가 있고 아주 확고한 긍정일 때가 있다. 물론 행동성의 뒷받침이 있는 연후의 이야기지만 우리가 사회 속에서 대인 관계를 맺고 사는 이상 반드시 대인관계상의 행동이 없을 수 없다. 설령 능란한 말재간을 타고 나지는 못 하였다 하더라도 사람은 늘 생각하고 있으며 그 생각의 결과로서 행동하고 있다. 사고와 발표와 행동, 이것이 정상적인 것일 게다. 그러나 나는 사고와 행동으로도 무방하다고 생각한다. 다만 얼마만 한 정확한 비판 정신에서 온 사고이며 행동에 대한 책임의 소재가 문제다.

이러한 것이 하나의 자위일지는 모르겠다. 그러나 내 딴에는 이렇게 생각하고 있다.

내 행동을 아는 사람만이 나를 경원하지 않을 것이고, 내가 주책머리 없는 다변을 농할 것을 원하지 않을 것이며, 나의 모르는 것에 대하여는 올바른 충고가 있을 줄 믿는다.

하긴 나 자신의 행동에 책임을 진다면 구태여 무언의 변을 쓸 필요도 없다. 그러나 내 행동에 책임을 질 만큼 나의 무식이 가시는 날은 요원하다. 그래서 구차스런 자위를 해보는 것인지도 모르겠다.

약이 되는 세월

우스운 이야기

며칠 전 일요일 밤의 일이었다.

친구들이 놀다 간 자리에 그들을 대접했던 포도주가 엎질러진 것을 모르고 나는 기한이 코 앞에 있는 원고를 쓰고 있었다. 일의 양이 붇는 대신 점점 지필(遲筆)이 되어가는 요즘의 상태이기에 종일 책상 앞에 눌어붙어도 개미 쳇바퀴 돌듯 일은 도무지 앞으로 나가질 않았다.

가을이 깊어 바람도 설렁하거니와 원래 옷을 많이 걸치지 못하는 성미라 방안은 더워야 했고 그러면서도 창문을 열어 놓지 않고는 못 배긴다. 창문 이야기가 났으니 생각나는 일이 있는데 언제였던가. 아마 정월 보름날 몹시 추운 밤이었다고 생각된다. 대선배이신 여류 시인 M선생과 몇 분 여류께서 우

리 집에 찾아오신 일이 있었다. M선생께서,

"이거 방바닥은 뜨거운데 어디서 이리 바람이 날까?"

하시며 어깨를 으쓱거렸다. 커튼을 쳐놓은 뒷창문이 열려 있었기 때문이다. 나는 그 때문에 바람이 난다고 말씀드렸더니,

"한겨울에 창문을 열어놓다니? 추위 견디겠소? 문 좀 닫읍시다."

그러나 그 창문은 사철 내내 열려 있어 닫히지 않는 문이었다. 그래 닫히지 않는 문이라 했더니,

"여보시오. 그럼 신문지라도 바를 일이지, 원 사람도······."

"이불 폭 뒤집어쓰고 자면 괜찮은걸요."

내 대답에 모두들 웃었다.

"남자 없는 집이라 할 수 없군, 쯔쯧쯧······."

G여사가 혀를 차다가,

"어디 장도리 가져오시오. 내가 고쳐주고 가지."

G여사는 일어나 창문을 손바닥으로 툭툭 쳤다. 창은 장도리를 가져오기 전에 닫혔다. 사람이 왜 그리 맺힌 데가 없느냐고 놀림을 받고 한바탕 웃었는데, 그러나 그분들이 돌아가신 후 다시 창문은 전만큼 활짝은 아니었지만 조금 열어놓고야 말았다.

이야기가 엇길로 빠졌지만 하여간 나는 창문을 항상 열어놓기 때문에 추위도 추위려니와 별의별 피해도 입게 된다. 더군다나 지난봄에 이사 온 이 집 창문 밖에는 뜰과 잇닿은 산

약이 되는 세월

이 있어서 철따라 희한한 곤충들이 모두 불이 켜진 내 방을 방문하는데, 아름다운 태극나방서부터 수에 있어서는 송충나방이 제일 많았고, 풍뎅이가 전등가를 선회하며 프로펠러보다 더 시끄러운 소리를 내는 데는 아주 질색이다. 이 풍뎅이가 선회하는 소리를 들으면 우리 집 고양이가 쫓아와서 잡아주니 다행한 일이긴 했지만. 그러나 신문지상을 요란하게 했던 뇌염의 계절은 창문을 열어놓은 내게 있어 하나의 시련의 고비였다.

나는 생명에 대해서 그 신비함을 믿고 있다. 그러니만큼 신체에 대해서도 신비를 믿고 있다. 의술을 불신한다는 말이 될지 모르지만 인체의 신비에 과학이 이르지 못한다는 느낌을 때때로 갖는데, 일종의 운명론일까? 필연적이란 뒷받침에는 또 우연적이란 강한 뒷받침이 있고, 비극이 성격을 만들었는가, 성격이 비극을 만들었는가, 이런 문제도 운명의 가부를 결정짓기 어려운 만큼 그것은 목숨 있는 날의 숙제로 남겨두기로 하고. 하여간 나는 죽음에 대해서만은 굳은 운명관을 갖고 있다. 이런 말은 뇌염모기를 방지하지 못하는 내 게으름의 변명 같은 것인지도 모르겠다.

이 곤충들의 통로인 창문은 가을이 되면서 방문객이 뜸해지고 내 신경도 조용해졌다.

나는 친구들이 돌아간 뒤 원고를 쓰다가 너무 피곤하여 잠시 자리에 드러누웠다. 가슴이 뛰고 감은 눈앞에 여러 가지 빛깔이 난무하는 것을 보아 그간 회복됐던 건강이 다시 내리

막길을 달리고 있는 것을 느낄 수 있었다.

(심장병인지도 모르겠다. 아냐, 일에 쫓기니까 노이로제야. 일만 안 하면 정상인걸. 응, 또 뛰네? 이러다가 밤중에 아무도 몰래 죽으면?)

그러나 나는 병원에 가볼 생각은 하지 않았다. 모르는 것이 부처님이라고 만일 내가 병든 것을 안다면, 그날부터 무한히 괴로운 것이겠지만 일을 위해 탐욕스러울 만큼 남은 시간을 계산하는 내 꿈과 내 존재를 잃을 것이 아니냐, 이 생각은 충분히 나를 공포 속으로 몰아넣었다. 이것도 병원에 가기 싫은 내 게으름을 합리화하는 것인지도 모르겠다.

나는 몸을 돌리고 눈을 떴다. 이상한 것이 내 눈에 띄었다. 엎질러진 포도주는 따뜻한 방 열기에 증발되어 자가제(自家制)라 당분이 많았던 탓인지 그것은 끈끈한 엿 상태로 변해 있었던 것이다. 바로 그 자리에 무서운 사투가 벌어지고 있었다. 여남은 마리의 날개미가 연분홍빛 사해(死海)의 향긋한 단맛에 유인되어 조난을 당한 모양인데 몇 마리는 이미 시체가 되었고 다리가 붙어 몸부림치는 놈, 더러는 그 가까이를 방황하며 아슬아슬한 위기에 처해 있는 놈, 나는 벌떡 일어나서 몸부림치고 있는 놈부터 끌어내었다. 몇 놈은 끈끈해진 다리를 질질 끌며 기어갔으나 그중 한 놈은 내 큰 손가락에 끌려 나오면서 허리를 겹쳤는지 꾸부정하니 꾸부러져 자꾸 구르기만 한다. 나는 그놈 허리에 끈끈한 엿이 묻어 그런가 보다고 조심스레 허리를 펴주었다. 겨우 제대로 기어가기 시작했다.

약이 되는 세월

나는 안심하고 다른 놈의 구조작업을 시작했는데 허리가 겹쳐 그 고생을 한 놈이 또다시 그곳으로 와서 엿 속에 거꾸러지는 것이 아닌가.

이것을 바라보며 나는 생각했다. 이 날개미들에게 있어 포도주는 마의 바다요, 내 손은 기적이다. 내 마음은 그들에게 있어 하나님의 뜻일 거라고. 그러나 끌어내어 주어도 다시 죽음의 곳으로 가는 그 놈은? 아마 그것은 운명일 거라고.

『일리어드』 중에 아킬레스와 헥토르가 싸우는 장면이 있는데 이것을 보고 계시던 제우스신께서는 몹시 망설였다. 둘을 다 사랑했기 때문에 어느 쪽을 죽여서 좋을지 몰랐기 때문이다. 결국 고민한 끝에 제우스신은 운명신을 불러 그 운명에 의해 트로이성의 왕자 헥토르를 죽게 했다.

가을밤에 날개미 몇 마리를 두고 나는 참 우스운 생각을 했던가 보다.

망각

조간신문을 보니 미국 대학생들이 김지호 군의 기념탑에 붙여 달라고 보내온 아름다운 동판의 기사가 실려 있었다. 4·19 당시 슬기로운 그 죽음에 흐느껴 울고 억울해하던 일이 새삼스럽게 생각난다. 그동안 우리는 생활 때문에, 어지러운 세상사 때문에 그들을 잊고 있었다. 만일 세상이 평화롭고 행복하였다면 우리는 더 그들을 잊어버렸을지도 모른다. 원래 인간은 망각의 동물이기 때문에. 요즘도 흔히 보고 느끼는 일이지만 불우한 혁명가 예술인들이 무관심과 냉담 속에 살다가 일단 작고하면 화환이다, 묘비다 하고 생전의 그분을 추모한다. 그리고 그분의 공적을 재평가하고 불행한 생애를 슬퍼하는 것이다.

약이 되는 세월

그러나 세월은 기억을 싣고 사라져 가 버린다. 서글프지만 나 자신이 그렇고 또한 어쩔 수 없는 인간의 상정인가 싶다.

김지호 군과 더불어 4·19를 되새겨 보면서 한가지 생각나는 일은 얼마 전에 떠돌던 이박사의 환국설이다. 이미 뉴스에서 사라져버린 일이지만 한국 여성들의 감상을 앙케이트에서 보고 묘함을 느낀 일이 있었다. 감상은 유치하지만 낭만으로 이르는 아름다움이라 할 수 있을 것이다. 그러나 개인을 떠난 집단에서 이 감상이 허용될 수 있을까? 이 박사가 과거 독립투사였다는 의의보다 대통령으로서 이 나라를 신고 속에 몰아넣은 과오가 더 컸을 것이다. 또 이 박사의 경우를 생각하더라도 고국에 묻히고 싶다는 낭만은 이해하나 4·19의 피는 고사하고 이기붕 일가의 참사, 이미 처형된 사람을 생각하면 그의 낭만은 한없이 사치스럽다. 그로 인하여 처참한 말로를 밟은 사람들에 대한 슬픔이 있다면 이 박사는 고국을 외면했을 것이다. 그것은 인간으로서의 문제다. 후배에게 치료를 양보하고 초연히 죽은 김지호 군에게 비하여 독립지사로서의 면모가 서글프다.

먹는다는 것

꿈에 비스킷을 어떻게나 많이 먹었던지—깨어보니 창문이 훤했다. 꿈속에서도 이게 꿈인데 깨고 나면 비스킷을 사다 먹어야지, 먹어야지 하고 잔뜩 벼르던 참이어서 아이를 시켜 비스킷을 사 오게 했다.

으스름하게 밝은 방에 혼자 앉아서 그것을 부스럭부스럭 씹어 먹는데 입안이 깔깔하여 잘 녹지 않았고 목이 메어 음식을 먹는다기보다는 서글픈 기분을 씹고 있는 것만 같았다.

음식을 먹는 꿈을 번번이 꾼다. 그런데 평소에는 그것에 대하여 아주 무관심하다. 자신을 위해 약을 먹고 자신을 위해 좋은 음식을 만든다는 것은 여자로서 자랑스러운 일이 못 되는 한국의 부덕 탓은 아니겠고 원래 소식인 데다가 낮이 선

약이 되는 세월

장소에서는 아무리 음식이 좋아도 못 먹고 집에 돌아와 찬밥을 찾는 신경질, 감정이 조금만 흔들려도 식욕이 없어지는 그 신경질 탓이겠다.

그러고 보니 음식 생각보다 늘 기분 생각만 하고 산 것 같기도 하다. 그런데 요즘 먹는 일에 대하여 얼마나 간절했기에 그런 꿈을 자꾸 꾸었을까.

등짐장사가 짐을 받아도 걱정, 안 받아도 걱정이라더니 여기저기 일이 밀리게 되면서부터 식욕을 아주 잃어버렸다. 일을 해내는 데 있어 이건 정말 심각한 문제다.

무슨 일이든 억지로 해서 되는 법이 없고 자연히 풀려나가야 한다는, 다분히 미신적인 생각을 갖고 있으면서도 먹는 일과 글 쓰는 일에는 왜 이렇게 어거지 떼를 쓰고 있을까. 먹고 싶어 먹어야 몸이 유지되고, 쓰고 싶어 써야만 좋은 글이 된다는 것은 두말할 나위도 없다.

노산인이라는, 일본 사람의 도자기 사진을 어느 책에서 본 일이 있다. 그분의 도자기·회화·칠기·건축·조원 그 모든 예술이 미식에 대한 동경에서 시작되고 미식에 봉사하기 위해 만들어진 부산물이었다는 것인데 이해될 듯도 하고 이해 안 될 듯도 하다. 아무튼 그분이 인생을 즐긴 것만은 확실하다. 그리고 여유 있고 풍성한 속에서 순수한 예술이 이룩된다는 생각도 아울러 해본다.

가난한 풍토에서 감히 그런 것을 바랄 수도 없었거니와 벅벅하게 목이 메는 비스킷을 서글픈 기분같이 씹어 먹을지라도 책상 앞에 앉는 고통 속에서 가끔 나는 기쁨을 느끼고 구원받는 것을 믿을 때도 있으니 남부러운 생각도 말고 지나친 절망도 하지 말아야겠다.

약이 되는 세월

싸움

    그리 넓다고 할 수 없는 변두리 도로에 요즘 차체가 커진 합승이 서로 엇갈릴 때마다 승객들의 기분은 아슬아슬해지는 모양인데, 어쩌다 그 길가에서 싸움이라도 벌어지고 보면 엇갈리던 차량들은 신경질적인 경적을 울리며 잠시나마 진퇴유곡에 빠지지 않을 수 없게 된다.

    그날도 시간이 바빠 택시 하나를 잡아타고 괴물같이 구르는 합승의 뒤꽁무니를 따라가는데 길가에서 싸움이 벌어졌던 것이다. 육박전은 아니었으나 구경꾼이 둘러싼 속에서 두 사나이는 강한 몸짓을 하며 연방 떠들어대고 있었다. 차창 밖의 그 풍경은 아주 선명하여 마치 영화의 한 장면 같았다. 나는 바라보며 혼자 웃었다. 그들이 다투는 내용을 알 턱이 없고, 지껄이는 소리도 들려오지 않았는데, 열띤 그들의 표정이 희화적이어서 그랬을까.

"남자들이 열심히 다투는 걸 보면 묘하게 아름답기조차 한 것 같아."

차가 움직이고 그 풍경이 사라졌을 때 옆에 앉은 딸애한테 나는 말했다.

"싸움질하는데 뭐가 아름다워요?"

"아니야. 힘과 힘이 부딪치는 것 같아서 아름답다면 좀 어폐가 있겠지만, 여자들의 싸움은 다르지. 치고받고 하는 대신 머리카락을 쥐어뜯거나 손톱으로 할퀴거나 결국 힘으로 싸우지 않고 꾀로 싸우기 때문에 추하게 보이는가 봐."

운전사가 돌아보며 싱긋이 웃었다. 뭐, 반드시 남성우위론의 견지에서 한 말은 아니었는데 운전사 양반 상당히 우쭐해진 모양이다.

넓은 길에 나섰을 때 차츰 세상에는 힘과 힘의 싸움보다 꾀와 꾀의 싸움이 늘어나고 있다는 생각을 했다. 폭력을 권장할 마음이 있을 리는 없고 실력과 실력이 대결하는 장소, 땀 흘리고 일하는 능력을 겨룰 장소는 과연 얼마나 넓은 것인가. 산화된 넓은 공터에는 지금 씨 뿌리기는 고사하고 토질의 중화 작업조차 염두에 없는 무리들의 그 자멸적인 꾀의 싸움은 언제 그칠 것인가 하고.

약이 되는 세월

자기처리

사람들은 어떤 형태로든지 간절한 소망을 가짐으로써 사는 보람을 느끼고 그 소망이 좌절되었을 적에 의미의 상실은 스스로 자기 목숨까지 버리는 결과를 가져오기도 한다.

그러나 정확하게 한계를 그어본 뒤 무자비하게 자신을 처형하는 의지보다 그 절망 속에는 원망의 대상이 있고, 허영이 따르는 열등감이 있고, 심하게는 응석부리는 기분까지도 있는 것 같다. 이와 같이 대개의 경우 감정이 자살행위로 몰고 가는 것이며 약자의 자기처리법으로 볼 수도 있는 것이다.

나치스의 선전상이었던 괴벨스가 패전 즉시 자살을 하지 않고 변장하여 피란민들 무리 속에 휩쓸려 탈출을 꾀하려다 체포되는 순간 물고 있던 청산가리를 깨물었다는 이야기를 어디서 본 일이 있다. 여기서 깊이 생각하게 한 것은 변장을 하고 피란민들 무리 속에 휩쓸려 가는 시간과, 캡슐에 넣은 청산가리를 준비하여 입속에 물고 있었다는 일이다.

그 사람이 무슨 짓을 하였건 그것은 논외로 하고 마지막 가능한 순간까지 살고자 한 의지와 몸, 마땅히 죽어야 할 자리에서 스스로 생명을 끊을 수 없는 추함을 생각할 때 나는 전율을 느낀다. 범인이 가는 길은 의지보다 본능이기 때문에, 그리고 살 수 있는 한계까지 가지 못하고 스스로 자신을 처리하는 것 역시 범인의 소행이 아니겠는가. 우리는 숱한 자살의 기사를 읽지만 감동하지 못하는 이유는 자살이 흔한 데도 있겠으나 죽음을 극복할 여지가 있는데도 감행하는 그 안타까움 때문이 아닐까.

오늘에 산다는 것

작년 한 해 동안을 나는 몸서리치는 고초 속에서 살았다. 경제적인 핍박은 정신뿐만 아니라 언제나 육체를 좀먹어 들어가게 마련이다. 몇 번을 짐을 꾸려서 시골로 달아나려고 했는지 모른다. 그러나 결국 그 고통 속에서 장편소설이 하나 이루어졌다. 그 고통은 헛되지 않아, 금년에 나는 대가를 회수한 셈이다.

장편소설이 영화에 팔리고 연속 낭독으로 나가는 등, 잇따른 운수에 여러 분들로부터 애썼다는 치사도 많이 받았다. 그만하면 나의 고통의 보수는 충분한 것이다. 그러나 내 마음은 허황하였고, 이상한 고독감이 때때로 엄습해 와 나를 괴롭게 하는 것이었다. 그것은 무슨 까닭일까? 스스로를 돌아보아도 그 까닭을 알 수 없었다.

누적된 빚을 다 청산하고 얼마간의 여유도 이제 생겼으니, 가슴 조이지 않고 당분간은 살아갈 수 있다. 그런데 왜 기쁘지 않은가.

이러던 참에 R선생 내외분으로부터 광나루로 나가지 않겠느냐는 권유를 받았다. 그곳에는 P선생이 지난봄에 나가서서 자그마한 농장을 시작하고 계셨고, R선생도 산장을 짓고 있는 형편이었다. 우선 내 마음을 끈 것은 그곳의 땅이 싸다는 것이다. 서울시는 아니었지만 서울 변두리라는 점이다. 나는 두말하지 않고 그분들을 따라 그곳으로 나갔다.

P선생의 초당(草堂)과 길 양편에 늘어선 해바라기, 그리고 R선생이 산장을 짓고 있는 호수에, 나는 그곳에 발을 들여놓은 순간부터 흥분하고 말았다.

얼마나 오랫동안의 나의 꿈이었던가. 땅을 두루 살펴보고 약수를 마시고 광활한 사방을 내다보며, 나는 그간의 고독이나 허황한 마음을 훌훌히 날려버리고 말았다.

"십만 원 이내로 작은 농장을 가질 수 있다!"

이것을 위하여 나는 돈을 고맙게 생각하고 기쁘게 생각하였다.

그날 밤 집으로 돌아온 나는 잠을 이루지 못하였다. 감자를 심어 먹고, 양을 치고, 그리고 내 사랑스러운 개들이 넓은 뜰 안에서 뛰논다. 이러한 공상은 끝이 없었다.

필경 인간은 땅으로 돌아간다. 삼라만상이 다 땅으로 돌아

약이 되는 세월

가듯 표연히 와가지고는 소리 없이 가는 곳은 땅이다. 나는 이 땅과 온갖 풀과 벌레와 동물과 일찍부터 친해져야 할 것이고, 그리고 정직한 대화 속에서 살아야 할 것이 아니겠는가.

그러나 광나루에 다녀온 지 며칠이 안 되어 쿠바 사태가 벌어졌다. 삼차 대전 위기 촉발의 뉴스는 사람들의 마음을 소연케 하였다.

자기 자식 자랑 같지만 비교적 건실한 딸아이도 시골의 생활을 하려는 내 의견에 찬동해왔는데, 불안한 세계정세에 그도 마음이 씌었음인지,

"어머니, 전쟁 나면 피란 가야잖아요? 땅을 사면 뭘 해?"

하는 것이었다.

그러나 내 심경은 담담하였다.

"전쟁은 나지 않아."

"누가 알아요?"

나는 쓰디쓰게 웃었다.

지구 최후의 날, 그날이 오면 우리는 어떻게 죽어갈 것인가. 그러나 우리는 내일의 불행 때문에 오늘을 거부할 수는 없지 않은가. 오늘을 살아야 한다. 괴로우면 괴로운 대로, 즐거우면 즐거운 대로 오늘을 살아야 하는 것이다.

"누군가가 말했지? 내일 인류가 멸망하는 한이 있어도 나는 오늘 사과나무를 심겠다고……."

딸애가 어느 정도 내 말뜻을 알았는지 알 수 없다.

일을 하지 않고는 살 수 없다. 오늘을 공백으로 살 수는 없

다. 남을 위해서가 아니다. 우리들 자신을 위하여 우리는 공간을 메워가야 하는 것이다.

그러나 내 꿈은, 땀 흘리며 땅을 가꾸는 내 꿈은 어쩌면 허망하게 무(無)로 돌아갈지 모르겠다. 서울시가 된다는 가능성 아래 그곳 땅값이 오르기 때문이다. 이것이 현실인 것이다. 핵전쟁의 공포 아래서도 의연히 사람은 오늘을 살게 마련이니까.

약이 되는 세월

현대인의 병폐

　얼마 전에 국민학교 교사가 찾아온 일이 있었다. 삼 년 전 우리 아이를 가르칠 무렵 그 교사는 사범학교를 갓 나온 어린 사람으로 교육에 대한 정열이 순수했다. 산동네라는 거의 빈민굴에 가까운 지역의 아동들을 수용하고 있는 변두리 학교로 온 그는 걷히지 않는 사친회비 때문에 월급을 차인(差引)당하는 딱한 형편이었으나 누구보다 어린이들을 사랑하고 열성적으로 지도했다. 이러한 지나친 성의가 동료 간의 미움을 사기까지 했던 것이다. 그 후 그는 좀 나은 학교로 전근이 되었다.

　언젠가 신문에다 교육계를 비판한 내 글이 화제의 실마리가 되어 우리들은 자연 교육계의 이야기를 시작했다. 그는 말하기를 한 사람의 정열이나 저항이 아무 소용이 없으며 그것은 바보 취급을 당하기 일쑤요, 심지어 자기가 설 자리마저 잃게 되는 것이니 적당히 그저 사는 것이고, 사실 지금 또다시 그 변두리 학교로 간다면 자기 역시 옛날의 그 친구들처럼 무기력하게 남의 성실을 비웃게 될 것이라 했다. 그러나 때때로 그러한 자신을 바라보는 것은 무서운 일이라 했다. 그의 말을 듣고 있던 나도 할 수 없다는 결론이 되고 만다. 그 교사는 이런저런 이야기 끝에

"일전에 친구들하고 남대문을 지난 일이 있었죠. 그때 길거리에 하도 사람들이 많이 모여 있기에 무슨 일이 생겼나 하고 들여다보았더니 글쎄 장님 아이가 코로 피리를 불고 있지 않겠습니까. 너무 신기해서 우리는 한참 동안 서서 구경을 했죠. 그러다가 가만히 살펴보니 아무도 돈을 내는 사람이 없었어요. 필경 이렇게 모두 구경을 하다가 그냥 돌아가는 거라 생각하니 묘한 울분이 납디다. 그래서 친구하고 의논을 했죠. 내가 백 환을 낼 테니 한참 있다가 자네도 백 환을 내라고. 그러면 이 공짜배기 손님들도 무안해서 돈을 내거나 그렇지 않으면 가버릴 것이 아니냐고. 그래 그렇게 했죠. 참 쑥스럽더군요. 그러나 아나나 다를까 돈을 내는 사람도 있고 내기 싫은 사람은 슬슬 꽁무니를 빼더군요. 대수롭지 않은 일이지만 누구나 한 사람 앞장을 서야 한다는 것을 느꼈어요."

나는 뭔지 모르게 마음이 따뜻해지는 것을 느꼈다. 당연한 일이다. 조금도 대단한 일이 아니다. 그러나 그 당연한 일이

약이 되는 세월

쑥스럽고 부끄러운 현실, 대수롭지 않은 일일지라도 앞장을 섰다는 그의 행위는 하나의 앞날의 희망이 아닐 수 없다.

길거리를 거닐면 어쩌다가 무거운 짐을 밀어주는 중학생을 보는 일이 있다. 땀을 흘리며 책가방을 짐 위에 얹고 수레를 밀어주는 중학생, 나는 그 모습을 볼 때 눈물이 난다. 당연한 그 광경에 눈물이 나는 것이다. 그러나 이 아이들이 고등학생이 되고 대학생이 되면 그 짓을 안 한다는 것이다. 소위 쑥스러워 못한다, 남이 다 하지 않으니 부끄럽다는 것이다. 때론 위선자라는 야유도 받게 되니 마음이 위축된다.

어제 저녁때 나는 볼일이 있어 명동에 나갔다. 거기서 앉은뱅이 소년이 뭉뚱그린 다리를 끌고 신문! 연합신문! 하고 외치며 몸을 길바닥에 끌고 가는 것을 보았다. 신통하다. 나는 엉겁결에 돈 백 환을 꺼내었다. 그냥 주고 싶었지만 소년의 자립심에 모욕이 될까 봐 필요 없는 신문을 한 장 받았다. 그리고 잔돈을 받으라는 소년의 목소리를 뒤통수에 들으며 나쁜 짓을 저지른 사람처럼 얼굴을 붉히고 급히 걸어왔던 것이다. 소위 쑥스럽고 부끄러웠던 것이다.

그 불구 소년의 자립심을 생각하면 기쁘고 마음이 훈훈해진다. 그러나 얼굴을 붉혔던 나를 생각하면 슬퍼진다. 왜 우리는 당연한 그 일을 떳떳하게 하지 못하는가. 위선자라는 말이 무서운가. 감상(感傷)이라는 말이 무서운가. 무관심은 현대인의 교양이다. 동시에 그것은 무서운 에고이즘이다.

선의를 베풀고 싶지만 남이 하지 않으니 혼자 하기 쑥스럽다. 그러나 앞장을 선다는 것은 어떤 일에 있어서나 희망이며 가능이다. 나어린 교사는 나에게 좋은 교훈을 주었던 것이다.

약이 되는 세월

훗날을 생각하여

얼마 전 D시로 내려가는 기차 안에서, 지나가고 나면 나타나고, 들판이건 산이건 가릴 것 없이 늘어선 전주를 무심히 바라보고 있던 나는 문득 이상한 흥분을 느꼈다.

일제시대와 혼돈된 해방 직후, 나라의 동맥인 저 끝 없이 뻗어간 전선은 모두 남의 손으로 되지 않았던가. 그러나 지금은 우리 손으로 노동자건 기술자건 모두 한국인의 손으로 이룩되고 운영된다는 뻔한 사실이 무슨 새 발견처럼 감동을 몰고 왔던 것이다.

5·16군사정변 직후 여기저기서 도로포장 공사가 시작되었을 때 없는 살림에 빚져가며 집 지을 생각을 말고 불편한 대로 참으며 장사 밑천이나 했음 하고 나대로 생각해본 일이 있

었다. 요즘 나는 보도에 깐 조제품인 시멘트 조각들을 볼 때 큰 낭비를 한 것 같아서 억울해지곤 한다. 그림이나 영화에서 보는 유서 깊은 도시의 그 아름다운 길을 연상하기 때문이다. 판잣집을 하루 만에 거뜬히 짓는 것보다 오래 정들여 살 집을 형편 따라 조금씩 지어보는 게 어떨까 하고. 변두리의 길 역시 그렇다. 제법 이삼 층의 건물이 들어서는데 어째서 길을 그리 좁게 잡는지.

그리고 오가는 합승 안에서 신흥 주택가를 바라보는 것도 안타깝다. 유행이라면 너도나도 노란빛이라는 식으로 고급 주택들은 한결같은 모양의 슬래브 지붕이니 답답하다 못해 돈 아까운 생각마저 든다. 각기 다른 얼굴과 다른 것에서의 조화가 있으련만, 그 고급 주택의 원경은 어째서 바라크 촌 같이만 느껴지는 것일까.

약이 되는 세월

어린 비둘기를 더 이상 욕보이지 말라

이 땅에 피를 흘리고 유명을 달리한 어린 영혼들의 명복을 빌며 지금 시내 각 병원에서 생사경을 방황하고 있는 청소년들의 처절한 고통 앞에 이 값싼 어른들의 눈물을 뿌린다.

어른들은 그들을 막지 못했다. 그들 가슴에 꽂히는 총탄을 막아주지 못한 비열한이었다. 무슨 말을 하겠는가. 값싼 눈물만으로 참회할 수밖에 없는 것이다.

무엇이 이들 천진한 청소년들을 항거의 길로 몰아넣었는가. 그들은 비겁하고 안일에 빠진 어른들을 타기했을 것이다. 그들은 사리사욕에 눈이 어두운 추악한 어른들을 믿지 않았을 것이다. 그들은 언행이 상반된 상업주의적인 교육자를 경멸했을 것이다. 이제는 누구도 믿을 수 없다. 우리들이 힘을

합하여 호소해보자고 나섰을 것이다. 그러나 그들의 평화적인 데모는 어찌하여 불법으로 탄압을 받아야 했고 드디어 폭력으로 화했단 말인가. 어찌하여 그들의 순수한 동기의 호소는 피를 보게 되고 폭도라는 끔찍스런 이름으로 불려야 했던가. 우리는 폭도라는 용어에 의아를 느낀다. 공식 발표에 의하면 경관이 네 명 사망한 데 비하여 민간인 사망이 백 명 이상이니 우리는 그 비율을 어떻게 풀이해야 옳단 말인가. 비록 무기 없는 폭도일지라도 그들이 정녕코 폭도였다면 수만 명을 헤아리는 폭도들이 단 네 명의 경관만을 살해했을 리가 없다. 100 대 4라 치더라도 그 숫자를 진정 어떻게 우리 국민은 해석해야 하는가. 12~13세의 어린이도 폭도였기에 총을 쏘았단 말인가.

우리는 정치를 떠나서 인간으로 돌아가 생각해보자. 인간으로부터 다시 부모의 입장으로 돌아가 생각해보자. 빈부귀천을 막론하고 사람은 누구나 다 부모와 자식이라는 유대로 얽혀져 있다. 자식을 잃은 부모의 단장의 슬픔을 그냥 구경할 수는 없을 것이다. 총을 쏜 경관에게도 자식이 있었을 것이다. 천하의 대역거도일지라도 그의 죽음은 부모의 마음에는 피를 뿌리거늘 하물며 책가방을 들고 학교로 나간 착한 자식의 죽음을 당한 부모의 슬픔을 무엇에다 비기랴. 그들은 적색분자의 앞잡이도 아니요, 사리사욕에 눈이 어두워 거리로 뛰어나간 것도 아니다. 그들은 재산이 없는 애국심과 마산에서 비참히 살해된 학우에 대한 우애, 그것이 그들을 호소의 길로

약이 되는 세월

달리게 했던 것이다.

지금 원인을 묻기보다 앞으로 할 일이 더 시급함을 누구나가 다 같이 생각하는 바이다. 그러나 너무 비통하다. 마산에서 불과 몇 명의 경관의 처단을 주저하다가 이 지경이 되었으니 어찌 그 실수를 논의하지 않을 수 있겠는가. 부정선거라는 기름에다 불을 지른 것은 두말할 것도 없이 경관의 발포였다. 이 나라의 순진한 학생들은 데모로써 호소했지, 결코 시초에 또 먼저 폭력을 자행하지는 않았던 것이다.

지금 이 시각에도 가슴을 쥐어뜯고 몸부림치며 통곡하는 부모들의 울음소리가 도처에 있을 것이다. 지금 이 순간에도 살벌한 병실에서 숨을 거두는 학생이 있을 것이다. 그러나 우리는 냉정한 방관자일 수밖에 없단 말인가. 내 자식이 죽지 않았으니까, 내 형제가 죽지 않았으니까 하며 자기 주변에다 안전한 절벽만 쌓아 올리면 된단 말인가. 언제인가 어느 외국의 문학자가 사망했을 때, 이 땅의 지식인들은 앞을 다투어 극심한 애탁을 표명하였고 세계적인 큰 손실이라 애석해 마지않았다. 그러나 지금 우리는 나라를 아끼는 마음, 민주주의를 수호하고 진리를 사랑하는 마음에서 그 아까운 젊음을 내던진 현실에는 방관하고 있는 것이다. 우리에겐 남의 나라의 어떠한 위인의 죽음보다 한 사람의 우리 무명 학생의 죽음이 억울하고 슬픈 것이다. 그것은 우리 민족의 혈맥이요, 한국 정신의 강물이요, 미래의 기름진 땅이 될 것이기 때문이다. 정녕코 이제는 단 한 명의 죽음도 보지 말자. 빈사에 빠진 학생들을 한 명이라도 더 죽음에서 이끌어내자. 그 일념으로 우리 어른들은 착해지고 뼈저린 책임감을 느껴야 할 것이다.

끝으로 부탁하고 싶은 것은 모진 비바람에 시달린 어린 비둘기들을 더 이상 욕보이지 않게 계엄사령부에서 최선을 다해주었으면 하는 것이다. 국민은 군대를 신뢰하고 있다.

약이 되는 세월

어머니 사랑

세상에 자식을 사랑하지 않는 어머니는 없을 것이다. 자식에 대한 어머니의 사랑은 고금동서를 통하여 가장 위대하고 순수한 것이라 한다. 여성이 항상 남성의 아랫자리에서 예속을 벗어나지 못하고 있으나, 일단 어머니라는 이름자를 붙이게 되면 단연 존경의 대상이 된다.

나 자신도 한 아이의 어머니로서 어느 무엇에도 비길 수 없는 그 애정에 극기와 헌신이 있음을 안다. 흔히 말하기를 남편이 죽었을 때는 하늘에 반짝이는 별이 보이지만 자식을 잃었을 때는 그 별이 보이지 않는다는 것이다. 그만큼 자식은 여성에게 있어서 절대적이며, 일생을 지배하는 경우도 있다.

그러나 이러한 깊은 애정이 자식에게 지나친 관심을 갖게 하여 아이들의 세계 안에 어머니가 깊이 들어가거나 혹은 너무 많은 욕망을 자식한테 걸어보는 것으로 나타난 비극을 나는 여러 곳에서 보고 들었다. 물론 자식은 부모들의 미래의 희망이며, 살아가는 보람임을 누구나 부인할 수 없는 일이기는 하다. 그러나 미래의 희망이라 해서, 살아가는 보람이라 해서 자식을 지배해서는 안 된다는 얘기다. 아무리 자기의 육체를 헤치고 세상에 나왔을망정 자식이란 엄연한 나 아닌 또 하나의 인간이기 때문이다. 그러기에 부모의 희망이 반드시 자식의 희망과 같을 수 없고 따라서 부모의 희망을 지나치게 주장할 적에 순수하고 위대한 사랑은 지배와 그 소유욕으로 변하게 되는 것이다. 그것은 인간과 인간 사이의 투쟁으로 발전되기 쉽고 여기서 비극이 탄생하게 되는 것이다. 지나친 희망과 욕망은 결국 부모들의 허영이라 할 수밖에 없이 처지는 것이다.

　장차 자식을 훌륭한 정치가로 만들겠다든가 또는 예술가, 학자를 만들겠다든가 하는 부모의 일방적인 욕망이 아이로 하여금 고역 속에 몰아넣게 되고 억압함으로써 그것이야말로 가장 훌륭한 부모로서의 의무인 양 하는 사람들처럼 어리석은 것은 없다. 아이는 인형이 아니다. 물체처럼 어떠한 형틀 속에 틀어박히는 것은 아니다. 아이들은 생각한다. 아이들은 다른 인간들처럼 생각하는 능력을 지니고 있다. 그러나 어리석은 부모들은 자기네들의 자식 앞에 마치 전지전능하신 신처럼 군림하고 자식을 지배함으로써 그것을 사랑이라 한다. 그 무지스런 사랑이 얼마나 많은 해독을 끼치며 구김살 없이 뻗어나가야 하는 아이들의 정신면을 꺾어주는가.

흔히 보는 일이지만 싫다고 하는 아이를 잡아 앉혀서 피아노를 가르치고, 지친 아이를 방 속에 가두어 밤늦도록 공부를 시키고, 화려한 무대를 꿈꾸며 무용 교수소(教修所)로 쫓는다. 그것이 어찌하여 아이에 대한 사랑이라 할 것인가. 그것은 부모 자신의 욕망 이외에 아무것도 아니다.

어머니의 사랑이 진정한 것이라면 어머니는 자신의 욕망의 충족을 꾀하기보다는 아이가 원하는 바를 살펴야 할 것이고, 자신의 욕망에 대한 냉정한 비판이 있어야 할 것이다. 언제나 뚜렷한 객관성을 지니고서 아이의 좋은 협조자, 이해자가 되어야 할 것이다.

어머니는 위대한 정치가, 훌륭한 예술가가 되기를 바라기에 앞서 착한 사람이 되기를 바라야 할 것이다. 학급에서 수석이 되고 반장이 되기를 바라기에 앞서 풍부한 감성과 깊은 사랑의 마음을 가진 아이가 되어주기를 먼저 바라야 할 것이다. 정치도 예술도 학문도 인간에 대한 깊은 애정 없이는 그 가치가 없다는 것을 알아야 한다. 기교나 기술이라는 것은 아름다운 바탕 위에서만이 비로소 위대하게 꽃피어지는 것이다. 아름다운 감정이 없는 기교나 기술이란 한갓 장이의 그것에 지나지 못한다. 기술이라는 것은 부모가 아이들 등에 대고 채찍질함으로써 어느 선까지는 갈 수 있을 것이다. 그러나 참으로 위대하고 신비한 경지에는 갈 수 없고, 모방은 있을지언정 창조를 할 능력은 없다.

나는 얼마 전에 친구로부터 딱하고 서글픈 얘기를 들은 일이 있다. 그 친구 내외는 자식에 대한 열성이 이만저만이 아닌 사람들이다. 그의 자식들은 모두 성적이 우수해서 선망을 받는 처지이기는 했지만, 나는 이상하게도 성적이 별로 신통치 않은 내 딸아이에 비해서 부럽다는 생각을 한 번도 가져본 일이 없었다. 나는 딸아이가 사달라는 화구(畫具)를 사주기 위하여 밤늦게까지 글을 써도 괴롭지 않았고, 또 그가 그림에 싫증이 나서 그림을 단념해도 거기에 대한 관심이 크지 않다. 물론 성적에도 거의 무관심이다. 그러나 딸아이가 이웃의 어린애들을 사랑하고 금붕어가 죽었다고 눈물을 글썽거리는 모습을 만족스럽게 바라볼 뿐이다. 그리고 도리어 성적표의 점수 한두 점에 혈안이 되는 그들 부모의 모습이 우습기만 했다.

그 친구의 말인즉 사학년까지 반장을 해온 딸아이가 반장 선거에서 낙선되어 밤새도록 울었다는 것이다. 약간 선거에 착오도 있었던 모양으로 그 딸아이는 분한 나머지, 꽃을 사가지고 먼저 담임 선생님을 찾아가서 불평을 했다는 것이다. 친구는 그 영리한 딸의 행위를 자랑삼아 말하는 것이나 나는 기가 막혔다. 그뿐만 아니라 아버지 되는 사람이 분격을 해서 학교까지 달려가려고 했다 하니, 물론 착오가 있었더라면 그것을 밝히는 것도 좋겠지만, 그보다 그들이 반장이라는 가치를 너무 끔찍이 생각하는 데 문제가 있는 것이다. 반 아이를 시켜 점심을 가지러 보낸다고 제법 대견스럽게 자랑하던 친

약이 되는 세월

구의 성격을 아는지라 반장이라는 해석도 반을 위한 봉사라기보다 하나의 감투 의식, 더 나아가서는 일종의 권력 의식으로 받아들여지는 반장이라는 위치, 그것이 탈이라는 것이다.

나는 그의 얘기를 듣고 눈살을 찌푸렸다.

"이애, 큰일 나겠다. 그런 애를 부모까지 덩달아 충동을 하면 어떡허니?"

한심스러웠다. 왜 그 부모는 아이한테 조용히 타이르지 못하는가. 반장이라는 것은 네가 생각하는 것처럼 대단한 것이 아니라고. 그리고 반 아이들과 교대해서 해보는 것도 좋지 않으냐고. 너무 그런데 지나치게 관심을 가지면 못 쓴다고. 반장이 아니라도 남을 도와줄 수 있고 공부만 열심히 하면 되지 않느냐고. 부모들은 마치 그들 사회에 있어서의 그 구역질 나는 수단과 방법으로 얻어진 감투에 대한 욕망을 아이들의 의식 속에 밀어 넣고, 마치 그것을 자기 옷고름에 찬 패물처럼 우리 딸은 반장이요, 우리 아들은 일등이요, 하며 떠벌리고 다니는 것이다.

가소롭기 그지없는 일이다. 우리 아이는 참 착합니다. 남을 도울 줄 알고 새가 죽었다고 밤새껏 울지 않겠어요? 이런 말이 부모의 입에서 나와야 할 것이다. 그것이 아이들의 세계인 것이다. 아이들의 아름다운 마음이 자라는 모습인 것이다. 그러나 요즘 세상은 너무나 삭막해졌다. 부모들은 무거운 짐을 끌고 가는 마차를 밀어주었기 때문에 옷을 버렸다고 아이를 나무란다. 그러나 꽃을 사서 먼저 담임을 찾아가 담임 선생에 대한 불평을 늘어놓은 것을 영리하다고 칭찬한다.

진정한 교육이란 무엇인가? 반장이 되고 일등을 하고, 그것이면 교육은 완전하단 말인가.

인간에 대한 깊고 따뜻한 애정이 없이 어떻게 위대한 예술가, 훌륭한 정치가, 학자가 있을 수 있겠는가, 참으로 위대한 인물은 인간에 대한 깊은 애정의 바탕에서 자기를 연마하고 수련하는 것이다.

현명한 어머니들이여, 반장이 되기를, 일등을 하기를 바라기에 앞서 아이들의 마음속에 먼저 사랑을 길러주라. 당신네들이 바라는 외형상의 일인자라는 것은 무상한 인생에 있어 언제나 기복이 있는 것이니 장이식으로 또는 허영과 공명만으로 소위 출세를 했다손 치더라도 그 사람은 한번 실패를 하는 경우 재기하기 어려운 것을 명심해야 할 것이다. 정신적인 주체가 없는 곳에 오직 절망이 있을 뿐이니까.

어머니의 사랑은 어머니의 욕망을 관철하는 일이 아니요, 어머니의 사랑은 그 아이가 참된 자기의 길을 찾아 쓰러졌다 간 다시 일어나는 정신력을 기르는 일이니, 그 정신력은 안가(安價)한 허영 속에 솟은 피안의 성벽이 아니요, 참으로 자기가 올바르다는 신념인 것이다. 올바르다는 신념은 인간에 대한 깊은 애정에서 생겨난다.

어머니들이여, 아이들의 마음을 가꾸어주라. 올바르게 마음을 가꾸어준 아이라면 자각 속에서 자기의 길을 찾고 그 길을 위하여 노력할 것이다.

약이 되는 세월

학교는 장터가 아니다

여러 가지 사회의 부패성을 매일 목격하면서도 거의 무관심하게 되어버린 것이 오늘날의 현실이 아닌가 싶다. 그래도 우리는 어린이들에게 미래의 희망을 두는 것으로 때론 자위해보기도 한다. 그러한 희망 때문에 무관심해질 수 없는 것이 어린이의 교육이다. 그들만은 물들지 않게 곱게 기르고 싶다. 공부를 잘하라고 채찍을 드는 것이 아니며, 마음 곱게 자라라는 것이다. 그러한 우리의 희망을 짓밟아주는 것이 초등교육이다. 연한 순을 잔등잔등 잘라주고 있는 초등교육의 부패상이야말로 이 나라의 가장 무서운 독소가 아니고 무엇이겠는가.

의상의 전시장처럼 치맛바람을 날리고 재산 목록의 시위

처럼 보석을 감고 끼고 모여드는 무지한 어머니들은 선생을 위한답시고 수십만 환짜리 계바람을 일으키며 몰려다닌다.

선생은 선생대로 만환 단위의 사례금을 일일이 계산해가며 입학한 아동들에게 노래를 시키거나 책을 한 번 읽히는 데도 요량을 해야 하는 것이다. 이러한 수지(收支) 여하는 결국 B교와 A교의 반목에까지 발전하게 된다.

B구의 부유한 가정의 아이들이 A구의 학교로 비공식적인 수단에 의하여 흡수되니 B교에서는 배가 아플 일이다. 이렇게 하여 학교는 일종의 장터가 되어 구간에서 고객의 쟁탈전이 암행되는 것이다.

그뿐이 아니다. 부모들은 교육청에서 있을 불의의 조사에 대비하여 B구에 사는 데도 불구하고 A구에 사노라는 거짓말을 열심히 아이들한테 가르쳐 순백한 어린 마음에다 먹칠을 하는 것이다. 이들 틈 사이에 끼어 있는 A구의 가난한 아이들이야말로 수난이 아닐 수 없다. 뒷전에 밀려 나온 어린 영혼은 열등감과 자학을 씹어보며 비굴하게 자신 없이 어른이 되어가는 것이다.

그러면 서슬이 푸르게 날뛰는 가정의 아이들이 우수한 사람으로 성장한다는 것일까? 결코 그렇다고 할 수 없다. 부모에 대한 의존력이 강해진 그들의 독립된 장래는 낙관될 수는 없는 것이다. 부모들은 말할 것이다. 자식을 위한 우리들의 성의는 자유로운 것이며, 누구의 구애도 받을 필요가 없다고―그러나 자식에게 향하는 사랑은 귀천에 따라 구분이 있

약이 되는 세월

을 수 없고 빈부에 의한 가감이 있을 수도 없다. 부모의 애정
은 누구나 한결같이 자식에게 쏟아지는 지상(至上)의 것이다.
물론 애정의 표시 방법은 자유에 속한다. 그러나 학교는 그들
부유한 사람들의 사설 기관은 아니다. 그들의 잉여된 애정의
행동이 다른 아동들에게도 마땅히 공유되어야 하는 교사의
지도나 성의, 혹은 대우를 파괴해서는 안 된다는 것이다.

부모들은 누구나 다 남의 자식보다 자기의 자식이 더 뛰어
나기를 바라고, 더 잘 가르칠 것을 원한다. 그런 데다가 상급
학교의 입학문제가 큰 난관으로 있는 것이니 그들의 극성도
이해하지 못하는 바는 아니다.

그러나 그런 것을 위한 방법은 따로 있다. 여유가 있는 집
안이라면 가정교사를 두어 학과의 보충 지도를 할 것이며, 특
기를 갖게 하고 싶거든 그 방면의 기능인에게 레슨을 받음이
옳다.

정녕 그들이 학교의 시간까지도 자기의 자식을 위해 독점
을 하고 싶거든 차라리 부유층만이 기금을 모아서 귀족학교
나 혹은 특수한 학교를 건립하여 최량의 시설과 최고의 교사
를 초빙함이 여하한가?

교사의 경우도 마찬가지다. 차별적인 관심과 편중된 지도
를 한다면 그는 이미 학교라는 공공의 교사는 아니다.

아이들의 뻗어 나갈 본질이란 어디까지나 장래에 속하는
미지수이다. 빈부를 막론하고 어떤 위대한 싹이 트고 있는지
모른다. 그러한 가능성을 잡초나처럼 내버려두고 어머니의

점수를 운운하는 것은 그야말로 사회의 무서운 독소다.

아이들에게는 아이들의 세계가 있다. 학교라는 특수사회 속에서 판단과 처결(處決)과 인내의 능력을 기른다. 그것을 양도(良導)하는 것은 교사다. 그러한 특수사회를 어른들의 추잡한 공리로서 휘저어서는 아니 된다. 마치 어른들의 추잡한 공리(功利)로써 휘저어서는 아니 된다. 마치 어른들의 욕망의 표시장처럼 노래를 시키라는 둥 책을 읽혀달라라는 둥 별별 맹랑한 주문이 나오는데 그 월권은 모두 금전을 믿고 하는 수작이니 한심하기 그지없다.

학교에서는 다만 아동들의 희망이 검토되고 취사(取捨)될 것이며 교사는 아동만 관찰하여 적절히 이끌어나가야 할 것이다.

시골은 말할 것도 없고 서울의 변두리 학교의 실정을 보면 실로 눈물겨운 고경(苦境)에서 교사들은 납부금조차 제때에 징수하지 못하고 월급에서 차인한다는 말을 듣는다. 그래도 그들은 고적(鼓笛)을 울리며 동리의 청소에 앞장서기도 하고 어린이날이면 가난한 학교 교정에서 아동들에게 빵을 나누기도 한다. 이러한 교육자들이 사생아 취급을 받고 있는 것을 당국에서는 깊이 고려하지 않으면 안 될 줄로 안다.

모든 사회악을 무관심하게 바라보는 현실 속에서도 천진해야 할 어린이들을 비뚤어지게 자라나게 하는 일부 교육의 상황을 볼 때 메마른 혈관 속에서 울혈(鬱血)이 치솟는다. 그래서 감히 고언을 제출하는 바이다.

약이 되는 세월

시감이제(時感二題)

인간이 생활을 영위해나가는 데 있어서 여러 가지 기복이 없을 수 없다. 크고 작고 간에 그러한 사건의 기복 속에 인간의 생활 감정이 항상 율동하고 있는 것만은 사실이다. 이러한 무상한 인간 숙명에 대처하여 나가는 데 있어서 인간들의 여러 가지 모습들을 볼 수 있다.

인간은 그 욕망이 충족된 희열의 절정에 섰을 때 거기에서 오는 행복감에서 사리의 전후를 잊어버리고 도취하는 반면 뜻하지 않았던 재앙에 부딪히게 되면 그 절망 속에서 헤어날 줄 모르고 드디어 자멸의 길로 가버리는 이러한 직사적(直射的)인 감정을 그대로 노출하는 것이 대부분 인간들의 상태라고 볼 수 있다. 이것은 물론 순수한 상태라고 볼 수 있을 것이다. 그러나 이러한 마음의 무방비 지대를 이루고 있는 데서 온 현상은 어디까지나 장애물이 없는 곳에서만이 가능할 수 있는 일이다. 그렇기 때문에 비교적 장애물이 없이 또는 세상 고를 못다 안 젊은 세대에 있어서 그러한 순수 상태의 감정 표시를 더 많이 보는 것이다.

다음에는 인생의 의의를 부정하는 허무주의자나 혹은 전후파에서 볼 수 있는 내일 없는 현재만의 생활철학에 입각해서 사는 인간들의 인생을 대하는 태도, 또는 감정을 노출하는 태도에 있어서 그 무기력하고 타성적인 감동이 없는 상태를 지속하고 있지만 때에 따라서는 자기 자신의 감정과는 아주 상반된 허위 감정까지 조작하고 있는 아프레적 현상이 있다. 여기에서도 그들 자신을 위한 진정한 의미에서 볼 때 그들 마음속에는 역시 무방비 상태에 놓여 있는 지대에 황량한 바람이 불고 있고, 감정이 아주 고갈되어가고 있는 것을 볼 수 있다.

셋째로 마음속에다 하나의 수평선을 그어놓고 그 수평선을 따라 감정을 압축시켜가는 형이 있을 것이다. 설움이라든지 또는 즐거움 같은 것을 공손하게 간직하고 타박타박 인생을 걸어가는 자세라 할 수 있을 것이다. 죽음과 그 밖의 여러 가지 어쩔 수 없는 불평 앞에서도 자기를 찾고자 하는 노력은 그 설정해둔 수평선으로 감정을 이끌어올 것이고, 어떠한 견딜 수 없는 희열의 절정 속에서도 자기를 잊어버리지 않기 위한 노력은 역시 그로 하여금 수평선으로 감정을 이끌어 내릴

약이 되는 세월

것이다. 이러한 상태를 감정의 고갈이거나 순수도의 상실이라고 할 수는 없다. 감정이 발생하지 않았던 것이 아니요, 의곡된 감정의 전달이 아니기 때문이다.

조각이 하나의 균형을 이루는 데 있어서 수 없는 부스러기가 땅에 떨어지듯이 하나의 정신적인 수평선을 이루기 위하여는 그만큼 많은 감정의 부스러기가 마음 밑바닥에 떨어져 있는 것이다. 이러한 부스러기의 수 없는 상처와 더불어 정신의 수평선 속에서 오늘을 극기하고 내일을 바라보는 것이다.

이러한 세 가지의 유형 속에서 우리는 어느 것을 택할 것이며, 또한 어떻게 되기 위하여 노력을 할 것인가. 두말할 것도 없이 마지막의 자세를 취할 것이다. 인생을 힘차게 긍정하면서도 모든 인간 생활에 있어서 일어나는 기복에 대처하는 마음의 무장을 잊어서는 아니 될 것이다.

가정의 주부가 경제적인 관념이 없다는 것은 벌써 주부로서의 실격자라 할 수 있다. 경제적인 관념이 없이 알뜰한 살림을 꾸려나간다는 것은 생각할 수 없는 일이기 때문이다. 더욱이 요즘의 세상처럼 그 대부분의 사람들이 가난하게 살아가지 않으면 안 되는 형편에 있어서 가정의 주부 된 사람의 계획성 없는 가계(家計)는 그야말로 위험천만의 일이 아닐 수 없다.

그러기 때문에 주부는 언제나 주머니 속을 따져가면서 생활을 견제해야 하며 사치를 피하며 부채를 만들지 않도록 해야 하며, 적은 한도 내의 돈을 가지고 그 가진바 최대의 가치를 활용하여 생활에 윤기를 주어야 할 것이다.

그러나 이러한 경제적 관념이 잘못 발전을 하여 인색에 빠진다는 것은 낭비 이상으로 두려운 일이다. 인색함이 그 경제적인 면으로 볼 때는 물론 플러스가 될 것은 사실이다.

그러나 생활 감정의 아름다움이라든지 윤기를 고갈시켜 버리는 결과를 가져온다면 그것은 낭비에서 오는 불안보다 더 불행한 일이 될 것이다. 낭비에서 오는 결과는 경제적인 파산 상태지만 인색에서 오는 결과는 인간 파산, 다시 말하자면 인간성의 상실이 오는 것이기 때문이다.

현실적인 세상이야 어떻게 험악하게 돌아가든 눈에 띄지 않는 한구석에서는 그래도 적은 인정이 오고 가고 한다. 그것은 어려운 것도 아니요, 작위적인 것도 아니다. 그러한 것을 볼 때 마지막에 남은 하나의 희망을 버리지 못하는 것이 오늘날의 현상이다. 이러한 어려운 것도 아무것도 아닌 인정의 거래가 단돈 십 환, 이십 환으로 해서 거절이 된다는 것은 얼마나 슬픈 일인가. 이러한 슬픈 광경은 장거리에서도 길거리에서도 흔히 있다. 어려운 사람보다 잘살고 잘 차려입은 사람에게서 더 많이 본 광경이다.

하기는 어느 곳에 있어서나 신용 거래가 의미 없어진 지 오랜 세상이다. 궁정과 같고 멋이 있는 사람들만이 모여드는 백화점에도 만 환짜리 물건이면 서슴지 않고 이천 환 깎아야만 정상적인 거래를 할 수 있는 것이 상식이다.

이것을 주부가 모르다가는 그야말로 반 달 치의 연탄값이

약이 되는 세월

홀렁 날아버릴 지경이니 파는 사람이나 사는 사람이나 서로의 마음이 어느 시합 장소에라도 출전하는 선수처럼 용솟음쳐야 할 판이니, 그야말로 웃을 수도 없는 희극이 아닐 수 없다. 그러나 이렇게 인간의 품성을 더럽히는 행위를 슬프게 생각하면서도 가난과 사회악에 부득불 이중적인 감정을 가지지 않으면 안 되는 것이 식자들의 생활 방편이다. 그러니 이러한 인색을 논하지 말기로 하고.

백화점의 한 축도처럼 된 것에는 시장의 거래상이 있다. 백환, 이백 환을 깎는 거래 광경인 것이다. 이러한 인색도 논하지 말기로 하고 한층 더 축소된 찬거리 파는 시장에 가면 거래의 척도는 십 환, 이십 환으로 떨어진다.

콩나물이나 조갯살이나 또는 시골에서 가지고 온 산나물, 봄이면 달래 같은 것 모두 물건 값을 따져봐야 겨우 이, 삼백 환을 넘지 못할 아이들이 퍼 놓은 것, 주부는 장바구니를 끼고 아이를 노려보며 오십 환 달라는 것을 삼십 환 하라고 따진다. 아마도 그 한 톨을 캐기 위하여 어린 손이 몇 번이든 갔을 산나물이다. 삼십 환에 흥정이 되어 돌아서는 여자의 의복은 적어도 중류는 된다.

이렇게 십 환, 이십 환의 인정의 거절은 길거리에도 있다. 거지가 많기로 유명하고, 거지 아이의 행패도 서울의 명물이지만 아마 돈 시주하는 사람이 적은 것도 유명할 것이다.

모처럼 밖에 나온 가정의 부인들이 십 환이나 이십 환을 거지 아이에게 주었다고 해서 생활의 큰 위협이 될 리는 만무하다.

　아이들의 불결한 손이 불쾌하기도 하겠지만, 그러나 어떤 가정의 자식이 사변 때문에 이렇게 되었는가 우선 이렇게 생각해본다면 십 환의 적선을 주저하지 못할 줄로 안다. 만약에 가진 돈이 없다 하더라도 아이의 손을 뿌리치지만 말고 부드럽게 말을 걸어준다면 인정에 굶주린 아이들이라 그 이상 조르지는 않을 것이다. 더러운 벌레처럼 취급하는 데서 더러운 손의 행패가 있는 것이다.

　옛날에는 적선을 취미로 삼던 귀부인이 있었고, 그를 가리켜 위선자라 불렀다. 제발 위선자라도 좋고 뭣이라도 좋으니 이 삭막한 세상에 그런 사람들이 좀 있어 주었으면 싶은 것이다.

새로운 비약

　겨우내 찌푸리고 있던 잿빛 하늘이 푸르게 맑아오고 어디선지도 모르게 흙냄새가 뭉클하니 풍겨오는 듯한 순간 벌써 봄이 온 것을 느낀다.

　해마다 봄은 변함없이 오고 또 그런 계절이 올 때마다 많은 젊은이들이 교문을 나서고 있다. 그러나 해마다 변함없이 오는 봄이언만 언제나 봄은 새로움과 희열을 사람들에게 준다. 그와 마찬가지로 그 계절을 따라 교문 밖으로 쏟아져 나오는 수많은 젊은이들의 모습도 언제 어느 때나 어디서나 사람들에게 새롭고 줄기찬 희망을 안겨주는 것이다.

　우선 긴 세월 동안 배움을 쌓고 나온 그들에게 먼저 축복을 드린다.

그러나 엄밀한 뜻에서, 인생에 있어서는 졸업이라는 것이 있을 수 없다. 모두 하나의 과정이며 종결이 없기 때문이다. 인생 그 자체가 하나의 미결의 상태로 연속되는 일이요, 인간에게 주어진 과업은 언제나 미완의 것이며, 자기 자신을 위한 끊임없는 투쟁을 하면서도 행복이란 오히려 아득하게 먼 준령 위에 있어 손에 잡히지 않기 때문이다. 이와 같은 상황 속에서 우리들의 생명이 끝나지 않는 한 교복을 벗었다고 하여 공부가 끝났다고는 할 수 없다. 물론 많은 학생들이 모두 학자가 되지는 않을 것이다. 학자가 되지 않는 이상 평생을 두고 공부를 해야 한다는 법은 없다고 말할는지도 모르겠다. 그러나 내가 말하는 공부라는 것은 반드시 학교에서 배우던 그 학과만을 가리킨 것이 아니다.

세상에는 온통 모르는 일, 알아야 할 일이 충만되어 있는 것이다. 그것을 배워야 하고 알고자 노력을 해야 한다는 것이다.

사람이란 이 세상에 태어나던 그 순간부터 태양이 비치고 어둠이 깃든 자연의 섭리를 배움으로 비롯하여 그 생명을 다하는 순간까지 보고 배우는 것이다. 그리하여 종내 세상을 못 다 알고 떠나는 것이니 인생이란 영원한 배움의 길일 수밖에 없는 것이다. 요는 우리에게 주어진 한정된 시간 속에서 옳게 사느냐, 그릇되게 사느냐, 또는 충실하게 사느냐, 헛되게 사느냐, 이것이 문제다. 어느 기간을 잡아서 진정으로 졸업을 하였다고 생각한다면 그 순간부터 나머지의 시간은 허비되

약이 되는 세월

고 마는 것이 아니겠는가? 졸업을 했다고 생각하고 노력으로부터 빠져나오는 것은 결국 거친 세파 속에서 낙오되고 마는 결과를 가져올 것이다.

이제 교문 밖으로 나서는 학생들이 각기 사회로 혹은 가정으로, 또는 대학으로 계획한 곳을 향하여 자기가 설 자리를 마련할 것이다. 그것은 어디까지나 졸업을 의미하는 것은 아니다. 새로운 것에의 비약일 뿐이다. 그렇게 생각하면 새로운 것에의 비약을 위한 긴 세월은 얼마나 귀중하고 의의 있는 것이었겠는가. 정들었던 학창과 여러 벗들과 이별하고 새로운 의복으로 갈아입는 낡은 것에의 결별에 뜻이 있는 것이 아니고 새로운 출발에 보다 큰 뜻이 있을 것이다.

이제 그들은 학교라는 온상, 사회의 거친 비바람을 막아주던 온상으로부터 떠난다. 미지에 대한 호기심과 동경과 희망에 찬 사회가 눈앞에 가로놓여 있다. 혼자서 싸워나간다는 두려움과 쾌감이 섞인 야릇한 기분 속에 한때는 방황하게 될 것이다. 그것은 마치 물씬하게 기름진 땅에서 솟아 나온 연하고 부드러운 순과도 같은 상태다. 이제부터 외계의 찬바람과 자기의 생명력이 대결하게 될 것이다. 그곳에는 무한한 자기의 의지력이 필요하게 된다. 그리고 그곳에는 자유가 있다. 자기 자신을 처결하는 자유 말이다. 그러나 이 자유처럼 황홀하고 무서운 어구가 어디 있겠는가. 그들은 선생님이나 부모님들에게 맡겨두었던 귀중한 자유를 찾는다. 그러나 잊어서는 안 될 일, 그것은 선생님과 부모님들이 가졌던 책임도 동시에 자기가 가져야 한다는 일이다.

자유와 책임 이것을 가장 적절히 구사하는 것은 영원히 졸업할 수 없는 인생 속에서 올바른 자기비판을 찾는 일이다. 올바른 비판 정신은 부단히 인생을 공부하는 속에서만이 이루어지는 것이다.

규격

오늘날 우리는 어느 면에서든 규격이라는 것과 밀접한 관련을 맺으며 살고 있는데, 이것을 기계문명이 빚은 생활의 방법이며 수단이라고들 한다. 그러나 규격의 생활 수단화는 비단 오늘만의 이야기는 아닌 성싶다. 물질과 떠나 살 수 없는 사람은 시초부터 규격화의 방법과 더불어 걸어왔던 것이 아닐까.

한석봉의 모친이 공부를 중도이페(中途而廢)하고 돌아온 아들을 훈계하기 위해 등잔불을 끄고 썬 떡이 모두 가지런하여 크고 작음이 없었다 한다. 이것도 이른바 규격을 위한 숙련의 결과였을 것이다.

그러나 그 같은 테두리 속에 넣어질 수 없는 것 중에 생각이나 생각을 담은 글이 있는데, 생각을 표현하는 문학이나 예술이 필요한 이유 역시 규격화할 수 없는 인간의 일면이 있기 때문이다. 흔한 말로 물질과 정신이 병행하는 인간에게 그 어느 것이 결핍되어도 불행하며, 따라서 구체적인 것과 추상적인 것이 있게 되고, 추상적인 것에도 엄밀히 따지자면 규격화될 수 있는 것과 없는 것이 있다고 본다. 예를 들어 신문의 보도기사는 사실의 전달인 동시 객관적이며 구체적 요소에 있고, 문학은 눈에 비친 사실보다 마음에 비친 사실을 관장한다. 여기서 불명확한 현상이 무한대로 넓어지고 작가는 붓끝이 떨리게 마련이다. 사오 장에 불과한 조박글일 경우에도 밤을 밝히며 점 하나 동그라미 하나까지 검토하며 원고지를 찢고 또 찢는 행위는 영원히 규격품이 될 수 없는 숙명 탓이며, 점 하나도 명확으로 가까이 가려는 추구의 노력인 것이다.

그런데 여기저기 뚝뚝 잘려 활자화된 자기 글을 보았을 때 필자는 무슨 말을 해야 할지, 어떤 일에 저촉이 되었다면 최소한의 희생은 감수할 수밖에 없겠으나, 편집 사정상 그랬다면 필자에 대한 비례(非禮)에 앞서 삭제로 하여 생각의 전달이 불가능해지는 결과는 당초의 원고 게재의 목적이 행방불명될 수밖에 더 있겠는가. 이러한 필자의 항변을 성실로 보지 않고 오만으로 본다거나 적당히 양해하라는 식으로 처리된다면 우리는 앞으로 어느 하나의 결핍증에 빠질 수밖에 없을 것이다.

약이 되는 세월

보호자의 본능

　머리카락이 슬슬 빠지는 걸 보면 가을이 오기는 오는 모양
인데 염장군(炎將軍)은 군소리 많은 협박자처럼 영 떠날 생각
을 않는다.

　어지간히 면역이 되어 있다고 자부하는 바이나 찌는 듯한
날씨 탓인지 신문의 사회면을 보고 있노라면 번번이 피가 치
솟는 것 같은 흥분을 느끼곤 한다. 미국의 흑인 문제로 하여
여름은 폭동의 계절이라는 말이 나돌고 있지만 그래서 내가
흥분을 하는지, 그래서 사건이 마구 쏟아지는지 모를 일이다.

　며칠분을 뒤져볼 것도 없이 조간 한 장만 펴봐도 범죄의 조
서, 참사의 보고, 항거의 울부짖음인데, 참고삼아 글자를 주
워보니 참변, 역사(轢死), 익사, 압사, 자살, 변사, 살인, 총파업,

메타돈, 사기, 유괴, 난입 폭행 등등이다. 본문 아닌 크게 뽑은 것에서 주워본 것들이다. 산송장 제조약품 메타돈은 하도 묵은 글자여서 제쳐놓고, 어린이 유괴의 연쇄적 발생이 메타돈처럼 묵은 글자가 될까 봐서 겁이 덜컥 난다. 그리고 역사, 익사, 압사도 모조리 어린이하고 관련되어 있었다.

　며칠 전 교사 절도범 이야기가 신문에 실린 적이 있었다. 딸아이가 보던 신문을 밀어내며 이런 것은 실리지 말고 눈에 띄지 않게 중형에 처했으면 좋겠다는 말을 했다. 그런데 여기 다시 그 일을 환기시키는 모순을 필자는 저지르지 않을 수 없고 이미 교육이 교육의 본분을 상실한 것 같은 사태에 새삼스레 쇠귀에 경 읽기 같은 말을 되풀이하는 이유는 거창하게 이 나라의 일꾼이 될 어린이라는 장래를 내다보는 것보다 당장 어버이로서의 본능이 체념으로 가라앉지 않기 때문이다. 곤충도 살찐 나뭇잎 뒤에 알을 까고 짐승도 새끼가 스스로 먹이를 찾을 때까지 보호하지 않는가. 보장 못 된 사회에서 어린이들의 마지막 보루는 부모와 선생님의 날개 밑이다. 일인(日人) 스승을 찾는 한국인 제자들의 소식을 들은 선생님 눈에 눈물이 괴더라는 기사가 있었다. 민족을 떠나, 원수를 넘어서서 보호자에 대한 고마운 추억 때문에 제자들은 스승을 찾았을 것이며, 스승은 보호자로서의 본능 때문에 눈물을 흘렸을 것이다.

　　　　　　　　　　　　약이 되는 세월

사랑과 예술

오늘날과 같이 각박한 현실 속에서 삶을 얘기한다는 것은 옛날 태평성대의 풍월을 논하듯 쑥스러운 일일는지 모르겠다.

이미 인간세계에 있어서 완숙하지 못한 원자력시대로부터 우주시대의 창문이 열리어지며 있는 것이다.

이 세계 안에서 새로운 감각과, 그리고 또는 사상을 모색하려고 무진한 몸부림 속에 있는 예술 분야, 그러나 어쩌면 그것(藝術)은 항시 시대적 낙오 속에서 퇴색되어가는 한 외로운 섬[島]인지도 모르겠다.

천문학적인 수와 양, 거리와 공간, 시간과 에너지 이러한 것들의 동태를 고하는 뉴스페이퍼의 홍수, 그 활자조차 지탱

하기 어려워진 세상에서 정말 사랑이나 예술이란 수소폭탄 실험 후 휘날려 떨어지는 한 점 먼지 같은 것에 지나지 못한 것이었는지.

현대가 지닌 특수성 속에서 예술과 사랑의 가치를 척도해 보는 반면 정신문명과 대조되는 물질문명의 방대한 양상을 생각해본다.

만일 신비의 영역을 신(神)이라 추상한다면 여태까지의 우주는 천국일 수 있었다. 이 천국에 이르는 계단은 오직 신의 섭리에 속한 길이었을 뿐 인간은 불항전(不抗戰)의 노예였었다.

그러나 오늘날 인공위성으로 하여금 우주의 그 신비스러운 창이 열리는 것이다. 인간의 힘에 의하여.

무서운 인간의 정신력이 이룩한 여러 가지 업적의 가치나 또는 이유가 인간 생활의 안락에 있었음은 물론 분명한 일이다. 결과나 사용에 있어서 어쨌든 간에 배부르게 먹을 수 있고 편하게 살 수 있는 곳에 목적이 있었던 것만은 사실일 것이다.

원시시대로부터 전쟁이란 생존 경쟁이 빚어낸 결과이거니와, 가령 지금 우리들 앞에 무한한 힘과 물자가 있다면 결핍과 과로에서 구원되고 전쟁이란 행동은 자연적으로 종지될 것이다. 그리하여 인간은 정상적인 생에 대한 보장을 받게 될 것이다. 그것은 동물에 한한 가장 기본적인 조건이다.

그러나 인간은 막연히 사는 것은 아니다. 단순히 존재하는

약이 되는 세월

것도 아니다. 즉 재미나게 살아야 한다. 쾌락을 누리며 살아야 한다. 여기에서 행복이라는 추상적 명사가 생기는 것이다. 그리하여 사랑과 예술이 등장한다.

과학이나 정치 경제는 공동생활 속에서 운영과 생산의 과정을 되풀이함으로써 인간 생존을 보장해주고, 예술과 사랑은 소비의 과정을 되풀이하여 인간에게 쾌락을 주는 것이다.

이런 생산과 소비의 가장 적절한 밸런스 속에 행복의 가능성이 있다. 다만 가능성이 있을 뿐이다. 왜냐하면 인간에게는 여전히 시대적 제약이 있고 우연성이 있기 때문이다. 다시 말하자면 공동운명인 죽음이 있기 때문이다. 현재까지 그것은 인류 최대의 비극이었었다. 생명과 더불어 사랑과 예술도 소실되어간다. 한 개의 생명, 사랑, 예술로부터 사회, 민족, 그리고 국가의 멸망이라는 불가피한 수레바퀴 속에 짓밟히어 사라졌다.

역사 이전에 몇 역사가 있었을 것인지, 동물이 서식하는 몇 개의 유성(遊星)이 있었을 것인지, 그리하여 멸망의 길을 밟아갔을 것인지.

이러한 방대한 시겁(時劫) 속에서 어떻게 예술이나 사랑의 영원을 이야기하겠는가.

가령 앞으로 우주를 정복할 수 있다면 인간은 비상한 그 두뇌로서 죽음이란 문제도 해결할지 모른다. 그때야말로 에덴의 동산이 인간에게 재래하는 것이다. 거대한 힘과 물질을 얻어 이미 전쟁을 잊어버린 선남선녀에게는 필연적인 귀결인지도 모른다. 그리하여 신이 그 옛날 흙으로 아담과 하와를 만들어냈듯이 인간의 조형적 기술의 고도한 발달은 능히 에덴의 동산에다 미남미녀의 불로(不老)한 군상으로 충족시킬 수도 있는 노릇이다.

그러나 이러한 결과로써도 여전히 행복의 가능성이 있을 뿐이다. 실연자와 자살자는 여전히 있을 것이라는 것이다.

하와가 선악과에 대한 유혹으로 해서 인간에게 오늘날의 비극을 초래했다는 신화를 믿어서가 아니라 미구에 도래할 불가능을 극복하고 신격화된 인간을 상상할 적에도 개개인의 영의 문제를 처결할 수는 없을 것이 아닌가. 만일 과학의 힘으로 인간의 사고방식마저 계산하고 지배하게 된다면 그때는 벌써 한 통어자(統禦者)만이 신일 수 있고 그 나머지는 모두 로봇이 되고 말 것이다. 즉, 자기를 상실한 노예가 남겨질 뿐이다. 그것은 물론 위대한 질서일 것이다. 물체화된…….

다시 이야기는 돌아가서, 인간의 영의 문제인데, 전지전능하신 희랍 신화 속의 제우스에게도 사랑의 고민이 있었다. 신에게도 고민은 있기 때문이다.

영은 항상 고립해 있었다. 쾌락까지도 영에 속한 고립의 현상이 있었다. 사랑과 예술은 고립한 영의 부단한 항거였다.

사랑은 고독으로부터의 탈출을 꾀하는 영의 작위이다. 그러기 때문에 사랑은 나 아닌 또 하나의 나를 구하는 것이다. 일부에 있어서는 육체적인 행위만을 사랑이라 말한다. 물론 그것도 고독에서 오는 쾌락에의 동경이다. 인생을 즐기자는 것도 고독에 대한 일종의 반항의식이라 할 수 있겠다.

인생을 즐기는 데 있어서도 예술과 사랑뿐만 아니라 권세를 잡는다든가, 금력을 갖는다든가, 명예를 얻는다든가 하는 일이 있고, 종교나 사회에 봉사함으로써 인생에 보람을 느끼는 경우도 있다. 그러나 그렇게도 간절히 자기의 구현을 바라는 것은 역시 사랑과 예술이 아닐까.

아름다운 것, 진실한 것, 선한 것―이러한 것을 사랑 속에서 찾고자 하고 예술 속에 구현하고자 하는 것은 두말할 것도 없이 나 아닌 또 하나의 나를 이상화하고 갈망했던 나를 발견코자 하는 처절한 행위인 것이다.

각박한 현실 속에서도 사랑과 예술은 사고한다. 새로운 방향을 사상하는 것이다.

지금 아직도 물질문명의 이상경(理想境)은 요원한 피 안에 있다. 물질문명은 지금 사회 조직이나 운영에 착안하고 그 건설 도상에서 설계도를 펴보고 있다. 인류는 모두가 공동 목적인 이상경 건설의 역군인 것이다. 이러한 잡음 속에서 행복을 추구하는 정신적 작업인 사랑과 예술은 스스로의 한정된 범위에서의 최선을 구상한다. 예술은 감각한다.

위대한 음악을 들으면 인간은 자신 속에 울음과 사랑을 느낀다. 순결한 사랑 속에서 인간은 예술의 극지(極地)를 느낀다. 이러한 예술과 사랑의 순간이 영원이며 절대인지 모른다.

아름다운 그림 앞에서도 영원한 것, 절대한 느낌을 받는다. 그것은 영원이라는 시겁과 절대라는 존재를 말함이 아니라

다만 순간의 느낌을 말하는 것뿐이다.

그것은 그러나 고독에의 탈출은 아니다. 나 아닌 또 하나의 이상화된 것에 대한 갈망이 그렇게 아름답게 승화한 때문이다.

시간의 제약과 물질의 결핍이 타파되리라는 예정 속에 있어서도 행복의 가능성밖에는 논할 수 없는 비절대(非絶對) 속에서도 오직 사랑과 예술만은 그 가능성 속에서 항상 명멸하는 것이다.

영원과 절대가 시겁과 존재를 떠나서 순간을 제공해주기 때문이다.

역시 사랑과 예술의 얘기는 이 각박한 세상에서도 쑥스런 일은 아닌 모양이다.

쑥스럽다는 것은 생활양식의 급격한 변천에서 오는 과도기 속에서 현대인의 낭만과 지성의 밸런스를 적절히 취하지 못하는 혼란에서 오는 하나의 반어(反語)일지 모른다.

낭만이란 옛날 풍월의 상징은 정녕코 아닐 것이다. 오늘날 하늘을 나는 비행기의 처참한 공중전 속에서도 옛날 목마의 전쟁이 가졌던 것처럼 비극적 서사시는 있고, 휴가를 받아 돌아오는 병사가 교통사고에 쓰러진 황혼이 깃든 도시의 거리 풍경 속에서도 그 태곳적의 삼림 속에서 사나운 짐승의 습격을 받아 쓰러진 나무꾼의 비극이 그대로 서려 있는 것이다.

그 무거운 군화가 사고 현장에 굴러 있고, 숨이 끊어져 허공을 바라보며 빳빳하게 뻗어 있을 적에 그 죽음이 무엇인가를 우리는 역력히 본다.

한 짝 굴러 있는 군화처럼 그것은 외로운 하나의 인간 모습이었다. 그를 위하여 수없이 눈물이 흘려진다 하더라도 그것은 숨겨질 수 없는 인간의 외로운 모습 그것이었다.

이와 같이 수 시대가 격하여지고 생활의 양식과 생활 감정마저 변하여져 왔거늘 인간의 주제는 한결같이 고독 속에 있는 것이 아닐까.

진실된 예술과 사랑, 아름다운 예술과 사랑, 그리고 선한 예술과 사랑, 그 앞에 우리들의 고요한 기도가 있다.

이웃사촌

일요일 아침, 오래간만에 나하고 아이는 개를 몰고 산으로 올라갔다. 골짜기에는 선거 바람을 타고 더 많은 판잣집이 들어앉은 것 같았다. 등성이 이쪽에서 보면 성긴 소나무에 가려져 그저 산이거니, 그러나 등성이에 오르면 양계장에 채마밭까지, 버젓한 촌락이다.

나는 개줄로 소나무를 후려치면서

"이 송충이 좀 잡아주면 어때. 자기네 집 울타리가 되어 있는 나무만이라도. 한국 사람들은 이래서……."

하다가 아아주, 또? 내 한 말에 스스로 야유하며 웃었다. 그런데 어디서 와글와글 떠드는 소리가 들려왔다. 지붕이 흠싹 무너지고, 블록이 콩가루가 된 곳에 사람들이 모여 있었고 카

약이 되는 세월

메라를 든 사나이가 엉거주춤 서 있었다.

"이쪽으로 다가서요. 부서진 집이 보이게 말이야. 빨리들 와! 한 사람이라도 많아야 유리하지."

무엇에다 쓰려는지 아낙네들은 마을 사람을 불러 모아 사진을 찍는 판이었다. 내용인즉 지붕까지 올려놓은 집을 관의 사람들이 와서 부쉈다는 것이다. 그래서 이웃사촌들이 모여들었던 것이다.

시골에서는 요즘도 수수팥떡을 나누어 먹고, 사람이 죽으면 마을 장정들이 달려와 염을 하고, 멧돼지 몰이를 하는지 알 수 없지만 그런 정착민이 아닌 뜨내기들이 모여 사는 서울 골짜기에도 울타리가 없는 한 이웃사촌의 미덕은 남아 있는 것일까. 블록 벽에 기와까지 올렸다면 끼니에 어려운 축은 아니겠으나 어차피 애석하고 안타까운 일이기는 하다. 그러나 난장판이 된 곳에 모여든 이웃들의 분개하는 감정은 정말 순수한 이웃사촌의 심리였는지. 만일 모두가 공범자라는 심리 위에 심어진 협동이라면?

울타리를 높이 하고 제법 의젓하게 문패라도 달고 사는 주택지에서 이웃 싸움을 말린다는 것은 싱거운 짓이요, 오가고 한다면 그것은 계 같은 것이 빚은 협동 정신이요, 이웃에 사람이 죽어 울음소리가 나도 텔레비전을 보고, 도둑이야! 하는 외침이 들리면 자기네 집 문단속이 바쁘고, 사실 도둑이 와도 불이야! 하는 것이 서울의 풍속이 아닌가. 이웃이 있을 리 없고 사촌이란 천만의 말씀이다.

다만 있다면 그들이 활동하는 사회가 이웃일 것이요, 이웃 사촌이라고도 할 수 있겠는데, 이웃사촌의 현상이 나타나는 것도 자신의 이익이라는 굴레 속에서의 이야기다. 경우에 따라 사촌은 이촌까지 갈 수 있고, 이촌이 백촌으로 둔갑도 한다. 흔한 말로 어제의 벗이 오늘의 원수, 오늘의 원수가 내일의 친구. 정(情)이란 당의(糖衣)를 입힌 쓴 약 같은 것이며, 이해관계 없는 일에 팔 걷고 나서다간 갈 곳 없는 광대로서 남의 웃음을 감내해야 하니 세월과 더불어 느끼는 것은 서글픈 지혜인 것 같다.

송충이 뒤끓는 울타리의 소나무는 남(국가)의 것이요, 몇 평의 국유지를 둘러싸고 결코 떳떳하지 못한 협동 정신에는 이웃사촌의 정리가 발동하는 이런 소동은 비단 판자촌에만 한한 이야기는 아닐 것이다.

약이 되는 세월

현대의 영웅

시계가 없어 불편할 때가 있고, 전화가 있어서 귀찮을 때가 있다.

약속 시각에 대어 가기 위해 라디오의 시보를 듣거나 그것도 안 되면 어림짐작으로 집을 나서게 되는데, 기다리는 분이 웃어른일 경우 혹은 시간을 다투는 급한 일이었을 경우 지각의 변명을 어떻게 해야 할지 난처해진 일이 한두 번이 아니다. 그런가 하면 엉뚱하게 일찍 나가서 시간 처리에 궁하여 하릴없이 백화점을 헤맨 일도 있었다. 이렇게 불편을 느끼면서도 몇 해 전에 마음먹고 장만한 벽시계는 고장이 난 채 몇 년을 그냥 걸려 있으니 게으른 탓이 아니면 아마 시간을 의식하는 게 싫어서인지도 모르겠다.

한편 전화가 있어서 귀찮은 것 역시 사무적인 연락으로 하여 시간에 쫓기지 않으면 안 되는 이유 때문인 것 같다.

합리적인 시간의 배당 또는 절약에 그 숱한 문명의 이기가 사용됨으로써 우리의 생활이 편리해진 것만은 사실이다. 그러나 편리하다 해서 항상 편리함에 기쁨을 느끼는 것은 아닌 듯싶다.

사람의 두뇌가 기계처럼 합리적으로 되어 있지 않았고, 넓어지기만 하는 공간에서 한정된 힘이 둘레로만 펴져 나가다 보면 차츰 부피가 얇아져 간다는 자각에서 오는 불안 같은 것이 있기 때문일 게다. 그러나 그와 반대로 시간관념뿐 아니라 백과사전의 토막지식과도 같은 것을 머릿속에 배열해두었다가 초침이나 분침처럼 정확하게 조종하여야지, 어느 하나를 잡고 그것에만 매달려 무한정 시간에 떠내려가다간 무인도에 표류하게 될 것이라는 공포도 아울러 있는 것이니, 이 틈바구니에서 생겨나는 현상이 소위 그 노이로제라는 것이다.

어느 분이 요즘은 보통 사람들도 다 옛날보다는 혈압이 높아졌다는 말씀을 하셨는데, 현대의 영웅이란 아마도 가장 기계를 닮아가는 두뇌에다 혈압이 절대로 오르지 않는 그런 인물이 아닐까?

약이 되는 세월

무관심의 미덕

생활의 지혜가 인간의 진실에서 우러나야 하는 것인지, 살아가는 방법에서 얻어지는 것인지 나는 그것을 지금 알 수가 없다.

요즘 교외에 사는 사람이면 더러 체험하는 일인 줄 아는데 나 역시 교외에 사는 덕분으로 적잖게 시끄러운 꼴을 당하곤 한다.

여름밤은 짧아서 저녁을 마치고 신문을 뒤적이며 이야기라도 하다 보면 어느새 열 시, 열한 시가 된다. 이때부터 책상앞에 앉아 일을 시작하게 되는데 열두 시가 지나고 사방이 쥐 죽은 듯 고요해져야 한다. 그러나 통금이 되는 이 시각이야말로 싸움이 벌어지는 신호와 같은 것이다. 밤에만 나와서 두더

지처럼 국유림을 파는 사람들끼리 땅의 쟁탈전이 벌어지는 것이다. 야음을 타고 집을 짓는 인부들의 망치 소리가 반주되는 속에서 쇳소리 북소리 같은 남녀의 고함은 참말 염치도 없이.

하기는 땅덩어리 때문에 오늘날 수소탄이다, 세균탄이다, 하는 무기들이 발달해온 것을 생각한다면 삿대질이나 욕설쯤 지극히 온건한 투쟁본능의 방법인지도 모르겠다. 이렇게 큰일에다 비기면 소소한 일 같은 건 쉽게 체념할 수도 있고, 왜 사는가 하는 문제도 냅다 집어던질 수 있다. 게다가 손바닥만 한 땅에 천막이라든가 판잣집이 들어앉는 형편이니 조금도 부끄러워할 만한 재물은 아니지만 기와 얹은 집에 사는 것이 묘하게 약점이 되어 글을 못 쓴다고, 안면방해가 된다고 항의할 수도 없다.

어느 날은 집 앞에, 언덕배기로 올라가는 곳에 재건 학교라는 말뚝이 박혀 있었다. 눈 깜짝할 사이에 천막이 쳐지고 밤이 되어 아이들의 공부하는 소리가 들리더니 얼마 가지 않아 교사의 본격적인 주택이 우리 집 뜰 안을 내려다보는 곳에 세워졌다. 뜰에 나앉기도 신경이 쓰여 짜증을 부리다가 어차피 불하가 되면 누가 지어도 그곳에 집을 지을 터이니 돈이 생기면 방이나 한 개 더 달아내어서 가리는 도리밖에 없겠다고 생각했다.

그것은 그렇다 치고 재건 학교에서 울려오는 노래 공부가 골칫덩이요, 공부를 끝내고 돌아가는 장난꾸러기들이 함부로 버저를 눌러 밤에 웬 손님인가 놀라서 뛰어나가게 되니. 그러나 가난한 아이들은 공부도 남같이 못 하겠느냐는, 그 너무나 타당한 말이 무서워 이것도 참을 수밖에 없었다.

여름 장마철이 오면 동네 사람들은 제각기 걱정들을 한다. 사방 공사가 충분치 못하고 해마다 줄어드는 나무를 보며 산에서 복사가 내려와 또 길이 끊어지지나 않을까 하고. 재작년 장마에는 담이 무너지고 길은 계곡이 되는 꼴을 당했는데 우량이 많았다기보다 복사가 내려온 탓으로 하수도가 막혀 그 지경이 되었던 것이다. 그때 마을 사람들은 길 때문에 상당히 애를 쓰고 쫓아다녔으나 결국 십 호가 못 되는 주택에서 돈을 모아 두 번이나 길 공사를 하지 않을 수 없었다.

그래서 노인네들은 헐벗은 산에서 풀 한 삽 떠내는 데도 신경을 썼고 나무 한 그루 베내는 데도 야단을 쳤다. 그런데 난데없이 근육미를 과시하듯 팬티 바람의 장정들이―선수들이라 했다―들어서서 나무를 베고 터를 닦더니만 트럭이 밀어닥쳐 건축 자재를 풀고 얼마 가지 않아 훌륭한 양옥이 들어서게 되었다. 사람들은 장정들의 그 근육미가 무서웠던지, 아니면 배경이 무서웠던지 힐끗힐끗 구경만 하고 있었다. 하기는 구경만 하지, 국가관리에 속한 일을 개인이 주제넘게 뭐라겠는가. 여기까지는 무관심의 미덕을 충분히 발휘한 셈이다. 그러나 사고가 났던 것이다. 그동안 드나들던 트럭의 무게 때문에 균열이 졌던지 길이 무너지고 하수도가 깨어진 것이다. 노인네들이 염불 외듯 트럭을 못 들어오게 했었지만 길을 막는

법 없다는 논법에 별수 없이 길목에 돌을 쌓아 트럭만 못 들어오게 하고 동네 사람 자신도 연탄 들여올 걱정들을 하고 있는데, 위세 좋은 신축 양옥의 이삿짐을 실은 트럭은 막아놓은 돌을 걷어내고 꾸역꾸역 들어오는 판이었다.

트럭이 거기까지 들어오지 않아도 이삿짐 못 나를 형편은 아니었는데 정말 참는 것도 한도가 있지, 한바탕 시비를 하고 집으로 들어오면서 나는 무관심의 미덕을 뼈저리게 느꼈다. 마지막까지 버텨낼 수 없었던 내 인간됨이 거의 슬프기조차 했다.

"길이 끊어지면 돈을 다시 내어 고치는 게 낫지. 낫구 말구, 그편이 훨씬 낫지."

내가 돈이 아까와 화를 낸 것이 아니면 공리적인 현실에서 화를 낸 그 자체가 무의미했다. 비단 이런 경우뿐만 아니다. 열을 올리다가 남들이 구경하는 그 눈초리의 냉엄함을 얼마나 많이 보아왔는가. 버스 간에서도 거리에서도 남의 피해 혹은 자신에게 오는 것조차 침묵하는 것만이 가장 현명한 것이다.

어리석은 사람은 부당한 일에 앞장서는 법이며, 현명한 사람은 부당함을 어느 누구보다 강조하면서 그러나 자신은 뒷전에 팔짱을 낀 채 누가 대신해 춤을 추는 꼴을 싸늘하게 바라보며 입가에는 미소를 머금는다. 스스로 피 흘리지 않는 자만이 최후의 승리자가 되는 것이다.

나는 얼마나 많이 무관심의 미덕을 마음속으로 다짐했는

약이 되는 세월

지 모른다.

모나지 않게 살아야 한다는 말처럼 오늘날 성공의 열쇠가 되는 것은 별로 없을 것 같고, 이해관계에 있어서 마구 억지떼를 쓰는 사람에게는 이쪽에 양보하는 것 이외에 더 편안한 방법도 없을 것 같다. 다음날 공교롭게도 모 잡지사에서 시장에게 보내는 공개장의 청탁을 받았다.

소위 무관심의 미덕을 위해 그런 성질의 글은 일체 쓰지 않았던 나는 이 공교로운 청탁에 마음이 흔들렸다. 그러나 결국 나는 그 청탁을 거절하고 말았다. 무관심의 미덕 때문이다. 다 식은 커피를 쓰디쓴 기분으로 마시면서 나는 무관심의 미덕을 언제까지나 생각해보는 것이었다. 살벌한 현실이 오삭오삭 밀려들면서 내 붓대도 죽어가고 내 마음도 죽어간다는 것을 절감하는 것이었다.

고독과 감상

　고독이라는 것은, 계절이나 또는 그 계절 중에도 언제 어떤 때 느낀다고 굳이 말할 수 없는 것이다. 고독은 때와 장소를 가리지 않고 예고도 없이 찾아왔다가 사라지는 바람 같은 것이다. 그러나 장소와 어떤 시기보다 우리가 가장 뼈저린 고독을 느끼는 것은 사람을 대할 때가 아닌가 싶다. 가깝고 먼 것을 막론하고 사람은 사람을 대했을 때 가장 고독해지는 것이다. 자연이나 계절과 같이 말 없는 대상보다 사람은 인간에게 보다 많은 염원을 가지기 때문일 것이다. 하지만 포도 위에 가로등이 비치는 시각, 그리고 가을비가 포도에 짝 깔리고 그 매끄러운 곳을 자동차가 클랙슨을 누르며 미끄러져 갈 때는 도시의 애수를 우리는 느낀다. 그러나 그것은 고독이라기보

　　　　　　　　　　약이 되는 세월

다 감상이 아닐까.

　고독이란 가장 처절한 것이다. 그것은 채워지지 않는 어느 집착의 형태이기 때문에. 사람을 대할 때 고독감에 사로잡히는 것도 그 이유에서다. 문자 그대로 완전히 혼자 외롭다면 그것은 달관의 세계일 것이며, 고요한 침묵일 것이다. 그러나 이 고독이란 의미는 상대성에서 오는 것이니, 무수한 심적 갈등의 처참한 싸움인 것이다. 흔히 고독을 사랑한다는 말을 한다. 그러나 그것은 달관의 세계가 아니며, 자학의 표현밖에 될 수 없다. 절망에서 체념까지 갔을 때 남의 눈에는 고독으로 보일지 모르지만, 그것은 집착을 버린 것으로 고독이 될 수 없고, 의미의 상실일 뿐이다.

　감상(感傷)이란 일종의 연애 감정이다. 첫사랑과 같이 향기로운 그런 것이 아닐까? 고독은 춥고, 배고프고, 무엇을 처절히 희구하는 상태며 쓰디쓴 것이다. 그래서 자연도 냉혹하고 아름답게 보이지 않는다. 그러나 감상은 따스하고 적당히 보급된 알맞은 상태에서 일어나는 쾌적한 소요(逍遙) 같은 것이다. 자연은 무한히 아름답고 관념적인 것이지만, 감상은 비극을 미화해보고 눈물마저 아름답게 느끼려고 한다. 사람들이 이 감상을 소녀취미라고 웃는다. 더욱이 남성들에게 감상적이라 하면 모욕으로 생각하기 일쑤다. 그것은 감상이라는 게 풋되고 어수룩하게 꾸며지기 때문이다. 그러나 인간이 진실 위에서만 살려고 한다면, 그것은 죽음이라는 것을 응시하지 않으면 안 된다. 그 사실은 모든 진실의 근원이며 비극의 원천이다. 사람에게 감상이란 설익은 감정의 사치가 있다는 것은, 그만큼 휴식이 되고 또한 위안이 되는 것이다. 죽음까지도 아름답게 꾸며보려 하고, 비극에도 취해보려고 하고, 그래서 예술은 존재하게 되는 것인지도 모른다. 흔히 유치하다고들 하는 그 감상은 실상 없어서는 안 되는, 인생에 있어서 오아시스 같은 것이다. 혁명도 애국심도 감상이나 낭만의 감정 위에 서는 것이다. 감상은 유치한 것이 아니다. 인간의 꿈이며 인간의 체온이다.

고독과 감상은 개개인의 느낌의 세계이므로, 꼬집어 이런 거다, 저런 거다, 할 수 없지만 아마도 고독을 쓰라린 자기 소모라 한다면 감상은 달콤한 어떤 잉여상태의 휴식이라 표현될까.

그러면 고독으로부터 우리는 어떻게 탈피하느냐, 그리고 건전한 사고로 이끌어가느냐는 것인데, 이것은 인위적인 것보다 자연 발생적인 경우가 많다. 환경의 지배도 더러 받기는 하지만, 그래서 어떤 외적 조건을 제거하는 것도 한 방법이겠으나 시간이 흘러가기를 기다리는 정신적인 인내와 일에 전념함으로써의 육체적인 인내를 들 수 있겠다. 그러나 엄연히 따지면 예술이 허위인 것과 마찬가지로 그런 인고의 상황이 허위임에는 틀림이 없다. 그러나 허무가 불행한 진실이라면 감상이나 낭만은 행복한 허위일 것이다. 적어도 행복에 가까운 허위일 것이다.

사실 인간들의 죽음이라는 공동운명체 속에서 이루어지

는 모든 상황을 따져본다면 사토(砂土)의 누각이며 허위인 것이다. 그러나 현재 순간을 이어가는 우리들에게 있어선 눈을 번득거리며 애써서 불행한 진실을 찾아야 할 이유는 없다. 옹색하고 메마른 그 진실 말이다. 낭만에 젖는다는 것은 확실히 꿈과 이상과 그리고 의욕을 돋우어주는 힘이 되는 것이다. 용렬한 리얼리스트가 되어서는 안 될 것이다.

인생에는 결론이 없다. 미지로써 한 인생이 끝나는 그 날, 즉 죽는 그 날 비로소 결론이 나는 것이다. 그리고 불행하건 행복하건 사람은 다 자기의 세월을 살아야 하며 남의 세월을 살아줄 수 없는 노릇이다. 그러면서도 자기 인생 속에 사랑이 있고 희생이 있고 의무가 있고, 그러한 것들은 또한 가장 불행했을 때의 삶의 구실이 되기도 한다.

한 어머니는 자기에게 주어진 세월을 살면서도 다른 하나의 인생인 자식을 사랑하고 자식을 위하여 희생하고 의무를 수행한다. 한 과학자는 자기의 세월을 살면서도 인류의 복지를 위한 연구에 몰두하는 것이다. 우리는 끝없이 시작되고 소멸하는 되풀이 속에서 고독이라는 쓴 약을 마시기도 하고 감상이라는 쾌적한 술잔을 들기도 한다. 그러면서도 나와 너, 나와 그들, 그리고 나와 무수한 그것들의 연결 속에서 사람의 삶은 강인하게 이어 나가는 것이다.

우수수 가을바람이 불어오고 낙엽이 진다. 목숨을 다한 비장한 조락이다.

우리들에게도 찾아온 낙엽의 순간, 그러나 목숨을 다한 우리들이라야 할 것이다. 식물은 비바람 치는 밤에 고독하고, 화창한 햇빛 속에서 감상하듯, 우리의 생명도 그렇게 다하여 지며, 그 다하여지는 데까지 강인한 순간을 살아야겠다.

약이 되는 세월

회화(會話)

　가만히 생각해보면 말처럼 신비하고 무궁무진한 것은 없을 것이다. 거기에 비하면 문자는 말의 소산이니 말보다 신기스러울 것은 없다. 또한 아무리 문자가 다양하고 상세하다 할지라도 언어가 가진 깊은 뉘앙스를 전하지는 못할 것이다. 하기는 사람에게만이 아니라 동물이나 새, 물고기에도 말은 있다고 하지만― 말은 독백, 강연, 노래, 그밖에 우리 생활을 온통 지배하고 있지만, 그중에서도 사람과 사람 사이에 오가는 감정의 표시, 즉 회화에 가장 많이 쓰이는 것이다.

　우리는 처음 사람을 만났을 때 그 용모나 옷차림에서 인상이 오고, 그리하여 상대방에 대한 어떤 개념의 기준이 대강 서는 법이다. 이것이 대인 관계에 있어서 첫 번째 단계라 할 수 있다. 두 번째 단계로서 회화가 시작되는 것이다. 먼저 인상에서 온 어느 개념에 좀 더 자세한 상호 간의 검토가 시도되는 것이 회화이다.

대개 사람들은 인상이 퍽 중요하다고들 한다. 최초의 직감이 경험보다 정확하다는 것이다. 물론 용모에서, 표정에서, 또는 몸가짐과 옷차림에서 그 사람의 가진 바의 성격과 교양을 느낄 수 있다. 그러나 반드시 인상에서 오는 판단이 적중된다고만 할 수는 없다. 때론 그런 기대가 여지없이 허물어지고 마는 경우가 얼마든지 있다. 얼굴도 썩 잘생기고 몸에 감은 의복이나 장신구 같은 것도 아주 세련된 취미를 엿보게 하는데도 불구하고, 막상 이야기를 나누어보면 어처구니없을 지경으로 무식한 데 놀라는 일이 있다. 이런 사람은 미용에 관한 서적 외엔 독서를 하지 않았다는 증거다. 하기는 상호 간의 이야기가 학문에 대한 토론이 아닌 이상 어려운 지식은 필요 없을는지도 모른다. 그러나 일상생활의 주변을 돌아가는 화제에 있어서도 인생의 일부분이 담겨 있는 것이니 그리 단순한 것은 아닐 것이다.

외모 치레에 바쁘고 책 한 권을 손에 들어보지 못한 사람은 틈을 이용하여 독서라도 하는 사람과는 완연히 층이 지는 것이다. 아무리 사소한 신변적인 화제일지라도 벌써 해석과 판단이 다르게 된다. 전자는 이야기를 꾸미는 데 신경을 쓰지만, 후자는 어디까지나 침착하며 있는 대로 얘기하고 또한 진실해 보인다. 그리고 항상 화제가 풍부해진다. 화제가 풍부하

약이 되는 세월

다는 것은 다변을 의미하는 것은 아니다. 다변은 밑 없는 시루에 물을 붓듯 상대방의 마음에 남겨주는 것이 없다. 사상이 없고 문제가 없기 때문이다. 화제가 풍부하다는 것은 여러 가지 문제를 검토할 수 있는 능력을 가졌다는 것이며 사상이 빈곤하지 않다는 것이다.

그러나 회화인 만큼 표현의 기술이 필요하겠다. 그러나 이미 소화해버린 자기의 것이라면 그것으로써 자아내는 분위기만으로도 족하다고 생각한다. 아무리 말이 서툴러도 화제에 궁해지지는 않는다. 왜냐하면 그 사람은 가장 상대의 이야기를 잘 이해하고 들어줄 수 있는 사람이기 때문이다.

이렇게 말하면 회화에 있어서 첫째 조건이 많이 알아야 한다는 것이 된다. 그러나 문제는 기계적인 지식의 수입은 아니다. 지식을 얻음으로써 만들어진 인격이 중요한 것이다. 사람은 다 제각기 아는 분야가 다르고, 또 방대한 현실 속에서 사람이 안다는 범위는 극히 좁은 것이다. 그렇기 때문에 부분적인 것을 모른다 해도 조금도 수치가 될 수 없고, 아무리 상대방이 자기만 못한 사람일지라도 그가 아는데 자신이 모르는 일은 얼마든지 있는 것이다. 이런 경우 조용히 모르겠으니 말씀을 해달라고 청할 것이다. 그렇게 함으로써 상대방이 경멸을 한다거나 그것으로써 사람의 가치판단을 한다면 그것은 상대방의 잘못이며, 피상적인 사고방식일 것이다. 흔히 모르면서 아는 체하는 사람이 있고 모르는 것을 어물어물하며 구렁이 담 넘어가는 식으로 하며 사는 사람이 있다. 그것은 모른다는 데 대한 수치심이 아니며, 하나의 허영의 모습이다. 아마도 부끄럽게 생각한다면 그 사람은 책을 읽고 교양을 쌓을 것이다.

우리가 안다는 것은 전문적인 지식은 아닐 것이다. 인생을 조용한 눈으로 살피고 인간의 소리에 귀를 기울이고 하찮은 노변의 일이라도 어떤 관심으로 바라볼 때 거기에 사색이 생기는 법이다. 말하자면 인생을 경건하게 생각하는 마음의 소리와 눈이 필요하다는 것이다. 그것이 교양이며 인간의 차분한 음영일 것이다.

회화에서 입는 이야기, 먹는 이야기, 노는 이야기, 이런 평범한 이야기 속에도 무엇인가 있어야 할 것이다. 입는 의복에 대한 이야기 속에 가장 본질적인 미의식, 즉 일종의 탐미적인 것으로서 그것이 순수하다면 참으로 아름다운 것이다. 노는 이야기 속에서도, 영화를 본다거나 춤을 춘다거나 여행을 한다거나 하는 그런 과정 속에서 어떤 건전한 낭만이 있을 수 있고, 또 이야기할 수 있는 것이다.

누추한 선술집에서 어떤 단편적인 인생을 보고, 낙엽이 지는 가로에서 인간에 대한 사랑을 느끼고, 결국 이것은 외적인 형상보다 내적인 정신의 위치에서 정경이나 내용마저 사뭇 달라지는 것이다. 예술가들은 그러한 한 부분을 잡고 그때의 감정을 불어넣는 것이다. 그리하여 그림이 되기도 하고 소설이나 시가 되기도 하고 음악이 되기도 한다. 사람은 그의 마음 먹기에 따라 노래 안 하는 시인도 될 수 있고, 그림 그리지 않는 화가도 되는 것이다. 자기 자신을 위하여, 그리고 그것은 진지하고 아름다운 화제를 만들어주고, 회화는 상대에게 즐거움을 주는 것이 된다.

낭만

어느 날 나는 합승에 흔들리면서 고궁의 담벼락을 돌아가는 젊은 남녀를 본 일이 있었다. 발끝을 가만히 내려다보며 가는 그들의 걸음걸이, 가난한 옷차림이지만 어딘지 풍겨오는 아름다운 분위기―그들 위에는 맑은 가을 하늘과 곱게 물들기 시작한 가로수가 있었다. 나는 그 한 폭의 그림 같은 정경에서 문득 낭만이란 말을 생각했다.

낭만은 고전과 대립되는 용어로서, 오랜 역사의 흐름 속에 무궁한 사물을 표현해온 말이다. 낭만이라는 이 한마디 말을 풀이하기 위하여 어느 철학자가 한 권의 책을 저술한 것을 나는 기억한다. 그것만 보아도 낭만이 가진 의미의 깊이와 그 오묘함을 짐작할 수 있을 것이다.

약이 되는 세월

예술 부문에 있어서 베토벤, 하이든 같은 사람을 고전파의 음악가라 하고, 슈만, 쇼팽 같은 사람은 낭만파라 한다. 문학에 있어서는 소장시대의 괴테나 실러를 고전파라 하고, 라마르틴, 바이런 같은 시인을 낭만파라 했다. 그림에 있어서도 다비드를 고전파, 류르사나 샤갈을 낭만파라 한다. 그리고 건축에 있어서는 그리스 시대의 것이 고전의 정통이고, 중세기의 고딕식 건축은 낭만적인 것으로 표현되고 있다.

이 두 용어, 즉 낭만주의와 고전주의는 마치 백두산을 분기점으로 하여 압록강과 두만강이 갈라져 내려오듯, 이 두 줄기는 인간 역사상의 모든 사물의 양식으로 흘러내려 왔던 것이다. 이 줄기에서 인상파니 주지파니, 입체파니, 초현실파니, 혹은 다다이즘, 그밖에도 헤아릴 수 없을 만큼 많은 유파가 있었지만, 그것은 모두가 다 고전과 낭만의 본류에서 흐른 지류에 지나지 못하였다. 그렇다면 낭만이란 이 말은 예술 부문에 있어서 어느 형식을 대변해주는 전문적인 용어에 불과한 것일까? 아니다. 우리는 일상생활에서 흔히 낭만적이다, 낭만주의자다, 하는 말을 듣는다. 예술과는 아무 관계 없이 하는 말이다. 아름다운 꽃이나 사랑스러운 새를 보았을 때, 혹은 신비스런 자연, 특히 은하가 흐르는 밤하늘을 보았을 때 낭만적이라 한다. 그리고 이상주의자나 탐미적인 사람을 가리켜 낭만주의자라 한다. 그러면 이 낭만이란 무슨 뜻일까?

어떤 철학자가 한 권의 시에다 서술한 낭만의 해석을 한마디로 말하기는 무척 어려운 일이다. 그러나 낭만이라는 말이 어떻게 생겨났나 그 말부터 하겠다. 낭만, 다시 말하자면 로망은 옛날 중세기 때, 이야기라는 뜻으로 시작된 말이라 한다. 그 이야기도 황당무계한 이야기, 가령 용맹스런 기사가 동굴 속에 수천 년을 묵은 용을 죽였다는 따위의 비현실적인 이야기를 로망이라 했단다. 그러나 세월이 가는 동안 로망은 실로 큰 뜻으로 변화했던 것이다. 현실적인 것보다 신비스런 것, 이성적인 것보다 감정적인 것, 밝은 것보다 어두운 것, 질서보다 자유로운 것, 물질적인 것보다 영혼적인 것—대충 이렇게 추려보았다.

고전주의가 균형 잡힌 전체를 말한다면 낭만주의는 균형을 무시한 개체의 주장이라 말할 수 있고, 고전주의가 전체의 질서를 위하여 개체의 희생을 강요했다면 낭만주의는 개체의 아름다움을 위하여 전체에의 거부가 있는 것이다.

그러나 이와 같은 낭만에 대한 설명은 그 정도로 하고, 우리는 눈부신 속도와 전체적으로 조직화되어가는 현실 속에서 낭만을 거부할 것이냐, 이 문제다. 기계문명이 발달하면 할수록 우리는 꿈을 잃어가고 있는 것이 사실이다. 심리주의자들은 낭만을 사치스런 감정의 잉여상태라 했으며, 가난한 사람은 빵을 앞세운다.

그것은 일견 당연한 이야긴지도 모르겠다. 하나, 인간들에게 있어서 모든 것이 기계화되어 편리하게 살 수 있고, 또한 배불리 먹을 수 있다 하여 모든 것이 해결되는 것은 아닐 것이다. 그것은 어디까지나 물질적인 해결에 지나지 못할 것이

약이 되는 세월

며, 인간에게는 사랑이 있고 고독이 있고 죽음이 있다. 그리고 영혼이 있다. 물질문명으로 인간이 구제되고 행복해질 수는 없는 일이다. 영혼의 문제는 물질보다 더 해결하기 어려운 것이니 절대적이며 영원한 행복은 있을 수 없고, 바랄 수도 없는 일이다.

그러나 우리는 절대와 영원을 어느 한순간에 잡을 수 있다. 순간과 영원이라는 그 말 자체가 지극히 모순된 것이지만 그러나 어느 순간에 있어서 무한 무궁한, 그리고 절대적인 것을 보고 느끼는 일은 분명히 있을 수 있는 것이다. 사랑의 절정에서, 불의와 부정을 쓰러뜨리기 위하여 거리로 몰려나가는 혁명 직전의 군중들 속에서, 예술의 극치 속에서, 우리는 한순간에 그 영원한 것과 절대적인 것을 볼 수 있다.

이러한 감정을 움직이는 것은 물질이겠는가? 아니다. 그것은 느낌만으로써는 표현할 길이 없는 바로 낭만이라는 그 감정인 것이다. 낭만이 없는 사랑, 낭만이 없는 혁명 내지 애국심, 낭만이 없는 예술—생각할 수 없다.

낭만은 옛날 옛적에 풍월과 놀던 시절의 것만은 아니다. 인간이 있는 이상 그 대상은 변하여도 낭만은 언제나 소멸될 수 없는 것이다. 인간에게 갈망이 있고, 자유를 원하며 고독에 몸부림치며 죽음의 심연을 내려다볼 때, 신비하고 거머잡히지 않는 낭만의 그림자는 드리워지는 것이다. 사치한 감정의 잉여상태라는 것은 감상을 두고 하는 말이 아닐까. 낭만은 감상처럼 달콤하지 않다. 낭만은 아름답지만 처절하고 때론 비장한 것이다. 그리고 제아무리 실리주의라 할지라도, 빵이 급한 사람이라 할지라도, 진실로 낭만을 거부하지는 못할 것이다. 인간은 자유를 원하면서도 고독하게 살지 못하는 까닭이다. 사람을 사랑하지 않고 살지 못하는 까닭이다.

비공개로 합시다

얼마 전에 신문 광고란에다 실은 편지를 본 일이 있다. 처음에는 무슨 공고인가 하고 무심했는데 자세히 보니 어느 개인에게 주는 회신이었다. 우선 그 다심한 정치가에게 경의를 표하고 나서 우표 한 장과 광고에 치른 값을 생각해보았다. 아무리 작은 광고라도 우표의 수십 매 값은 되겠지. 한편 비서가 대신 하더라도 본인이 직접 편지를 받았을 때의 기분과 주소, 성명까지 쓰인 광고란 회신을 본 수신자의 기분은 어떠했을까? 소위 정치라는 거다, 하고 고개를 끄덕였으나 석연치 않다. 정치에는 선전과 낭비가 따르게 마련이지만 좀 세련된 방법은 없었는지. 요즘 국산 약품의 포장도 상당히 세련되고 옷감 같은 것도 많이 좋아져서 국민들의 안목도 꽤 높아져 있다.

편지 이야기가 났으니 말이지만 공개된 일본의 어느 국회 의원의 편지 말미에 쓰인 글 한 토막.

"필요하다면 곧 달려가 도움 되기를 사양하지 않겠습니다."

사람과 사람 사이에도 휴머니즘이 아쉬운 세상인데 국가와 국가 사이에 무슨 그런 게 있다고, 이것도 흥정이구나, 하며 쓴웃음을 띠는데 그 달려오는 일본인의 모습이 눈앞에 선해진다.

비바람은 지나갔는지, 또다시 불어올는지 모른다. 다만 공개적이어서 탈이라는 생각을 이따금 한다. 정치 싸움을 해도 남몰래 하고 금혼식인지 은혼식인지 하여간 그런 경사도 좀 남몰래 해주었으면 싶어진다. 싸움질을 자꾸 하니 우리는 살림살이도 어려워 허덕이는데, 더욱 불안해서 견딜 수 없고 소식란의 경사 발표를 보면 술찌끼를 얻기 위해 양조장 앞에 늘어선 배고픈 얼굴들이 생각나서 참 딱하다. 그들 중에는 다복한 선량에게 표를 준 사람도 있을 테니까.

가난한 집에 잔치, 제사가 많으면 큰일이다. 가난한 나라에서 일 년 내내 행사가 잦아도 큰일이다. 공원의 소상 건립이 그렇게 시급할까? 아무튼 허리띠를 졸라매더라도 편하게 조용해주었으면.

누군가가 동정에는 덕으로 닦아진 잔인함이 있다 했다. 나 자신이 밥 먹고 차를 마시는 처지이고 보니 할 말이 아닐지는 몰라도 나랏일을 보시는 분들께 그 덕으로 닦아진 잔인함이나 있을는지.

약이 되는 세월

남의 것

　퀼런을 끼운 날씬한 파이프, 팔꿈치에 오는 장갑을 낀 부인
이 그것을 멋있게 들고 있었다. 이런 귀부인이 한국 상류사회
에 계시는지, 우물 안의 개구리 같은 나로서는 모를 일이다.
하나 아침, 신문의 영화 광고를 보았을 때 그런 분이 계실 듯
도 하고 남의 나라 이야긴 줄 알았는데 한국의 유행도 이쯤
됐나 싶어 감탄도 했다.

　여름에는 시원하게 보이고 겨울에는 따스하게 보이는 차
림을 나는 항상 아름답다고 생각해왔다. 그러나 의복뿐만 아
니고 모든 면에 있어서 천재들은 두드러지게 남의 눈을 끄는
데 그 미적 가치를 두는 모양이다. 팔꿈치까지 오는 긴 장갑
을 끼고, 이브닝드레스를 입고 파이프를 든 그 뉴 모드는 우

리 살림집, 우리 생활, 우리 서울에서 조화를 깨뜨렸기 때문에 확실히 눈에 띈다.

그런데 이런 분들이 벼락감투나 벼락부자처럼 촌스럽게 느껴지는 것은 내가 우물 안의 개구리이기 때문일까?

다른 이야기지만 광고를 보고 있으면 웃음이 나오고 걱정이 될 때도 있다. 물건을 팔려는 사람들이 무슨 짓을 못 할까마는 최고의 표현, 최대의 활자, 이렇게 좋은 말을 모조리 써먹었다간 앞으로 언어학자께서 새 말을 만들지 않을 수 없겠고 활자도 자꾸 커지다간 종이 사정이 어려운 판에 지면을 늘이지 않을 수 없겠다.

차라리 그렇게 흔할 바에야 천재를 백치로 거장을 소장으로 주먹만 한 것 대신 8포 활자에 여백이나 많이 두는 편이 눈을 끌지 않을까 싶어진다. 파이프를 든 여인의 영화가 얼마만큼 관객을 동원할지 모르지만 양으로 쏟아지는 활자의 홍수와 함께 현대문명에는 그저 현기가 날 뿐이다.

이와 같이 가치 기준의 기현상은 과연 시각적인 것에만 있는 것일까? 이웃이 보리밥 먹으니 나도 그래야겠다는 마음을 미덕으로 생각지 않으며, 반만년의 역사니 애국심도 쑥스럽게 되어버린 요즘, 그래도 참으로 소중하고 귀한 것은 뒷길로 조용히 가는데 스스로 선택하지 못하고 남의 혹은 외국 사람들의 가치관을 빌어서 증권시장처럼 떠들어대는 우리네 주변, 그 지성들이 슬플 때가 더러 있다. 가난한데 밖으로 왜 이렇게 풍성할까? 할 말이 없을 텐데 왜 이리 소란스러울까?

개인의 뜻

어느 날 거리에서 만난 동무로부터 영화 잡지에 난 너의 대담을 잘 읽었다는 뜻밖의 인사를 받고 어리둥절했으나 무슨 착각이거니 생각하며 잊어버렸다.

그러던 것이 일 년이 지난 후 우연히 내가 모 배우와 대담하는 바로 그 잡지를 보고 그만 말문이 막혔다. 또 한번은 초대권이 왔기에 구경하러 갔었는데 이튿날 광고란에 누가 썼는지 모를 영화평에 내 이름 석 자가 버젓이 붙어 있었다. 세상에 공것이 어디 있겠냐고 쓴웃음을 웃을 수밖에 없었다. 도둑을 맞아도 신고하고 어쩌고 하면 돈만 들었지, 허탕이라는 체념의 세태여서 속이 부글부글 끓었지만 애써 잊어버리기로 했다. 육칠 년 전의 묵은 이야기. 한데 요즘에도 가끔 그와 비슷한 꼴을 당해왔다.

돈을 버는 데도 수단 방법을 가리지 않는다는 끈덕진 생활 신조를 더러 듣기도 하고 보기도 했지만 새삼스럽게 그 왕성한 생활 의욕엔 경의를 표하지 않을 수 없고 대신 내 이름 석 자가 걸레 조각이 되어가는 것 같아 빡빡 찢어버리고 싶어진다. 이런 성질로써는 손해 볼밖에 없다는 교활한 참을성도 없지 않아 매사에 말조심을 하게 되고, 생각을 하고 또 하게 되는데, 그러다 보면 내가 나 아닌 것 같아서 살을 꼬집어보고 싶어질 때가 있다. 누구나 다 다소의 오해 속에 살아가기 마련이다. 오해받지 않으려고 고민하는 것은 어리석은 짓이며, 자신이 없고 허영이 강해 그런지도 모르겠다. 하여간 사람과 사람 사이의 벽이 높아지고 항상 깃털을 세운 투계같이 투쟁하는 기분으로 살아가야 한다는 것은 참 슬픈 일이다.

최근 소설 제목에 '준자유'라는 것이 있었다. 과연 우리는 그 준자유(準自由) 속에서나 살고 있는지 의심스럽다. 좋다, 싫다는 개인의 의사가 전적으로 무시당할 때 그것은 준자유도 되지 못하니 말이다. 이런 불만을 어떤 시인께서 명사가 되어 받는 피해라고 웃어넘겼지만, 사실 나는 명사도 아니고 아직 스스러운 풋내기 작가지만, 좋다, 싫다는 의사가 무시당하여도 관대하게 신경을 쓰지 않는 것이 명사라면 먼 훗날 행여 그 거창한 칭호가 내게 베풀어진다 하더라도 사양하겠다.

표정 센스!

여성과 표정—문명이 발달할수록 사람들의 생활양식은 복잡해진다. 따라서 생활 감정에도, 사람의 표정에도 뉘앙스가 짙어지는 것이다.

아름다운 표정을 짓는다는 것은 미모보다도 매력적으로 사람의 마음을 끄는 경우가 많다. 그것은 테두리보다 담겨진 내용을 취하는 현대인의 지성 때문이다.

아름다운 표정을 짓는다는 것에는 선천적으로 타고난 경우가 있을 것이고, 세련된 정신의 반영일 경우도 있을 것이고, 기교로써 얻어진 경우도 있을 것이다.

아름다운 표정을 선천적으로 물려받은 사람은 물론 요행이 아닐 수 없다.

그러나 표정이란 어디까지나 동적인 것이므로 고정된 용모보다 그 선천성이 절대적인 것은 못 된다. 도리어 때에 따라서는 그 선천성이 절대적이며 기본적인 용모마저 미추(美醜)로 좌우하는 수가 있는 것이다. 그러니 아름다운 표정의 선천성이란 어쩌면 가능성이 희박한 것인지도 모르겠다. 다시 말하자면 표정이란 정신의 소재를 말해주는 것이 아닐까 싶다. 눈은 마음의 창문이라 한다. 눈의 형상을 말하는 것보다 표정을 말하는 것이 아닐까?

다음에 기교로써 얻어진 아름다운 표정에 대하여 말한다면 요즘 거리에서, 다방에서 혹은 영화관에서 흔히 마주치는 표정인데, 이렇게 벌써 기교적인 아름다운 표정을 구별할 수 있다는 것은 그만큼 그 기교는 실패로 돌아가고 말았다는 설명이 된다.

외국의 어느 저명한 영화배우의 표정을 그대로 모방한 일은 나쁘지 않다. 그러나 그것이 사말적(四末的)인 기교에 그치기 때문에 도리어 박약한 정신을 표시한 결과가 되고 마는 일이 왕왕 있다. 만일 그 저명한 배우의 아름다운 표정을 진실로 갖고 싶어 한다면 그 영화에 나오는 인물을 깊이 이해하고 그 인생의 애환을 감득하는 데서 다소라도, 자기도 모르게 그런 뉘앙스가 얼굴에 배어나지 않겠는가. 흉내를 낸다고 해서 꼭 그렇게 되는 것은 아니다. 흉내는 흉내에 그치고 마는 것이니까.

명배우일수록 사말적인 표정의 기교보다 연기해야 할 작

244   약이 되는 세월

중 인물을 연구하며, 심장으로 부딪쳐가는 것이 아닐까. 그것은 감수성에 따른 노력의 결과겠다.

여성은 영원히 아름다워야 한다. 영원이라는 것은 형(形)을 초월한 진리에서만이 가능한 것이 아닐까? 여성과 센스—무릇 여성뿐만 아니라 남성에게도 그가 지닌바 센스의 도에 따라 일에 대한 능력의 척도를 삼을 수 있다. 그러나 반드시 원칙이랄 것은 없지만 주로 남성은 사고력과 이해력을 다스리는 중추신경이 발달하고, 여성은 직감적인 말초신경이 더 발달하였다고 볼 수 있다. 그러한 생리적인 조건은 자고로 여성이 처한 생활 양상에 의하여 초래된 자연도태의 결과인지도 모르겠다. 아무튼 여성은 사물에 대한 감수와 판단이 극히 좁은 신변에서 온다.

이와 같이 말초신경의 발달로 인한 센스, 사물에 대한 감도는 백인 백색으로, 모든 여성에게 동일하게 적용되는 것은 아니다. 그래서 센스가 빠른 사람을 영리한 사람이라 하고, 반대로 센스가 느린 사람을 둔한 사람이라 한다. 그러나 센스가 느린 사람 중에도 진실로 영리한 사람이 있을 것이고, 그렇지 못한 사람도 있을 것이다.

하나의 촉수같이 구석구석까지 뻗치면서 전류처럼 반응하지만 그것을 즉시에 발산하지 않고 그 자리에 디디고 서서 시간을 기다리며 침착한 판단을 꾀하는 사람, 이러한 사람이야말로 진실로 총명한 사람이 아닐까?

이런 사람이라면 오버센스라도 무방할 것이다. 기다리는

시간 속에서 옳고 그르고를 가려낼 수 있기 때문이다. 그리고 그것은 상당히 믿음직스런 추리력을 기르게 되기도 한다.

한편 센스가 빠르면서도 영리하지 못한 축이 있다. 그것은 감득된 것을 즉시 발산해버리는 그런 사람이다. 이러한 사람은 일일이 모(角)가 져서 상대방을 괴롭힌다. 부서진 유리 조각처럼 상대방에게 불안과 위태로움을 줄 뿐만 아니라 자기 자신도 늘 피를 흘리는 고민을 겪어야 하는 것이다. 이러한 사람이 만일 오버센스가 된다면 그야말로 큰일이다.

모름지기 여성은 뾰족뾰족한 그 센스를 둥그스름하게 싸주는 무엇이 있어야겠다. 우아한 분위기를 만들어주고 여음처럼 남에게 향기를 남겨주는 것은 뾰족뾰족한 신경을 죽이는 일인 성싶다.

약이 되는 세월

오만과 친절

대개 가진 사람이 오만에 빠지기 쉽다. 그러나 가졌다는 것은 반드시 물질적인 것만을 의미하는 것은 아니다. 남보다 얼굴이 썩 잘생겼다든가, 남보다 학벌이 좋다든가, 재주가 있고 역량이 있다든가, 혹은 높은 지위에 앉았다든가 하는 그런 종류도 가진 것 속에 들어갈 수 있는 성질의 것이다.

가진 사람이 오만에 빠지기 쉬운 것과는 반대로 가지지 못한 사람의 경우를 볼 때 너무나 지나치게 겸손하여 차라리 비굴하게 보이는 일이 왕왕 있다. 겸손하다는 것은 확실히 사람을 슬기롭게 만들어줄 수 있다. 그러나 아무것도 남과 나누어 가질 것이 없는 사람의 지나친 겸손은 아까 말한 것처럼 비굴해 보이고 아주 초라하게 보이는 법이다. 겸손은 언제나 가진 사람이 남에게 베풀어주는 정신적인 여유이며, 너그러움이라 하겠다.

이렇게 얘기하면 결국 가진 사람은 겸손하고 가지지 않은 사람은 오만하라는 뜻으로 해석될지 모르겠지만, 그것은 어디까지나 그 사람의 인격이나 교양에 속하는 일이기 때문에 일률적으로 한계지어질 수 없는 문제이다. 그러나 강한 자가 약한 자에게 안하무인격으로 나올 때 우리는 그 사람의 마음이 실로 가난하다는 것을 느끼게 된다. 그리고 이 사람은 자신이 없구나, 가진 사람이 못 된다는 생각을 하게 된다.

진실로 자기 세계를 가진 사람은 수단이 따르지 않는 포용력이 저절로 생기는 것이 아닌가 싶다.

물질적으로 풍족한 사람이 자칫 잘못하면 오만에 빠지기 쉬운 반면, 정신적으로 풍족한 사람은 언제나 겸손에 머무르게 된다. 이와 같이 정신적인 풍족은 물질적으로 빈곤한 사람에게도 있을 수 있고, 또 그러한 물질적인 것의 혜택을 받은 사람에게도 있을 수 있는 일이다.

무릇 인간들에게는 자기가 제일이라는 의식이 있고 존대(尊大)하려는 본능이 있다. 그러나 시조(時潮)에 따라 사회의 질서가 바뀌듯이 정신적인 재산은 감정에 질서를 주고 보다 맑은 데로 감정을 이끌어올릴 수 있는 것이다. 이러한 경지에서 비로소 사람은 자기의 위치라든가 세계를 자각하는 것이다. 이렇게 되면 아무리 물질적인 빈곤이 있다 하여도, 지나친 겸손에서 빚어지는 때 묻고 피곤한 모습은 있을 수 없고, 아무리

약이 되는 세월

물질적으로 가진 사람이라 하여도 유치한 오만에 빠지지 않는다.

친절은 인간에게 있어서 미덕 중의 하나라 생각하고 있는데, 미덕이라 하면 흔히 위선이라는 이름 아래 매 맞기 일쑤인 요즘의 세상 풍습이다. 기성의 도덕과 윤리를 거부하는 새로운 세대 앞에 미덕은 한갓 낡아빠진 용어일지도 모르겠다. 사실 사람의 감정이란 무슨 결과적인 타산으로 이루어지는 것은 아니다. 어디까지나 자연 발생적인 것이라 생각한다. 그렇기 때문에 친절이라는 행위를 강요한다는 것은 어느 의미에 있어서는 위선을 조장하는 것이 되는지도 모르겠다. 그러나 아까 말한 바와 같이 기성도덕과 윤리를 거부하려고 드는 젊은 세대의 반항적 자세로 인한 미덕의 거부라면 여기서도 자연 발생적인 감정의 억압이 없지 않을 것이다.

특히 지식층의 경향을 볼 때 감정의 억압에서 오는 대(對)사회, 즉 이웃에 대한 무관심과 냉담이 현대의 한 전형적인 인간상을 만들어주고 있다. 개인주의에서 오는 가장 나쁜 면만을 섭취한 전후 한국의 서글픈 모습들인 것이다. 이와 같이 감정이 고갈된 현대인은 사람이 방금 죽어가는 앞에서도 손 하나 까딱할 친절심마저 잃고, 무슨 인간이란 물체의 표본인 양 되어가고 있는 것이다. 나 아닌 다른 것을 사랑할 수 있다는 것은 인간의 어쩔 수 없는 본능이다. 또한 그럼으로써 스스로의 어떤 충족감에서 인생에 보람을 느끼게 되는 것이다. 남에게 친절하라는 것도 인간에 대한 사랑의 한 변형이 아닐까? 남에게 친절을 베풀고 남의 어려운 경우를 도와줄 수 있다는 것은 역시 사람의 본능인 동시에 즐거운 일인 줄 믿는다. 이러한 본능 때문에 인간에게는 사회라는 것이 형성되었던 것이다.

그러나 이러한 사회생활을 하면서도 인간은 인간인 까닭으로 항시 고독하였다. 고독이란 인간의 숙명이며 불가피한 일이다. 그럼에도 불구하고 언제나 인간은 그것에서의 탈피를 꾀하고 있는 것이다. 그러한 탈피에의 몸부림은 차츰 어느 형태의 사랑으로 표현되어가는 것이다. 그것은 인생의 생태이며 인간 생활의 과정인 것이다. 이러한 인간을 사랑한다는 것은 나 아닌 다른 하나에게 주어지는 무형의 연결선이다. 이러한 마음과 마음 사이로 연결되는 보이지 않는 선, 이러한 선이 서로 얽혀서 세상은 평화롭고 명랑한 것이 되는 것이다.

바라건대, 친절을 응당 베풀어야 할 입장에 섰을 때, 우리는 외면을 해서는 안 될 것이다. 친절을 베푼다는 것은 감상이 아니며 쑥스러운 행위가 아니다. 그리고 또 사람은 그 친절의 행위를 무슨 비단 의상처럼 떠벌리고 다니는 짓을 왕왕한다. 그러나 그것은 조악한 도료처럼 시간이 흘러감으로써 반드시 벗겨지고 본색이 드러나게 마련인 것이다.

이와 같이 진실하지 못한 것은 어느 세대나 환경에 있어서도 시간이라는 형벌 아래 폭로되고 마는 법이다. 그것을 우리는 명심하여야 할 것이다. 차라리 진실이 아니면 행하지를 말라고 말하고 싶다.

약이 되는 세월

미(美)에 대하여

미는 철학에 있어서 중요한 논제이며, 또한 명확한 기준을 세우지 못하고 있는 것이다. 그러나 대체적으로, 인간들에게 쾌감을 주는 것이 미다──그렇게 말할 수 있다. 그러나 아름다움을 받아들이는 개개인의 감정이 다르고, 또한 장소와 시기에 따라 변화하는 것이니, 그것은 일종의 부동적인 것이 아닌가 싶다. 소위 유행이라는 것에서 우리는 그 부동성을 볼 수 있다. 그리스 시대의 그 아름다운 건물은 오늘날의 건축양식은 아니었고, 화려 찬란한 로코코 시대의 의상은 오늘날의 의상과 거리가 먼 것이다. 그렇다면 고금을 통하여 가장 아름답다는 그리스 시대의 건물이나 우아하고 화려한 루이 왕조 시대의 의상은 왜 오늘날에 재현되지 못하는 것일까? 여기에

미의 부동성이 있는 것이다. 그러면 왜 부동성이 생기는 것일까? 그것은 생활에서, 조화에서 오는 것이다. 비단 그리스 시대와 현대만의 교만은 아닌 것이다. 원시시대로부터 애급 문화, 그리스 문화, 로마 시대, 중세기, 르네상스 전후, 근대, 현대에 이르기까지 무상히 변화해온 그 시대의 조화를 우리는 느낀다.

원시 수렵시대에 있어서 활과 창을 든 건강한 사냥꾼이 수피를 두르고 아주 단조한 모습으로 산야를 돌아다닌 것은 그 생활의 필연적인 결과였고, 그들의 모습은 야만적인 혹은 소박한 미를 나타내고 있었던 것이다. 애급 시대는 나일강 범람으로 하여 수학이 발달하고 따라서 모든 장신구나 건물은 기하학적인 것으로 양식화되어 사라센 문화로 흘러갔다. 그리고 그 막막한 사막에 저항한 거대하고 양적인 신전, 피라미드, 스핑크스는 자연과 신비에 도전하면서도 이를 데 없는 자연과의 조화를 이루고 있는 것이다.

그리스 시대의 헬레니즘은 자유와 영롱함을 상징한 그 시대의 소산인 것이다. 로마 시대의 질서, 상무(尙武)는 곧 생활 양식 전반의 표현이었고 중세기의 암담한 시대에는 현재보다 내세를 바라고 그곳으로 향하는 마음을 표현한 것으로서, 고딕식의 사원들은 그 지붕 끝이 사뭇 하늘로 솟구쳐 오르고 있는 것이다. 그리고 루이 왕조 때는 법왕을 누르고 중앙집권제를 확립한 군주의 권세에 따라 실로 찬란한 로코코식 장식이 한 시대를 풍미했던 것이다.

약이 되는 세월

그러나 이러한 모든 것은 그 시대의 것으로서, 어떤 다른 시대의 것일 수는 없다. 만일 오늘날 자동차가 달리고 끊임없이 전차가 달리는 시가 한복판에 로코코 시대의 그 우아한 복장을 하고 다녔다고 생각해본다. 아름답겠는가? 아마도 곡마단패들의 시가행진으로밖에는 보지 않을 것이다. 어여머리를 하고 대례복을 입고 다녔다 하더라도 마찬가질 것이다. 그것은 난센스에 지나지 못한다. 로코코 시대의 의상은 루이 왕조 시대의 옷이며, 어여머리에 대례복은 조선시대의 의상일 수밖에 없다. 즉 그 시대의 미는 다른 시대에 살지 못하는 것이다.

오늘날 사람들은 꿈이 상실되어 간다는 것을 자각하고 있다. 그러나 목가적인 옛날로 돌아갈 수는 없다. 세계는 온통 전신망에 둘러싸여 있고 달세계로 가느니 화성으로 가느니 하고 떠드는 판에 목가적인 것을 찾는다는 것은 역시 난센스에 지나지 못한다. 역사는 앞을 향하여 달리듯 역사를 만들어가는 인간이 미래를 보고 간다는 것은 필연적인 일인 것이다. 실리적으로, 입체적으로 발달한 건축에 염증을 느꼈다 하여 그리스 시대의 건물을 재현시킬 수는 없고, 오히려 꿈을 되살리는 데 있어서 껍데기 같은 건물을 짓는다든가 백조 같은 건물을 만든다든가 하는 식으로 현대인은 현대라는 조건하에 조심스럽게 꿈을 되살려보려고 노력하고 있는 것이다.

미는, 다시 말하자면 쾌감은 조화와 균형 속에 이루어지는 것이다. 그 균형이나 조화는 한 천재가 이룩한 것은 아니다.

그 시대를 산 모든 인간들의 소산인 것이다. 이 어찌 신비하고 위대하지 않겠는가.

가끔 생각하는 일이지만, 한국의 가옥과 한복, 일본의 가옥과 일본옷, 서양의 건물과 양복, 거기 따르는 가재도구와 정원수, 그리고 출현(出現)까지 어느 하나 그곳의 조화를 벗어난 것은 없다. 어느 하나를 바꾸어놓는다 하여도, 벌써 그것에는 균형의 파괴가 생기는 것이다. 그 균형의 파괴를 막고 동화되어가기까지는 실로 오랜 세월과 저항을 요하게 되고 또 변화되어야 하는 것이다.

아까 그 시대의 미는 다른 시대에 살지 못한다 하였다. 그렇다면 미의 형식은 토막토막이 난 한 개의 독립된 개체일까? 그것은 절대로 그렇지 않다. 소위 전통이라는 말이 있다. 그 시대에 완성된 어떤 양식은 무(無)에서 유(有)의 상태로 이룩된 것은 아니다. 시초에 지구가 있어 풍우와 세월에 변모되어, 땅이 바다 되고 바다가 땅이 되듯 혹은 풍화된 암산이 숲이 되듯, 지난날의 자연이 오늘의 자연일 수 없듯이 인위의 미도 있었던 그것에, 즉 생활에 사람의 마음은 풍우처럼 미의 세계를 변질시켜 왔던 것이다.

미에 대하여 일반 사람들은 사치라 오해하고 있다. 동시에 예술도 그러하다. 미와 예술은 동일한 것이니까. 미가 어찌하여 사치인지 나는 그 이유를 모른다. 미는 우리의 생활이다. 이것 이외의 전통이란 인간에게는 없는 것이다. 의장도 예술이며 물론 건축도 예술이다. 일상생활에 필요한 모든 것은 창

약이 되는 세월

조된 것이며, 그것은 예술인 것이다. 만드는 마음 역시 예술하는 마음이다. 그리고 모든 인간들은 그 시대의 생활양식, 즉 예술 작업에 다 참여하고 그 시대를 만드는 것이다.

인간에게 만드는 마음, 미로 향하는 마음 그것이 없다면 문명도 문화도 없을 것이며, 또한 오늘이 있을 수도 없고 인간이 인간일 수도 없을 것이다.

정직

어릴 때 학교에서 가정에서 노상 타이르는 말은 정직해야 한다는 그것이었다. 그래서 학우 중에 손버릇 나쁜 아이가 있으면 변종(變種)으로 고립시키는 형벌을 가하였고, 거짓말쟁이라는 말을 가장 큰 욕으로 알았었다.

언젠가 어렸을 때 길에서 주운 동전 한 푼을 사용한 일이 있었는데 어린 마음에도 몸 둘 곳이 없이 세상이 좁아졌다는 것을 헤아렸고, 그 공포는 얼마나 많은 시간을 정신적 보상에 바치게 했는지 모른다.

그것은 정직을 거역한 벌. 정직이란 도시 무거운 쇠사슬이며, 엄마 몰래 사탕 한 알도 훔쳐먹을 수 없는 두꺼운 의식의 벽이었던 것이다. 그 벽을 뛰어넘는 데는 크나큰 용기가 필요하였고, 뛰어넘고 보면 그곳에는 시커먼 암흑만이 있었으니 정직하지 못하다는 것은 어떤 단절을 의미하는 무서움이기도 했었다.

그런데 지금 우리 어른들은 그 전혀 반대의 현상에서 매일 매일 그 쓰라린 단절감을 느끼고 있는 것이나 아닐까. 사실 정직이 억압당하는 보상을 뉘에게서 받아야 할지 울분을 느끼는 경우가 한두 번이 아니다. 어린 시절에는 정직을 거역하는 데 용기가 필요했지만, 오늘날 어른들에게는 참말을 하는 데 용기가 필요하고 참말을 했기 때문에 당하는 고통, 그것은 유형무형으로 존재를 위협하며 마치 휩싸여오는 안개와 같이 사람과 사람 사이를 가로막고 고립의 쓰라림 속에 빠지는 순간을 체험하게 되는 것이다.

큰 것으로부터 다정한 벗 사이에서까지 정직이 저지른 울타리를 발견할 때 자기 성실과 정직이 형성되어가고 있는 오늘의 가치관을 도저히 부술 수도 없고, 사교나 소위 정치적인 것에 대치될 수 없음을 뼈저리게 느낀다. 그리고 정직은 하나의 개성으로서 전체에 주먹질할 수 없다는 결론에 도달하게도 된다. 온갖 신조어(新造語)가 범람하고 청춘이니 낭만이니 감상이니 하는 따위의 말들이 낡아만 가는데, 나는 오늘도 정직이라는 말이 수수하게 신선함을 느끼는 것은 아마도 정직할 수 없는 아픔 때문이겠다.

봄이라고 하는데

사월로 접어들려고 하는데 무슨 이변인지 진눈깨비가 아침부터 줄줄 내려 우울하다.

신문에는 이런 기후적인 이변을 원자탄 실험에서 오는 것인지도 모르겠다는 보도들을 하고 있다. 기후는 우리의 생리적인 우울증을 자아내게 하지만 국내 사정의 어지러운 보도는 우리를 정신적인 허탈 상태에다 몰아넣고 있다.

해방 십팔 년, 어지간히들 시달려오지 않았는가. 우울하다하면 절망 상태보다 낭만이 있고 감상도 있는 법이다. 허무하다 하면 역시 허탈보다는 낭만적이고 감상적인 것이다. 그러나 절망 상태에 비하여 다소 거리가 있는 우울증에 도무지 그런 여유가 없이 살벌하기만 하니 낭만이라든가 감상이란 말

약이 되는 세월

을 하면 시대착오를 일으킨 시인으로 경원 내지 멸시받기가 일쑤인 요즘 세상에 있어서 낭만 없는 우울증에 빠진 나는 그럼 정상인의 대열에 속하는 사람일까, 절로 쓴웃음이 나온다.

지뢰(地雷) 위의 곡예와 같이 무서운 폭발을 대기하면서 현재는 기계화로 줄달음질치고 있다. 그것을 위대한 전진이나 신화가 구현될 이십일 세기의 전망이라고들 한다. 이런 속에서 통제화하여 갈 인간의 영혼이란 대체 어떤 것일까? 우문이다.

어쨌든 과도기에 있다고 보자. 이 과도기 속에 노정되는 인간의 감정은 모두가 다 이해득실에서 오는 것이니 열심히, 그러나 모험적으로 전진하고 있는 문명과는 반비례로 인간의 영혼은 야생으로 원시로 떨어져 가는 것이나 아닐까. 내가 남을 사랑하지 않는다면 남도 나를 사랑하지 못할 것이다. 지극히 숫자적인 거래의 양상이다. 하기는 남이 나를 사랑하지 않아도 사랑을 하는 경우가 있고 내가 남을 사랑하지 않아도 사랑을 받을 경우도 있다. 이럴 때는 가치 기준에서 오는 공정성과 맹목적인 감정의 남발 혹은 연애나 애국하는 방법으로 곧잘 따라다니던 희생이란 경우가 있다. 그 어느 종류의 것이든 받지 않고 준다는 경우가 요즘에는 그다지 흔한 것 같지 않다. 아니 받고 준다는 것도 오히려 옛날얘기가 아닌가 싶다. 내가 살기 위하여 너를 먹고 네가 살기 위하여 나를 먹고 이것은 행동파의 모럴이요, 의욕적인 매력의 자세라고도 보고 있지는 않을까. 비록 손에 창을 들고 있지는 않지만 여기에 맞서 싸운다고 한다면 과연 대중은 끌려갈 것인가. 고독한 싸움이다. 원시림 속의 고독보다 광물질로 온통 싸인 오늘날의 고독은 한결 처절하고 비참한 것일 것만 같다. 온갖 음향 속에 내가 있다. 인간의 온갖 언어는 철사처럼 내 귀에 걸려온다. 새소리, 물소리, 풀벌레 소리, 그런 것이 우리로부터 떠난 지 얼마 만인가. 봄은 온다고 하는데 진눈깨비는 눈으로 변하여 블록으로 쌓은 담 위에 하얗게 내려앉는다.

약이 되는 세월

사생아 서자의 열등감

그의 부모가 어찌 되었든 또 어떠한 수단에 의한 생식이든 간에 출생은 누구에게나 평등한 인간의 출발인 것만은 사실이다.

과학 문명이 극도로 발달해 그야말로 현기증을 느낄 지경으로 시속적인 변천기에 처해 있는 오늘날, 사생아니 서자니 하는 문제를 들고나온다는 것은 좀 고루한 이야긴지 모르겠다. 그러나 새로운 신화의 창문이 열리기는 했어도 인간의 여러 가지 낡은 제도의 의상을 완전히 벗어버리지 못하고 있는 현실에 있어서 더욱이 그러한 면의 현저한 후진성을 내포하고 있고 구태(舊態)를 고집스럽게 간직하고 있는 우리의 국민성과 민족적 환경을 생각할 때 역시 고루한 이야기지만 그 중대성을 간과할 수는 없다. 그리고 사실 그러한 것은 이론적이기보다 현실적인 문제이고, 또한 감정과 습성의 문제이고 보니 일도양단의 처리를 바랄 수 없는 것이다.

그러나 감히 여기에서 원칙을 주장해보는 것은 항상 우리는 미래인이 되어야 한다는 욕망 때문이고, 그 미래인이란 인간 행복의 추구에 있는 것이니 그것은 변함이 없는 원칙인 것이다.

인간 행복의 추구로서 루소와 같이 원시시대로 돌아가야 한다고 외치며 기계문명을 부정할 의향은 조금도 없지만 그러나 우리는 우리 인간의 본연의 모습을 상기하고 아울러 인간의 존엄성이 자유에 있다는 것을 잊어서는 안 될 것이다.

원래 인간에게는 제도나 규격이 없었다.

오늘날 사생아니 서자니 하는 제도가 생긴 역사를 더듬어 볼 때 가족 제도라는 관문에 부딪힌다. 그러나 이 가족 제도 이전을 넘어서면 생식의 행위는 자연법에 속한 문제로서 인위적인 아무런 제재도 없었던 것이다. 지금으로 말하면 그야말로 인지(認知)의 필요를 느끼지 않는 사생아들의 세계였던 것이다.

그러니 개인은 생존과 영리의 욕망의 한 수단으로 단결의 필요를 느낀 데 시작하여 사회라는 것이 발생했다. 인간이 외적의 습격을 막기 위하여, 또는 어느 곳에 토착함으로써 생산수단의 능률화를 위하여 단결의 최초의 클럽이 가족이란 것으로 형성된 것이다.

약이 되는 세월

물론 이 가족 제도가 성립한 원인은 가족 간의 애정이 그 유대를 이룬 것은 아니었다. 어디까지나 개인의 생존과 영리의 토대하에서 가족 간의 애정적 유대로 발전해온 것이다.

그리하여 좀 큰 단위로 부락이 생기고 민족국가가 생겨 향토애니 애국심이니 하는 감정이 배양된 것이다.

이와 같이 시초의 가족 제도의 발판을 볼 때 개인에서 시작한 것이니만큼 개인의 영리나 생존을 벗어난 모든 구속과 간섭으로 제도가 변용되었다면 그러한 제도를 개인이 거부할 수 있는 것이 원칙이라 생각한다.

이러한 의미에서 평등한 생존의 권리를 갖고 출생한 개인에게 사생아니 서자니 하는 제도상의 명칭을 붙여 그의 기본적인 인권을 박탈한다는 것은 분명히 제도의 변형인 것이다.

그러나 우리는 인간의 이성이 발달해 이미 잡혼의 시대가 지난 것을 인정해왔다. 그와 동시에 우리는 봉건사회 제도하에서 결혼의 자유, 다시 말하자면 애정의 자유가 절대적으로 억압당하던 시대가 이미 지나갔음도 인정하고 있는 일이다.

인간의 결합이 애정을 토대로 하여 이루어지고 결혼이란 예식은 한낱 형식에 지나지 못한 것이며 그 애정이 상실되었을 때 결합이 해소되는 형식으로 이혼이란 사무적인 절차를 밟는 것이다.

그와 마찬가지로 사생아나 서자도 호적상의 사무절차에 속하는 문제일 뿐, 그것이 그 사생아나 서자의 인간적인 능력을 좌우할 아무런 성질도 갖지 못한다는 것을 나는 역설하고 싶다. 설사 그들의 부모가 그들의 이성이나 진실성이 결여되어 임의로 생식을 한 결과였다 치더라도 그것은 그들 부모의 인간성 문제인 한계를 넘어설 수는 없다.

사생아나 서자를 논의함에 앞서서 그들을 낳았던 사람들이 비판되어야 한다.

사실 서자나 사생아가 학대를 받았다는 이야기는 동서를 막론하고 오랜 시일 동안의 사회풍습이었다. 그러나 사생아나 서자가 사회로부터 학대를 받았다는 것은 도덕의식에서 출발했다기보다 어느 특권계급의 이익을 합리화시킨 것에 더 큰 원인이 있었지 않았을까? 왕이라는 이름하에, 귀족이라는 이름 아래 그들은 많은 여자들을 소유했던 것이다. 그 결과 생긴 자식들에게 왕관이나 귀족의 족보, 땅덩어리를 몰려주어야 하는 난관 속에서 이 서자나 적자의 엄연한 구별의 필요성이 생겨났을 것이다.

그러나 오늘날 왕관은 골동품화되고 족보에는 곰팡이 슬어 있고 땅덩어리는 이미 그들의 것이 아니다. 여기에서 서자라는 위치에 가해진 가혹한 것의 완화를 보게 된 것이다.

그리고 사생아의 경우 이것도 종래 봉건사회 시대에 있어서 결혼의 자유, 애정의 자유가 극도로 억압되었던 결과 비정상적인 사생아의 출생은 그야말로 저주를 극한 비극의 요소였던 것이다. 그러나 오늘날 결혼과 이혼의 자유가 있으니 그렇게 비극적인 사생아가 일단 적어진 것으로 알아야 하고, 또 설령 사생아의 경우일지라도 정조 관념이 희박해진 현대인에게 사생아는 죄의식으로 강하게 오는 것은 아니다.

그러나 이러한 시대적인 문제는 차치하고 기본적인 문제를 되풀이하겠는데, 의연히 출생은 평등한 것이며 개인이 인간적인 조건을 갖춘 이상 하등의 열등감을 느낄 필요가 없는 것이다.

어떠한 사회의 실정이라 할지라도 사생아나 서자에 대하여 열등의식을 강요하게끔 하는 여러 가지 실질적 또는 정신적 차별 대우는 부당한 일이다.

여기서 사회의 질서를 유지하기 위한 도덕적인 견지에서 구별되어야 한다고 주장할 사람도 있을 것이다. 아니, 많을 것이다. 그러나 우리는 그 도덕이란 자체가 어느 특권계급의 이익을 합리화시킨 데서 발달해온 것을 알고 있다.

그리고 또 도덕이라는 것은 절대불가침의 것은 아니며 도덕이 인간의 존엄성을 지배할 수는 없고 오히려 인간의 존엄성을 수호하기 위하여 도덕이 존재하는 것이니 시대와 생활양식의 변천에 따라 인간의 영리나 생존에 알맞게 개조되어가야 하는 것이 도덕의 본질인 것이다.

도덕은 혜택받은 사람의 옹호의 구실물은 아닐 것이다. 오늘의 사회의 안녕은 그 묵은 도덕이나 묵은 제도의 준수에 있는 것은 아니다.

나는 종시일관 사생아나 서자가 인간으로서 그의 위치가 합법적인 것을 주장한다. 그것은 인간의 법에 의거하지 않고 자연법에서 오는 가장 기본적인 권리이기 때문이다.

비단 서자나 사생아뿐만 아니라 인간은 인간인 이상 그 같은 인간에게 열등감을 느낄 필요는 없다. 그러나 우리는 주어진 다 같은 조건하에서 가질 수 있었던 진실, 다시 말하면 능률의 발효 여하에 따라 비로소 한 개인의 척도를 삼을 수 있는 것이다. 그러니 출생의 경로는 어디까지나 호적 속에 기입되는 사무적인 절차일 뿐이고 그가 가진 인간적인 능률에 제약을 가한다는 것은 커다란 모순인 것이다. 우리는 가장 위대한 사람 중의 한 사람인 그리스도가 사생아였던 것을 알고 있다. 그 그리스도의 위대함이 올바르게 계승되었든 또는 왜곡되어 계승되었든 간에 그가 인류에게 큰 감화를 준 사실을 부인할 사람은 없다.

끝으로 열등의식에 대하여 남성보다 예민한 여성들이 자기 출생의 경위로 말미암아 자신의 인간적인 가치조차 포기해버리고 자신 없는 생활을 무위하게 보내거나 또는 자포자기에 빠져버리기도 한다. 그러나 그것은 실상 그의 능률의 활용을 저지하는 아무런 이유가 되지 못한다. 오히려 현대에 있어서 그것으로 자기라는 인간의 가치 기준을 삼는 사람이 있다면 그것은 오히려 그 사람의 정신력의 우열로써 따져질 문제다.

언제나 우리는 하나의 자연인이라는 것을 명심할 것이며 어떠한 외적 조건하에서도 자기가 일개의 엄연한 인간이라는 것을 잊지 않는다면 스스로에 대한 진실이 그를 행복하게 해줄 것이며 나아가서 사회에도 이바지될 것을 믿는다.

약이 되는 세월

부자만 같은 기분

얼마 전에 일본 작가들과 이야기를 나눌 기회가 있었다. 서로가 두뇌 작업에 종사하는 사람들인 만큼 국가가 저지른 죄악이나 국민이 겪어야 했던 수난을 떠나서 공통된 대화가 있을 줄 믿었다. 그러나 신문에 실린 모 여류 작가의 글을 싸고 손님으로서, 또 손님을 맞이하는 사람으로서 유쾌할 수 없는 기분으로 저녁을 나누었던 것이다. 물론 그분이 자기 글에 끝까지 책임을 지고 소신을 굽히지 않았다는 것은 존경할 만도 하고 개인의 감정에 허식 없는 자세는 작가로서 귀한 것이다. 하지만 몇 사람으로부터 받은 피해 때문에 이 땅에 손님 되어 온 사람이 도둑질이니 협박이니 지극히 신산스러운 말을 했다는 것은 과연 예의였을까.

그야 그런 꼴을 당했다면 성인군자가 아닌 이상 기분 좋을 사람은 없을 것이다. 우리 역시 협박도 당하고 도난도 당한다. 일본인이라고 해서 파렴치한이 없으란 법은 없다. 어느 곳이든 나쁜 사람, 좋은 사람은 다 있게 마련이다.

"가난한 사람뿐만 아니라 일본에 있는 한국인 부자들도 나쁘다."

그 말에, 사람 나름이 아니냐고 했더니 당신 일본에 와봤느냐는 질문이다. 글쎄, 그분은 몇십만의 한국인을 다 만나보고 하는 말인지 모르겠으나.

원래 작가란 편협한 동물이지만 한편 인간을 대상으로 하니만큼 다소간 세계주의적 요소를 지니고 있어 때론 애국심도 방관하는 경우가 있는데, 그 편견에는 과연 이 양반이 손님 된 예절을 아는가, 작가로서 객관적인 눈을 가졌는가 의아스러웠다. 얼굴이 붉어지고 목소리라도 거칠어진다면 손님을 대접하는 예가 아니겠기에 분위기 전환이 필요하다는 구실로 남성 작가에게 자리를 양보하고 다른 곳으로 옮겨갔지만 실망이 컸던 것은 그런 문제가 아닌, 작가로서 공통된 대화가 없었다는 점이었다.

돌아가는 길에 모두 생각한 것은 원작자 이름도 없이 역자의 이름만 있고 일본 여배우의 사진으로 선전 효과를 노린 책 광고였다. 비열하기 짝이 없는 것이었다.

그러나 다시 생각해보았을 때 어느 곳에서나 사기꾼은 있는 법, 한국인 전체는 아닐 것이며, 그 편협한 일본 작가도 일

약이 되는 세월

본인 전체가 아닌 개인이라는 문제였다. 오만과 파렴치는 따지고 보면 그리 먼 거리는 아니다. 물질적 정신적 피해는 거의 마찬가지니까.

하지만 그날 밤 우리는 정신적 피해는커녕 물질의 과잉에서 속도에 쫓기는 그네들의 불안을 느꼈고 비록 헐벗었지만 강한 생명력이 꿈틀거리는 속에 풍요한 소재가 굴러 있으며, 고난 속에 닦인 끈질긴 마음이 있다는 것을 깨달았을 때 부자가 된 듯한 기분이었던 것이다.

아름다움을 팔지 말자

얼마 전에 전국적으로 아동교육주간을 실시하고 그 운동의 목표로서 '교육으로 도의사회를 건설하자'는 말을 내세웠던 것이다. 그러나 이 도의 문제는 아동에게보다 더 성인 자체에 있어서 숙고하지 않으면 안 될 문제라고 생각한다.

모든 도의가 땅에 떨어져 있는 현실을 새삼스럽게 말한다는 것은 구차스런 일일는지 모르겠다. 그리고 일일이 그것을 들추어낸다는 것은 한이 없는 작업이라 할 수도 있을 것이다. 그러나 그렇다고 해서 우리는 그대로 방관할 수는 없는 일이다.

더욱이 사회악을 조장시키고 있는 일에 있어서 그것이 직접적이 아니고 다만 간접적이라는 이유만으로써 자신이 저

약이 되는 세월

지른 행위를 합리화시키려고 드는 층은 고사하고 심지어 그러한 행위 자체를 하나의 당연한 권리의 행사처럼 생각하고 있는 무지한 여성에 이르러서는 참으로 한심스런 일이 아닐 수 없다.

하나의 예를 들어 말하자면 요즘 가짜 상품의 범람에 대한 것인데, 이것이 전연 악독한 상인 혹은 제조자의 책임이라 해버리면 그만이겠으나 좀 각도를 달리하여 가정에 있는 주부층으로 바라볼 때 여기에 한 조성자가 있는 것을 발견할 수 있다.

화장품을 쓰고 난 뒤의 빈 갑을 장사치에게 팔아먹는 것은 물론 당연한 일인지 모르겠다. 왜냐하면 돈을 주고 산 상품인 이상 그것은 자기의 소유물이기 때문에 처분의 자유는 법으로써 보장되어 있는 기본적인 권리임은 틀림없다.

그러나 우리는 다시 한번 생각해보자. 불과 백 환 안팎의 외국제 빈 갑들이 시장에 흘러가면 또 하나의 협잡이 조작된다는 것을 잊어버려서는 안 될 것이다. 물론 백 환은 고사하고 단돈 십 환도 생활에 궁한 사람에게는 아쉬운 돈인 줄 모르는 바 아니다. 그러나 생활이 궁핍한 사람이 외국제의 고급 화장품을 살 리가 만무다. 외국제를 사용한다면 그만큼 경제적으로 여유 있는 층이라 생각하는 것이 과히 어긋난 일은 아닐 것이다.

빈 갑뿐만 아니라 안에 들어 있는 설명서까지 고스란히 간수해두었다가 돈을 받고 팔아먹어야 하는 심사를 우리는 어떻게 해석할 것인가. 이것을 당연한 권리의 행사라고 그대로 시인해버릴 수 있는 문제일까? 그 빈 갑으로 인한 또 하나의 협잡이 진행됨으로써 사회악이 조성된다는 문제를 떠나 생각하더라도 그 백 환 안팎의 금액에 유혹되어 팔아버린 빈 갑이 언제, 어떻게 포장이 바뀌어 자기 자신이 속아 사게 되는 경우가 없다고 단언할 수 있을 것인가.

이러한 근시안적 이기심으로 해서 여성이 가져야 할 부드러움과 좀 물정을 모르는 듯한 어수룩함이 없어지고 닳을 대로 닳아버린 야비스런 마음이 된다는 것이 사회악을 조성하는 사실보다 더 서글픈 일이다.

비싼 외국제 화장품을 얼굴에 바르는 행위는 미를 동경하는 여성의 본능으로서 나무랄 것이 못 된다 치고 기왕이면 백 환 안팎의 금액으로 자신의 마음의 아름다움을 매도하는 행위를 삼갔으면 싶은 것이다.

화장품의 빈 갑이니 망정이지, 약품의 빈 갑일 경우를 생각해보라. 부질없는 한 여자의 허욕 때문에 남모르는 구석에서 가엾은 환자가 숨진다면 그것은 악질 상인과 더불어 약병을 판 여자는 생명의 하수인이 될 수밖에 없는 것이다.

약이 되는 세월

영화에서 본 남성상

영화를 싫어하는 편은 아니지만 왜 그런지 나는 영화를 감상하는 기회를 많이 가지지 못한다. 감정이 화려하지 않기 때문인지 혹은 생활이 너무나 삭막했기 때문인지 그것은 모르겠다.

그러나 요즘에 와서는 일 년에 한두 번이 고작이던 옛날에 비하면 직업상 부득이한 경우도 있기는 하지만 제법 극장 출입이 잦아진 듯 생각된다. 그렇다고 해서 옛날보다 영화에 대한 나의 관심이 달라졌다고 볼 수는 없다. 그래서 그런지 특히 인상적인 남배우도 내 머릿속에 남아 있지 않고 감동을 준 작중 인물도 없다. 다만 그동안 보아두었던 영화 중에 기억속에 남아 있는 영화를 더듬어가면서, 요즘 영화가에 쏠려 있는 많은 젊은층과 함께 그 남성을 생각해보려 한다. 그러나 실제 인간이나 영화를 통하여 본 인간이나 할 것 없이 인간적인 스타일은 그가 지니고 있는 분위기로써 결정된다고 생각한다.

이 분위기는 인간에게만 한해서 있는 것은 아니다. 영화, 연극, 문학, 음악, 혹은 회화, 이러한 예술 분야로부터 장소, 시각, 계절에 이르기까지 그 각기 다른 분위기를 가지고 있는 것이다. 이 분위기는 어떠한 말이나 몸짓이나 또는 문장 같은 것으로써 표현될 수 없는 참으로 묘한 것이다. 마치 그것은 보이지 않는 공기처럼, 잡아볼 수 없는 안개처럼 마음속으로 스며드는 그러한 것이다.

영화 속에 나타나는 남성의 얼굴이 썩 잘생겼다든가, 멋이 있다든가 하는 것은 매력이나 또는 감동을 느끼게 하는 데 있어서 그다지 중요한 부분은 아니다. 물론 분위기를 자아내는 데 조동적(助動的) 역할이야 할 것이겠지만, 아무튼 분위기는 한 인간이 지닌 스타일의 종합적인 표시라 하겠다.

이와 같이 영화를 통하여 본 남성상에 있어서 외형적인 조건이 조동적 역할밖에 못 한다고 했지만 내면적인 정신에 있어서도 역시 분위기를 만드는 데 조동적 역할밖에 못 한다. 얼굴이 아름다운 것만으로 분위기를 지배할 수 없고 정신이 아름다운 것만으로 분위기를 지배할 수도 없다.

분위기는 용모의 미추나 정신의 선악이 그 기준이 될 수 없는 뚜렷한 하나의 개성이다. 선악이나 미추와 상관이 없는,

하나 있는 그것인지도 모르겠다.

이야기가 퍽 추상적인 것으로 되어버린 듯하다. 그러나 그것은 지금 내가 느끼고 있는 그러한 분위기에 대한 감각을 표현 못 하는 데서 오는 것이다.

워낙 내가 깍쟁이가 되어서 그런지 몰라도 여태까지 영화 속에서 본 남성상 중에 얼굴이 잘생기고 정신이 아름답고 한 것은 많이 보았지만, 그러나 참말로 나에게 어필해온 분위기를 지닌 남성상을 나는 못 보았다. 아마 과견(寡見)인 죄라고도 생각하지만 그래서 자연히 나는 영화관 밖에 나오면서부터 내 머릿속에는 그러한 남성상이 사라져버리는 것이 일쑤다.

내가 얼마 전에 본 영화 중에 「길」이 있다. 잠파노, 앤서니 퀸라는 한 사람의 남성상을 생각해본다. 그러나 그것은 다만 한 남성이라기보다 하나의 인간상이었다. 오늘을 살기 위하여 내일을 먹어버리는 무지스런 육체의 학대, 피를 팔아서 쇠고기를 샀다면 그것은 내일을 살기 위한 오늘의 죽음이다.

이러한 것은 어느 것이 앞서든지 간에 그 대부분의 인간이 지녀야 하는 숙명이다. 다만 잠파노가 오늘 먹기 위하여 일을 한다거나 자기의 가진 것을 팔아버리는 그것이 아니고 사람들의 구경거리로서 육신을 자학하는 그러한 경우가 좀 색다르다는 것이다. 그것은 일종의 피에로이며, 눈물겨운 웃음이며, 무지한 동물이었다. 그러나 그것은 인간이기 때문에 처절했던 것이다. 잠파노는 육신적인 자학으로 해서 살지 못할 것을 알면서도 동물의 기본적인 욕구인 먹는 것을, 즉 순간을 사는 것을 위하여 동시에 자기의 소멸의 길에 채찍질하며 간다. 먹어야 하고 여자를 가져야 하고, 그러나 끝내 잠파노는 동물적 인간이 아니었다.

그는 마지막 장면에 와서 모래알을 움켜쥐고 고독에 대한 격렬한 통곡 속에 파묻힌다. 이 뚜렷한 인간 고독, 그 여자를 사랑해서가 아니요, 그 여자가 죽었다는 것을 안 때문도 아니다. 사랑보다 죽음보다 낯선 해변가에서 잠파노는 우뚝 혼자선 자기 자신을 본 것이다. 고독을 본 것이다. 그 인간상에서 오는 공감이 나로 하여금 잠파노의 소리 없는 통곡 속에 나의 마음의 흐느낌을 느끼게 했던 것이다.

다음 내 기억 속에 남아 있는 영화 중에 「인생유전」이 있다. 이미 남주인공의 이름도 배우의 이름도 잊어버렸지만 그 여주인공 가란세의 이름만은 기억하고 있다. 그 영화는 독일 점령하에 있는 프랑스를 상징한 것이라 했다. 이 가란세를 사랑하는 무대 배우의 이상하게 생긴 얼굴이 지금 생각난다. 그것은 한없이 맑으면서도 그토록 많은 이야기를 말하는 듯한 눈이었다. 그렇게 순수한 눈이 간절히 원하고 찾고 있었다. 찾는 것은 그 눈에 서린 빛과 같이 아름다운 것에 합치되는 그러한 것이다. 그러나 그 아름다운 것은, 다시 말하면 가란세는 보일 듯 잡힐 듯이, 그리하여 잡았던 다음 순간 사라져버리는 것이다. 이것은 인간의 필연적인 욕구이며 얻어질 수 없는 구름과 같은 이상이다. 그러나 나는 그러한 원하는 도정(道

약이 되는 세월

程)을 아름답다고 생각한다.

다음으로 내 머릿속에 떠오르는 영화에 「오르페」의 장 마레, 사변 전에 본 「비련」의 장 마레, 피란 가서 본 「애인 줄리엣」이 있다. 이 영화는 주인공뿐만 아니라 영화 자체에 짙은 분위기가 서려 있는 것이다. 특히 「오르페」와 「애인 줄리엣」에 있어서는 그러하다. 그러나 가만히 생각해보면 이상하게도 어느 공통적인 분위기가 나에게 느껴진다. 하나의 허탈 상태―산여울처럼, 솔바람처럼 울려오는 어느 특이한 시정(詩情)이 있다.

「애인 줄리엣」의 남주인공이 망각의 나라에서 인형을 가진 아이, 우비를 들고 양을 모는 노인네, 숲속에서 망각의 나라 사람들이 춤을 추는 그러한 것을 물끄러미 바라보는 허탈한 눈동자, 오르페가 저승에 갔을 때 유리 장수의 슬픈 외침을 듣고 앞서가는 죽음의 사자의 흰 셔츠가 바람에 나부끼고 있는 속에서 이미 자의(自意)를 잃는 시인 오르페는 헤맨다.

알 수 없는 것이 죽음이고, 간절히 원하는 것이 인간이고, 죽음 속에 또 삶의 연속 속에서 상실이 있고, 그리하여 허탈 속에 빠진다. 이러한 필연적인 인간 자체에서 오는 공감이 그러한 것을 하나의 시정으로 만드는 것이고, 그 시정이 가슴을 누르는 것이다.

잡지 표지에 도둑맞은 내 얼굴

　시시각각 사람의 마음과 상황과 자연의 변화를 일체적으로 파악하는 것은 물론 나 혼자만의 경향은 아닐 것이다. 그리고 그것이 때론 숙명적 비관주의 혹은 수동적 소극성을 띠기도 하고 창조적 강건과 능동적인 적극으로 나가기도 하는 성싶은데, 이십 일 가까운 시일을 두고 나는 이 두 가지 방향을 오락가락하며 『토지』의 집필도 중단한 채 많은 생각을 했다.

　그간 우리 가족이 겪은 이 고통 같은 것은 배제하고 작가의 입장에서 눈을 감고 귀를 막으며 잡다한 일, 크고 작은 피해, 옳고 그른 것에 대한 시비로부터 나를 격리, 고립시키면서 정신적 낭비를 통제해온 것은 『토지』를 쓰기 위한 십여 년간 내 나름대로의 방편이었다. 그러나 그 방편을 고수하는 것도 힘든 싸움이었으며, 작품을 쓰는 정력의 반을 앗아간 것을 부인 못 한다. 지금 나는 그 방편에 대하여 반성과 깊은 회의를 느끼는 것이다.

창작행위와 방편의 중심에서 저울대 추의 역할을 할 수밖에 없었던 나 자신을, 인간의 존엄을 추구하는 작가 편에서 바라본다면 참으로 역설적 존재가 아닐 수 없다. 자기 자신에 대한 무책임, 불성실은 인간 그 자체에 대한 무책임 불성실이기 때문이다. 내 작품은 과연 성냥 한 개비만큼의 값어치가 있었던가, 뙤약볕에 밟히는 노변의 잡초, 그 씨앗 한 알만큼의 값어치가 있었던가, 불꽃이, 생명이 있었는가, 분류같이 쏟아지는 상업주의적 문화 현상에서 펜대만 움켜잡으면 무엇 하나, 무거운 절 떠날 것 없이 가벼운 중 떠나면 될 거 아닌가, 자학적인 자기부정과 멍에를 벗어던지고 싶은 강한 충동은 계속 나를 유혹했다.

그것은 고달픈 삶에서의 탈출이며 달콤한 휴식에의 속삭임이기도 했다. 그러나 언제였던지 나는 죽을 때까지 글을 쓰겠다는 말을 한 적이 있다. 쓴다는 것은 내 삶의 표현이기 때문이다. 이야기를 뒤집어보면 문학이 저울대의 추가되며, 나와 보다 본질적인 인생 자체는 저울대의 양편으로서 끝날 수 없는 대결을 의미한다. 자기기만을 하지 않는 한 인생은 치열한 것이며 행불행으로 갈라놓을 수 없는, 다만 치열한 것일 뿐이다. 따라서 나는 작가의 종일 수도 있을 것이며 작가는 나의 괴뢰일 수도 있을 것이다. 하지만 사실은 작가와 나 자신 어느 편이 추한 역할을 하든 그것이 중요한 것은 아니다. 떠나건 남건, 동반자이며 영육(靈肉)의 관계니까.

절망과 패배는 항상 도사리고 있다. 인간은 본질적으로 패배한다. 시한부 인생이며 확실하게 그것을 예비하고 있는 것이다. 우리가 인생과 대결하는 것도 그 때문이며 우리가 존엄성을, 진실을 추구하는 것도 그 때문이다. 그래서 결실 아닌 과정에서 우리는 승리할 수도 있을 것이다. 희망이나 절망은 반드시 어마어마한 일에서만이 비롯되는 것은 아니다. 농부의 소박한 미소에서 우리는 인간에 대한 애정과 희망을 가질 수 있고 사소한 인간의 치부에서 실망할 수도 있다. 희망이나 절망이 내부에서 홀연히 올 수도 있고 갈 수도 있다.

문학의 바탕은 휴머니즘이다. 애정과 아픔 없이 인간과 운명에 접근하기는 어려울 것 같다. 아무리 부유한 사회라도 진실이 결여되면 인간은 풍요한 그 물질의 일부가 될 것이며 예술은 소멸될 것이다. 아무리 가난한 사회라도 믿음이 있다면 그것은 생명이요, 물질도 더불어 생명을 누릴 것이며 미래를 지향하게 될 것이다.

우리는 하찮은 일에서 본질적 문제와 부닥칠 때가 있다. 인간에게서, 상황으로부터, 혹은 자연에서, 내가 겪은 이번의 경우도 하찮다면 하찮은 일이었다. 《소설 문학》이라는 잡지의 표지와 책을 광고하기 위한 광고지에 내 얼굴이 찍혀 나왔다는 얘긴데, 그런 일이 다반사로 된 요즘엔 하찮은 일인지 모

약이 되는 세월

른다. 이름을 도용했다는 시비가 흔히 있는 만큼 얼굴을 도용하는 것도 그런 유에 속할 것이다.

그러나 그렇게 해서 좋은지 모르겠다. 기억이 뚜렷하지 않으나 유행을 창조한다는 어느 나라 사람의 상표를 도용했다는 뭐, 그런 내용의 기사를 보고 낯뜨거움을 느꼈다. 내실은 어떤지 알 수 없지만 명색이 문예지라 하는데 본인의 승낙 없이 얼굴이 서점마다 나붙어 있어도 괜찮은지 정말 모르겠다. 작년에 예고 없이 기자가 나타나서 화보에 실을 사진을 간청하기에 못 견디어 카메라 앞에 선 일이 있다. 아마 그때 사진을 이용한 눈치다. 책이 나온 지 이십 일이 지나도록 아직 사후 양해도 구해 오지 않았고 발이 저리는지 거북하기는 한 모양인지 나는 아직까지 책 구경을 못 했다. 그런 거야 보나 마나지만 무엇보다 나를 실망시킨 것은 사장에서 편집장, 기자에 이르기까지 모두 시인이라는 점이다. 책 장사도 장사인 만큼 상도의(商道義)는 지켜주어야겠는데 잡지를 만드는 세 분 시인에게는 그런 것을 팽개쳐도 좋을 특권이라도 있었을까.

그런 잡지가 과연 얼마만큼 독자에게 진실을 전달할 것이며 얼마만큼 우리 문화 창달에 기여할 것인지, 서글픔을 금할 수 없다.

오늘날 많은 사람들이 유형무형의 피해를 받으면서 피해를 참는 것과 피해의 보상을 받는 것과 어느 편이 무거운가 저울질을 하다가 참는 편이 가볍다는 결론을 내리며 살아간다. 도둑을 맞고도 신고하지 않는 것이 그 한 예가 될 것이다.

그것을 계산하는 도둑은 매우 영리하다. 재물을 얻고도 도둑이 아닌 행세를 할 수 있으니까. 그리고 재물을 빼앗았을 뿐만 아니라 사람들을 무기력하게 비겁하게 만드는 독정(毒汀)을 뿌린 결과도 된다. 사실 귀찮다. 이 글을 쓰는 일부터 귀찮은 것이다. 눈감고 귀 막았으면 쓰는 원고지에 먼지는 쌓이지 않았을 것이다. 작품 쓰는 정력의 반이 아닌 전부를 앗아간 상태에 빠지지도 않았을 것이다. 대신 이십 일 가까운 시일을 두고 두 가지 방향을 오락가락한 문제는 이 글을 씀으로써 해결이 된 성싶다.

약이 되는 세월

문학과 나

문학 분야에 있어서 나는 대강 세 단계의 세계를 설정해본다. 이러한 세 단계의 세계는 물론 문학 분야에만 한해 있는 것은 아니다. 문학이 우리들의 인생에 있어서 그 일부분을 이루고 있는 것과 마찬가지로 다른 여러 가지 분야도 역시 인생의 일부분을 점하고 있는 이상 서로가 공통된 세계를 가질 수 있다는 것은 두말할 나위도 없는 일이다.

나는 문학 세계에 있어서 세 단계를 감정적 세계, 지성적 세계, 의지적 세계, 이렇게 나누어본다. 문학에 있어서 극히 초보적인 출발은 감정에 있을 것이다. 나는 그것을 감정문학이라 부르겠다. 이와 같은 문학에 있어서 좀 격이 떨어지는 것이 감상적 경향이며, 좀 격이 높은 것이 낭만적 경향이라 생각한다. 이 두 경향은 어디까지나 주관적 세계 속에서 이루어지는 현상이며 비판보다 늘 하나의 표현을 갈구하는 것이라고 할 수 있다.

여기에서 나의 문학 과정을 돌이켜본다면 내가 처음에 소설을 쓰게 된 직접적인 동기는 좋은 스승을 만났다는 데서 시작된다. 그러나 나는 결코 처음부터 작가가 되어보리라는 마음을 가져본 적은 없었다. 나의 인생 체험이 문학의 소재가 되리라는 것은 더욱더 생각해본 적이 없었다.

언젠가 어느 모임 장소에서 말한 적이 있지만 나는 슬프고 괴롭기 때문에 문학을 했다고 말했다. 내 생각 같아서는 위대한 문학자가 되느니보다 차라리 인간으로서 행복하고 싶었다. 그러나 오늘날도 이렇게 문학을 버리지 못하고 있는 것은 역시 지금도 나 자신이 슬프고 괴롭기 때문이다. 그러나 이 슬픔이나 괴로움이 결코 나 혼자만의 것이 아니고 만인의 것이기 때문에 인간 생활에 있어서 문학이 존재하고 있는 것이다. 이와 같이 만인 속의 한 사람으로서 내가 받지 않으면 안 되었던 슬픔과 괴로움 그리고 억울함이 나로 하여금 무엇인지 모르게 고발하지 않고는 못 배기겠는 그러한 정신적 절박 속으로 몰아 쫓았던 것이다. 나는 나를 표현하고 싶었다. 나를 설명하지 않고는 견딜 수가 없었다. 인간은 원래부터 고독한 동물이다. 만일에 인간이 고독하지 않았더라면 슬픔이나 괴로움 같은 것을 인간은 능히 혼자 간직할 수도 있었을 것이다. 그러나 인간은 필경에는 나 아닌 곳에다 하소연을 하게

약이 되는 세월

된다. 이 하소연의 형식을 빈 것이 나에게 있어서는 문학이었던 것이다. 나는 아직도 하소연하는 형식을 빈 감정문학의 경지를 헤매고 있다. 그것은 인간으로서 어쩔 수 없는 고독이라는 원리 앞에 넋두리하는 모습 이외 아무것도 아니었더라는 것을 나는 반성해야 할 것이다. 이와 같은 넋두리가 가지는 비생활적인 문학 과정으로부터의 탈피는 감정문학이 가지는 필연적인 과제가 아닐까? 질서를 무시하고 방법의 강구가 없는 인간 문제의 취급은 멸하여 가는 사람이나 또는 그 멸하여 가는 사람을 배격한 시대적 노예에 불과하며, 그것은 언제나 회고적 요소 속에서 미래보다 과거를 모색하기 때문이다. 여기에서 비관적이며 인생적 황혼을 보게 되는데, 황혼이 비관적이라는 것은 비극에 있어서의 그 클라이맥스를 이루고 있는 죽음과 황혼이 마주 보고 서 있기 때문이다. 나는 오늘날에 이르기까지 비극이 낭만 문학의 주제가 되어온 것을 알고 있다. 이 비극 자체는 언제나 낭만 문학 속에서 아름답게 윤색되어왔고 표현되어왔던 것이다. 그러나 윤색을 한다든가 표현을 한다는 것은 항상 다소의 과장과 수식이 따르는 것도 부인할 수 없고, 그 수식이나 과장의 도가 짙어지면 낭만은 하나의 감정으로 떨어지게 되는 것이다. 이와 같이 감정문학을 꾸며나가는 데 있어서 미적 의식이 거기에 작용하고 있는 것을 볼 수 있다. 그리고 항상 미에 대한 동경을 그곳에서 느낄 수 있다.

감정적 세계 다음에 지성적 세계가 있다. 감정문학이 주관적 개인주의나 개방적 서정주의라면 지성문학은 객관적 사실주의나 과학적 형식주의라 할 수 있다. 객관적이라는 데서 내재적인 개성을 떠나 연대성을 띤 사회인의 대상이 된다. 그러나 여기에 나타나는 사회인이나 사회 또는 객관화된 개인을 과학적으로 분석하고 있는 그대로의 사실 묘사로써 시종한다면 여기에 한 인간 상실을 보지 않을 수 없게 된다. 인간은 결코 기계나 사물은 아니다. 결코 있는 그대로가 인간의 전부는 아닐 것이다. 실로 인간이란 무한한 것을 내포하고 있는 것이다.

나는 잃어버린 아이를 생각한다. 그것은 전연 사회악의 한 가엾은 희생이었던 것이다. 나 혼자의 슬픔이나 고통은 이 사회악에 대한 하나의 비판으로 변하는 것을 나는 의식한다. 이것은 하나의 객관성이 될 수 있고 동시에 리얼리즘의 방향으로 가는 길이다. 그러나 이 리얼리즘을 통한 비판 속에 무엇이 생산된다고 생각할 수는 없다.

가령 인간의 죽음에 대한 해석에서 볼 것 같으면 사람은 죽은 후이면 대기 속의 수증기로 화한다거나 몇 가지의 원소로 환원한다는 것이 지성으로 분석한 진리였다. 그러나 그 분석적 실험적 척도에서 결정된 지성이나 낭만주의가 갖는 죽음이 풀어볼 수 없는 신비 속에 싸여 있다는 해석을 하는 감정은 다 마찬가지로 인생에 대하여 하등의 해답이 되어주지 못하고 있는 것이다.

투르게네프의 『아버지와 아들』에 나오는 주인공 바자로프

약이 되는 세월

만 하더라도 그러하다. 과학에 입각한 니힐리스트인 바자로프는 그 세대의 지식인의 새로운 전형으로서 날카로운 분석의 능력과 예민한 비판력을 가졌음에도 불구하고 그 풍부한 정신력이 부정을 위한 부정에 집중되어 결국 명확한 이상, 목적이 없었다. 이와 같이 바자로프의 지성은 인생에 아무런 반향도 주지 못했다.

그러나 무로 돌아가는 진리를 인정하는 지성이나 영(靈)이 신비 속에 존재하리라는 감정이 앞서서 죽는 그 순간의 직전까지 인간은 위대한 능력을 가진 존재라는 것, 그리고 고귀한 생명의 존재를 인식해야 할 것이며, 결국 여기에서 모든 일이 발단되어야 하고 문제시되어야 한다. 그렇다면 그 문제는 무엇이냐. 그것은 두말할 것도 없이 좀 더 잘 살자는 데 있다고 생각한다.

이러한 것은 비단 문학만의 사명은 아닐 것이다. 인간이 행복하게 살겠다는 공동의 목적이 있는 이상 그것은 정치, 경제, 과학, 그 밖에 모든 부문의 사명일 것이다.

인생의 뜻을 연구한다는 것은 그저 막연한 과학적 작업은 아니다. 그리고 어떠한 인스피레이션의 책동도 아닐 것이다. 행복이라는 명확한 목적의식 아래 능동적인 행동의 제시만이 문학 분야에 있어서 뿐만 아니라 인간 생활에 있어서의 모든 분야의 본질이라 생각한다. 이와 같은 경지를 문학에 있어서의 제3단계인 의지의 세계라고 생각한다. 감정이 미와 통하고 지성이 진과 통하고, 이 의지의 세계는 그 옳은 곳으로서 향한 경우에 있어서는 선과 통하는 것이다.

이 셋째 단계라 할 수 있는 의지의 세계에 있어서는 감정과 지성이 가장 적절하게 배합되어 하나의 균형을 형성해야 할 것이며, 이로 하여금 보다 나은 곳에의 양기(揚棄)를 꾀하여야 할 것으로 믿는다.

나에게 있어서 문학은 나의 인생의 표현이다. 따라서 나의 인생은 문학과 더불어 의지의 세계로 명확한 목적의식 아래 개척이 있어야 할 것이다.

옛날에 나는 내가 불행하다고 생각하거나 남이 그렇게 말하는 것을 싫어했다. 그러나 오늘날 나는 나의 불행을 시인하고 어두운 인간 광장에 서 있다.

그러나 이 두 부인과 시인은 나에게 있어서 어떠한 해결이 될 수 있는 길로 향하여 노력해야 할 깃이며 나에게 주어진 불행을 어떻게 해서라도 처리하지 않으면 안 될 단계를 밟아야 할 것이다.

여기에서 나의 인생과 나의 문학은 의미를 갖게 되는 것이고 가치 지워지는 것이라 생각한다.

약이 되는 세월

문학의 효용

    인간에게 있어서 모든 일의 의의(意義)는 좀 더 잘 살아보자는 데로부터 출발한다 하겠다. 동시에 그 출발의 목적지가 행복에 있는 것이니, 이 일관된 작업은 인생의 전부라 할 수 있는 것이다.

    이렇게 같은 목적을 가지고 인간이 기나긴 여정을 더듬고 가는데, 그렇다고 해서 그 작업 자체는 인간 전체에 있어서 공통된 것은 아니다. 제각기 응분의 일을 맡아서 하고 있는 것이다. 이렇게 구분된 분야에서 각기 다른 일에 종사하게 되는데, 여기에는 여러 가지 동기에 의하여, 혹은 환경으로 말미암아 또는 자질의 지배로써 자기의 일을 선택하게 되는 것이다. 이렇게 구분된 일 자체에는 원래 우열이 있을 수 없다.

왜 그러냐 하면 모두가 다 공동목적을 가진 작업이기 때문이다. 다만 종사하는 인간의 성실성과 자질과 경험에 따라서만 일 자체의 가치가 키워지는 것이다. 정치거나 경제거나 혹은 과학 문화, 그 밖에 수없이 많은 전문적 부문에 있어서 그 어느 것이 못하고 더하는 법은 없다. 인간이 좀 더 잘살기 위한 문제의 제기, 그리고 동시에 문제의 해답을 찾기 위한 시도가 모든 일의 본질인 이상 각각 일의 분야는 다르다 할지라도, 일의 목적하는 바는 어디까지나 인간 생활에 있는 것으로서 같은 선상에 놓인 성질인 것이다.

나는 여기에서 인생과 문학이라는 말을 내놓았지만, 문학론을 하려는 의도는 없다. 인간이 좀 더 행복해질 수 있는 일을 위한 정치라면 문학 또한 그것을 목적으로 한 일의 일부분이란 말을 하고 싶은 것이다.

앞에서 사람은 모두 동기와 환경과 자질에 따라 각각 다른 분야에서 일하게 된다고 말했지만, 그러나 다시 한번 전후를 살펴본다면 상호 간의 일의 연관성을 발견하게 될 것이다. 고도로 발전된 오늘날의 분업 상태에 있어서도 일은 엄밀한 연관성 속에서 이루어지는 것이다. 한 대의 비행기, 한 대의 자동차를 만들기 위한 분업 상태 속에서 이루어지는 한 개의 나사나 철판은 필연적으로 유기적인 연관을 갖게 되는 것이다.

좀 더 잘살기 위한, 다시 말하자면 행복을 위한 오로지 하나의 목적은, 마치 그 비행기 한 대와 같은 것이다. 그것을 위하여 정치나 경제·과학·문화는 일종의 분업 관계에 있다고

약이 되는 세월

볼 수 있다.

과학이나 경제가 직접적이며 물질적인 것을 인간 생활에 공급하고 있다면, 예술은 간접적이며 정신적인 것을 인간 생활에 구현하고자 한다. 어떻게 하면 좀 더 행복하게 살 것인가. 그것은 인간에게 있어서 영원한 과제일 것이며, 이 과제를 푸는 것이 필경에는 인간이 살아가는 하나의 과정이기도 하다.

나는 젊은이들에게 문학을 하시라고 권하고 싶지 않다. 또 그렇게 되어지는 일도 아니다. 그러나 우리들은 좀 더 큰 행복을 위하여 인생을 연구할 필요는 있다. 흔히들 요즘의 사람들을 가리켜 의욕의 상실이다, 이상의 설정이 없다고 한다. 그러나 실상은 스스로가 느끼지 못하는 속으로 향하는 바의 이상이 있고, 행복에의 치열한 욕구가 있는 것이다. 다만 그것은 자각하고 사물을 비판하는 정확한 정신의 결여에서 행복에 대한 해석과 바라보는 각도가 달라지는 것뿐이다. 여기서 비로소 생각되는 것이 문학이다. 누차 말하지만 문학작품을 읽고 생각한다고 하여 누구나가 문학을 하는 것은 아니다.

그러나 인생에 대한 연구로서 문학에 나타나는 여러 가지 삶의 방식을 알아야 할 것이다. 작품 속에 나타난 여러 형태의 인간상, 그리고 그것을 배경으로 한 사회성(社會性)에 대한 것, 그러나 작품 속의 인물이나 사회가 소위 모범적인 것이며 완전한 것일 수는 없다. 또 있을 수도 없는 일이다. 그렇다면 무의미하지 않을까, 그렇게도 생각할 수 있는 일이다. 그러나

보다 나은 것은 있을 수 있어도 인간사에 있어서 완전한 것은 있을 수 없고, 보다 낫다는 문제만 하더라도 어떤 공식에 속할 수는 없는 일이다.

작품 속에는 성격파탄자도 나오고 비도덕한(非道德漢)도 나온다. 그리고 그것이 주인공일 수도 있는 것이다. 이 경우 악을 제시함으로써 선의 한계를 독자에게 맡기는 일도 있고, 소설 속의 사회상도 부패를 파헤쳐봄으로써 사회에 대한 비판과 시정을 요구할 경우도 있다. 다른 일의 부문과 달라 좋은 상품을 만들어낸다는 의미와 사뭇 다른 것이 있는 게 문학이다. 예술성이 문제 되는 것이지, 배덕한을 등장시켰다 하여 상품처럼 질을 운운할 것이 못 된다. 그것은 어디까지나 물질이 아닌 정신적인 것이기 때문에 직접적인 사용보다 간접적인 뉘앙스에 속하는 일이고, 독자 가슴에 울리는 감각의 문제이기 때문이다.

삶의 방식을 안다는 것은 물론 문학 속에만 있는 것은 아니다. 실제의 경험에서도 알 수 있고 견문에서도 배울 수 있는 일이다. 그러나 사실보다 혹은 지식보다 완곡한 암시 속에서 인생을 아는 경우가 많고, 훌륭한 문학작품 속에서 그것을 얻을 수 있는 경우가 많다. 모든 것이 인간을 위하여 있는 것과 마찬가지로, 문학은 수천 년을 한결같이 인간을 다루고 있다. 인간이 없는 문학을 생각해볼 수는 없다.

경제나 과학이 생산의 과정이라면, 또 한편 예술은 소모의 형태이다. 신체에 있어서 섭취와 배설이 다 같이 행하여지듯 인간 집단에 있어서도 신진대사는 다 같은 비중에 속하는 것이다. 일견 예술은 불필요하고 사치에 속하는 것같이 생각될 수도 있다. 뚜렷한 물질적인 제시가 없기 때문이다. 그러나 슬퍼하고 기뻐하고 괴로워하고, 그리고 생각하는 인간은 기계가 아닐 것이며, 또 그것을 빼어버린다면 인간일 수 없을 것이다. 그렇기 때문에 인간에게 언제까지나 주어져야 하는 것은 예술인 것이다.

작품과 모델

어느 날 독자로부터 이런 질문을 받았다.

"아, 박 선생님, 선생님 소설 중에 여주인공이 옥살이를 하던데, 선생님 언제 감옥에 가보신 일이 있습니까?"

대부분이라고는 할 수 없지만 일부 독자들이 작가와 작중 인물을 동일시하는 경향이 있음을 발견했다. 작가와 작중 인물, 이것은 모델로서 그치는 것이다. 작가가 작품을 쓸 때 주인공을 일인칭으로 쓰느냐, 삼인칭으로 쓰느냐는 그때그때의 상황에 따라 달라지지만 대개 일인칭으로 쓸 경우 전자와 같은 오해를 사게 된다. 소설 중의 인물은 문자가 말해주듯 모델로서 그치는 것이다. 경우에 따라서 경험을 살리기 위해 어느 특정인을 대상으로 하는 때가 있지만 이것을 그 특정인을 중심한 소설이라고 단정한다면 작가에게는 모델이 굳이 있을 수 없다. 작중 묘사에 있어서 경험을 살리는 것은 중요 작법이다.

그렇다면 이것을 살리기 위하여 신문 삼면의 기사나 실화의 일부를 이용하는 것도 있을 수 있는 일인데, 이것을 일부 흡사점만을 들고는 특정인을 중심한 작품이라고 단정한다면 어처구니없는 일이다. 다만 어떤 한 상황만을 묘사했다고 해서 그 사람의 전기가 될 수는 없다.

프랑스 작가 플로베르는 자기 작품 『보바리 부인』을 쓰고 보바리 부인은 자기라고 했지만 때로는 작가의 입장에서 그런 의미를 지닐 수는 있는 것이다. 소설도 창작인 만큼 작중 엔 작가가 의도하는 모델이 있다.

"작가는 신을 닮으려는 추구는 있을지라도 결코 완전한 신일 수는 없다."

는 말이 있듯이 작품을 구성해가는 과정에서, 우리 사회에서 많이 벌어지고 있는 사건들을 작품화하는 때도 있으며 그렇다고 그 사건 전부를 소설에서 그릴 수는 없다. 많은 상황을 참고로 경험을 살리기 위해 묘사하는 데서 그치는 것이다.

이런 점에서 작가와 대상, 그리고 모델은 구별되어야 한다.

문학작품에서 볼 때 사회에서의 악을 꼭 악만으로 볼 수 없고 때로는 그것이 가장 선인 경우도 있으며, 진실한 것이 위선일 경우도 있고, 또 그 반대의 관점도 있는 것이다.

이것이 예술이란 점에서 선·악·진·희가 어떤 공통점에서 판단되는데 그렇다고 수학 공식처럼 재단적인 것일 수는 없다. 악이 선이 될 수도 있고 진실이 위선이 될 수도 있다.

다만 작가는 이것을 따져보는 것이다. 위에서도 했지만 작품 활동은 적어도 창조 활동이다. 그렇게 보면 작가에게는 모델이 필히 존재할 수 있다. 다만 독자가 그런 잘못된 판단으로 오해한다거나 작가와 작중 인물을 동일시할 때 작가에게는 허다한 딜레마를 지워주는 것이라고 말하지 않을 수 없다. 이것은 독자가 작가를 지고의 인간으로 얼핏 그릇 생각하는 데서 일어나는 것이라고 단정 짓지 않을 수 없게 된다. 때문에 작가와 모럴이란 문제를 들지 않을 수 없다.

작가는 제일인자는 아니다. 평범한 인간, 모순, 위선투성이의 한 사람이라고 본다. 그러나 작품에선 가장 아름답고 착하고 선한 인간을 그려낸다. 생각하면 어처구니없는 모순이다. 작가가 작품을 쓰는데, 독자를 생각하고 독자의 입장에서 쓴다는 것은 내가 볼 때 옳은 작품이 나온다고 할 수는 없다.

이런 점에서 작가는 가장 이기주의다. 작가 입장에서 독자를 무시하고 진실한 자기를 주장할 수 있어야 좋은 작품을 내놓을 수가 있다. 적어도 나는 작가가 독자의 입장에서 작품을 완성했다면 이것은 잘못된 작품이라고 보고 싶다. 왜냐하면 작가는 자기 진실을 주장할 수 있고, 자기대로의 작품을 쓸 수 있는 이기주의이기 때문이다.

작품과 모럴, 작가와 모럴은 결코 동일시할 수는 없다. 그러면서도 작가는 매우 마음이 고독한 데서 오는 선의 경지라

약이 되는 세월

서 악과는 타협이 없다.

　작가는 결과적으로 평범한 인간 틈에 끼여 자아를 살리는 가장 이기주의자이되, 작품은 작가의 플롯을 통한 가장 선(善)의, 그리고 아름다운 미의 가치를 지닌 것이다.

　그리고 작가가 취하는 마음가짐이 사회도덕을 유폐하는 그런 악의 발산이 아니요, 넓지 못한 고독의 틈바구니를 헤치는 선의 추구자다. 때문에 작품 활동에서 모럴은 진실됨을 주장하고 모순의 상대성을 거두는 작업이라고 본다. 그리고 작중의 인물은 어디까지나 모델에 그치는 것이요, 때때로 경험을 살리기 위한 실화의 묘사를 기어 어느 특정인을 중심한 소설이라면 작가에게 모델은 없는 것이다.

행동과 사색

입센이라고 하면 『인형의 집』을 생각하게 된다. 그만큼 『인형의 집』은 넓게 읽혀왔고 또한 문제작이기도 했다. 그러나 반드시 입센의 대표작이거나 역작이라 할 수는 없다. 그 당시 싹트기 시작한 여성해방 문제가 소재였던 까닭에 그 예술성보다 오히려 사회성으로 인하여 물의를 일으키지 않았나 싶다.

『인형의 집』과 좋은 대조를 이루고 있는 작품에 『유령』이 있다. 『인형의 집』의 노라가 외향적이라면 『유령』의 여주인공 알빙 부인은 내향적이요, 전자가 행동적이라면 후자는 사색적이다. 어떻게 보면 노라를 거쳐서 온 사람이 알빙 부인이 아닌가 싶다. 알빙 부인이 노라의 후퇴한 모습이건 전진한 모습이건 간에 그것은 고사하고, 노라는 인생에 대한 적확한 응

약이 되는 세월

시가 없다. 그러나 알빙 부인에게는 그것이 있는 것이다. 그것이 때로는 체념이 되기도 하고 인내가 되기도 하고 회의와 욕망이 되기도 한다. 여기에서 우리는 사회적인 외향에서 인간의 본질적인 내향으로 옮겨지는 입센의 눈을 느낄 수 있다.

『유령』은 한 여성을 통한 사회문제나 가정문제를 벗어난 것으로서 그보다 형식과 진실, 인간과 신, 이런 사잇길에서 고민하는 인간의 모습을 해부하고 있는 것이다. 『인형의 집』보다 『유령』에 있어서 그 예술성이 심화된 것은 그 때문이 아닐까?

예술은 사회에 있어서의 수단과 방법에 앞서 인간들의 심연에 뻗어 있는 본질을 건드려보는 것이며, 그것에 보다 많은 의미가 있기 때문이다.

노라가 낡은 사슬을 끊고 집을 나갈 때 그에게 약속된 미래는 없었다. 그 행동은 지극히 용감한 것이었지만 그를 기다리고 있는 곳은 허허벌판, 그 허허벌판에 내던져진 하나의 나약한 힘이었을 뿐이다. 노라는 어떻게 되었을까? 그가 부닥친 외계는 무엇일까? 아무도 그것에 대하여 해답을 줄 수는 없을 것이다. 그러나 『유령』의 여주인공 알빙 부인에게는 목사 만델스가 있었고, 그 목사는 인간의 진실을 거절한다. 여기서 알빙 부인은 노라와 달리 자신을 개조해보는 것이다. 물론 어떤 가능성이 있었던 것은 아니다. 알빙 부인은 그것을 넘겨짚고 있었다. 그런 이상 알빙 부인의 내면에는 끊임없는 갈등과 삶에 대한 긍정 부정의 암담한 싸움이 계속되었던 것이다. 이러한 상황 속에서 우리는 인간의 숙명적인 모습을 뼈저리게 바라보게 되는 것이다.

이 희곡에 있어서 목사 만델스와 알빙 부인의 아들 오스왈의 두 모습은 알빙 부인의 내면의 갈등인 두 영상이다. 목사의 형식성 내지 인간성의 부정과 선성(善性)의 경화, 이런 것은 신을 추상화한 것으로서 무한한 신비의 영역을 왜곡되게 하고 위선과 소심으로써 거의 속화되고 만 것이다. 그에게는 커다란 지혜도 자비도 없는 메마른 관념만이 있을 뿐이며, 관념적인 인간의 비극이 있을 뿐이다.

그러나 알빙 부인의 아들 오스왈, 생생한 인간이고자 한 젊은 오스왈―그러나 그에게는 아버지로부터 받은 저주스러운 유전, 그것은 결정적으로 육체를 파괴하고 마는 것이다. 그리하여 고독한 영혼은 모든 것을 부정하고 비참한 최후를 맞이하는 것이다. 그러나 오스왈의 비극은 비단 유전한 그 병 때문만은 아닐 것이다. 그 유전이 어떠한 병이라기보다 어쩔 수 없이 받아야 하는 인간 공동의 십자가가 아니겠는가? 인간은 누구나가 다 죽어야 하는 것이고, 또 죽음을 앞두고 있는 것이다. 종국에 가서 아무도 바라지 않는 그 십자가를 짊어져야 하는 것이다. 그것은 부조리이다. 왜 인간은 그 부조리를 받아야 하는가? 그것은 아무도 모르는 일이다. 그것은 하나의 유령인 것이다. 과거의 인간들이 현재의 인간들에게, 현재의 인간들이 미래의 인간들에게 물려주고 물려줄, 알지 못할 그 유령인 것이다.

약이 되는 세월

알빙 부인은 고정적인 도덕과 그리고 신앙과 생활을, 또 일면에 있어서는 인간적인 것과 무한한 자유를 갈구하면서 유령에게 쫓겨가는 여자, 그러나 가만히 그것을 응시하는 여자이기보다 인간이다.

『인형의 집』이나『유령』의 두 작품 속에서 작가는 아무런 결론도 내리지 않고 있다. 행동의 결과에 대한 아무런 암시도 없고, 사색의 결과에 대한 아무런 암시도 없다. 다만 우리가 느끼는 것은 어둡고 컴컴한 미래가 남겨졌다는 인상뿐이다. 그것은 작가가 도학자도 아니고, 이상주의자도 아니었기 때문인지도 모르겠다.

우리는 현대 속에 살고 있고, 그러한 행동파와 사색파를 주변에서도 많이 보고 또한 자기 자신 속에서도 그런 것을 때때로 발견한다. 어떠한 질서 속에서는 계산이 없는 행동은 무모하고 결론이 없는 사색은 건강하지 못한 것이라 한다. 그러나 우리는 지드가 말한 의심의 과정이 진실이라는 말을 생각하지 않을 수 없다. 일견 모순된 말 같지만, 그 모순 자체가 인생일 것이며 승산이 서지 않는 행동, 결론이 없는 사색, 그것은 어쩌면 인간에게 있어서 영원한 투쟁인지도 모르겠다. 다만 여기에서 그 행동이나 사색이 얼마만큼 진지하였는가, 그것이 문제 될 것이다. 그것은 자학이 될지 모르지만 가식의 안일보다는 훨씬 인생 자체를 절실하게 살고 있다는 것이 된다. 해결이 없더라도 결론이 나지 않더라도 힘껏 산다는 것은 그만큼 안일한 가식 속의 죽음보다는 의의 있는 일일 것이다.

밀폐된 문화

한 달에 한 번, 서대문으로 면회하러 가기 위해 딸은 손자를 데리고 상경한다. 제 남편에게 옷이랑 책을 넣으면서 그럭저럭 열흘쯤. 아이들이 집에 머물면 세 식구가 되는데, 나머지 시일은 혼자 사는 형편이다. 혼자 살든 열 식구가 살든 살림에 필요한 것은 마찬가지라는 말이 있지만, 그러나 육신 하나가 존재하는 데 어째서 소용되는 물건이 그렇게도 많으며, 몸 하나 담는 집만 하더라도 춘하추동 철 따라 작은 일, 큰일 손질도 끝이 없는가 하고 문득 생각할 때가 있다. 허물고 버리고 다시 쌓아 올리고, 되풀이되는 과정이 끔찍스럽기도 하려니와 정신적, 육체적으론 물론 시간과 물자의 낭비도 예삿일이 아니다. 사람 사는 것이 그런 거 다하고 간단히 결론을

약이 되는 세월

내리면 그만이지만, 부자도 아닌 주제에. 하기는 부자가 아니어서 처음부터 작은 집 하나를 다스리지 못하고 이곳을 막아 봤다가 저쪽을 때워보고. 그러나 한번 휜 나무는 좀체 바로잡지 못하는 것처럼 신경질적으로 날뛰다간 엉거주춤 그런 생활을 지속할 수밖에 도리가 없다.

아무튼 그동안 허물고 버리고 다시 짓는, 서울 거리 곳곳에 벌여놓은 숱한 공사와 같이 내 개인의 살림도 무척 어지러웠다. 대부분 오늘을 사는 사람들의 사정은 엇비슷하겠고, 특히 도시 생활을 하는 경우 소시민들의 공통된 체험이겠는데, 연료 문제, 쌓이는 쓰레기, 각기 확보하지 않으면 안 되는 시간, 노동량의 한계, 이런 것이 생활의 방법, 그러니까 소용되는 물건의 다양화, 주거의 개조를 초래한 요인이겠다. 십 년 동안을 거쳐온 생활을 돌아보면, 정신적으로 물질적으로 얼핏 떠오르는 그 상황은 다락방 같은 혼돈이다. 약을 써보아도 수술을 해보아도 박멸되지 않는 병균처럼 새어 나오던 연탄가스 생각이 난다. 구들을 뜯고 마룻장을 뜯어내어 고쳐보아도 어디선지 모르게 새어 나오던 연탄가스, 사철 골이 무거웠다. 한밤중에는 원고를 밀어놓고 잠이 들다 말고 뛰어 일어나 가족들 방문을 살펴야 했으며, 창문을 열어놔야 했다. 생각다 못해 연탄아궁이를 부숴버리고 나무를 때기 시작했다. 그때만 해도 호랑이 담배 피우던 시점이던가. 제재소에서 잘라낸 허섭스레기를 연탄과 맞먹는 값으로 사들여 겨우내 땠다. 손끝에는 손거스러미가 일고, 손바닥에는 가시가 들었다.

가을철이면 핫바지 입고 큰 도끼를 어깨에 메고 골목마다
장작 패라고 외치며 다니던 아저씨도 사라져버린 세태여서
우리가 나무를 패야만 했다. 찬바람을 마시며 아침저녁 두 차
례 성냥과 쏘시개를 들고 나가는, 그것도 수월한 일은 아니었
다. 방금 문을 잠갔는데 미심쩍어서 다시 나가보는 습성 때문
에, 아궁이를 쓸어놓고 들어왔건만 불이 꺼졌는가 다시 바람
속을 뛰어가 확인을 해야만 했었다. 써야만 할 원고 때문에
마음은 항상 꽁지에 불붙은 것처럼 바쁘고 초조하면서.

그러나 지금 생각해보면 을씨년스럽게 아궁이 앞에 쪼그
리고 앉아서 타오르는 불길을 보다가, 새까만 밤하늘을 올려
다보다가 하던 광경이 아름답게 느껴진다. 가난한 사람들은
가난하기 때문에 마대같이 굵은 삼베옷을 입지 않으면 안 되
었다. 그 가난한 사람들의 옷감으로 오늘날 방석 커버 하나
하는 데 육칠천 원의 값을 내야 한다던가?

오늘날 우리는 무슨 수로 아궁이에 나무를 지필 것인가. 생
활이 없다는 얘긴지도 모른다. 진정한 뜻에서 가난했던 옛적
사람들은 어리석었고, 풍요하다는 오늘의 사람들은 약다. 정
서의 유무, 선악의 문제는 반드시 풍요와 가난에서 비롯되는
것은 아닌 모양이다. 자연과 멀어지는 상태에서 정서가 결핍
되고 악이 기승해지는 것이 아닐까.

전기다리미도 없고, 심지어 대문에 초인종조차 없었던 우
리 집에 소위 가전제품이라는 것이 속속 들어오고 연탄보일
러에서 기름보일러로 생활의 방도가 비약하기 시작한 시초

약이 되는 세월

의 동기를 풀벌레가 사방에서 우는 이 밤에 생각해본다. 그것은 작은 보온병에 연유한다. 확실히 보온병은 신경을 갈아 눕히는 것만 같은 오늘날 편리한 생활에의 첫출발이었다.

설명을 하자면 긴 얘긴데, 그러니까 병원에서 손자를 안고 산후의 딸과 함께 집으로 돌아온 그해, 내가 보온병을 샀더라면, 보온병이 필요하다는 것을 깨달았더라면, 아마 그렇게 숱한 눈물은 흘리지 않았을 것이다. 에미가 산후조리도 못 하고 형무소다, 재판소다, 하고 나가고 나면, 온종일 눈이 빠지게 기다리면서 나는 우유병을 들고 동동거려야만 했다. 부엌 연탄난로에 물을 끓여 우유를 타서 업은 아이를 내려놓으면, 아이는 울고 뜨거운 우유는 좀체 식질 않아서 가슴이 탔다. 알맞게 식었다 싶으면 아이는 젖만 찾았지, 우유병을 물지 않았고, 어르다 달래다, 그러다 보면 우유는 싸늘해지는 것이었다. 다시 아이를 둘러업고 부엌으로 나간다. 그 짓을 몇 차례 되풀이하건만, 아이 목에 넘어가는 우유는 몇 방울이 안 되었다. 아이는 배가 고파 울고, 나는 가슴이 찢어질 것 같아서 엉엉 소리 내어 울곤 했었다. 황폐한 집, 물 한 그릇 떠다 줄 사람도 없이 어린 것과 둘이 겪은 그 봄과 여름을 눈물 없이 회상할 수가 없다. 이듬해 봄에 애비가 잠시 나왔을 때 우리는 하동 언니 집에 갔었다. 언니 집에서 비로소 수도꼭지 같은 곳에서 더운물이 나오는 보온병이 내 눈에 띄었다. 이 바보야, 이 천치야, 왜 그걸 살 생각을 안 했나! 하고 혼자 가슴을 두드렸던 것이다. 서울에 돌아와서 맨 먼저 산 것이 보온병이었다. 다음은 냉장고. 그리하여 차례차례 가전제품이란 것이 우리 집으로 들어오게 되었다.

요즘 나는 후배나 친구들보고 나도 부르주아가 됐다 하며 우스갯소리를 한다. 찾아오는 젊은 사람 중에, 선생님도 부르주아가 됐군요, 하며 실망하는 사람도 있다. 내 시간을 확보하기 위하여, 귀여운 손자를 위한 시간을 확보하기 위하여 벼락부자라도 된 듯 부지런히 사들여놓은 기구들, 살벌하고 각박한 그것들을 바라보고 있노라면, 오히려 가난하고 비인간적이며 마음의 굶주림 같은 것을 느낀다. 이 빈곤함을 손자가 자라고 있다는 풍요한 마음으로 중화시켜주어 나는 아직 인간이며 그 옛날의 할머님을 믿게 되는 것이다.

사람 혼자 사는데, 매일매일 나가는 쓰레기는 어찌 그렇게 많을까? 못 쓰게 된 고물은 또 어찌 그리 많은지, 우리 모두가 부자이기 때문일까? 옛날 농촌에서는 종이가 귀해 짚으로 화장지를 대신했으며, 그것들은 밭이나 논에 들어가 동화되었다. 증기가 하늘로 올라가서 비가 하늘에서 내려오는 것처럼. 그러나 지금은 산간벽촌에까지 동화될 수 없는 비닐종이가 수없이 굴러 대지의 숨통을 막고 있는 것이다. 오늘 사는 사람들은 모두 부자인가? 과연 부자인가? 연간소득이 올랐다고들 한다. 잠자리처럼 TV 안테나가 하늘을 메웠으니 과연 잘살게 됐다 할 수도 있겠다. 그러나 이 빈곤함은 어디서 오는 것일까? 사람에 의지하지 않고 물질에 의지하는 시대, 마음을 믿지 않고 물질을 믿는 시대, 사실은 이보다 더 가난한

약이 되는 세월

일은 없을 것이다. 산업혁명의 그 소용돌이를 생각하며 한 시대의 전환이 빚은 어쩔 수 없는 결과라 해버리면 할 말은 없다. 그러나 그 어쩔 수 없는 결과는 다름 아닌 인간 자신이 감당하지 않으면 안 되고, 치유의 방법을 모색하지 않으면 안 되고, 미봉책이나 부분적 시정은 마치 휜 나무를 바로잡지 못하는 것처럼 엉거주춤 정지된 역사를 초래할 것이며, 결국 연탄아궁이를 부숴버리는 것처럼 철저히 파괴하지 않고는 전진할 수 없는 지경까지 치닫게 될 것이다.

각설하고 쓰레기도 쓰레기려니와 신문지 잡지 나부랭이며 못쓰게 된 난로, 전기제품, 빈 병, 부엌살림 등, 연방 고물상에 넘겨주는데, 그럼에도 아쉬운 것은 아쉬운 것대로 한두 가지가 아니니 사람이 일생 동안 취하고 버리는 것이 얼마나 될까? 끔찍스런 생각이 든다. 중국 한(漢)나라 시대의 경제논쟁을 수록한 『염철론(鹽鐵論)』에 어사대부(御史大夫)와 군국(郡國)에서 선발된 현량(賢良), 문학(文學)과의 대담 중 다음과 같은 말이 있다.

"대저 인민을 도덕으로 지도하면 인민의 기풍은 중후해지고, 인민에게 이익을 구하게끔 가르치면 인민의 기풍은 경박해집니다. 인민의 기풍이 경박해지면 도의에 어긋난 이익추구로 치달리게 되고, 이익추구로 치달리게 되면 인민은 길가에서 서로 부딪치며 시장에 바글바글 모여오게 됩니다. 노자(老子)는 "가난한 나라에 여분이 있는 것처럼 보인다." 하고 말했습니다. 그것은 재화가 많은 것이 아니며, 욕망이 많고 인민이 시끄럽기 때문입니다."

그리고 또 말하기를

"시장에서는 상인이 무용한 것을 유통해서는 아니 되고……
그러면 수공업자는 무용한 기구를 만들지 않게 된다……."

무용한 기구라는 말은 상당히 충격적인 것이었다.

생활면에서도 부끄러움을 금치 못하였으나, 예술의 존재
이유와 존재 가치를 생각하게 했기 때문이다. 극도의 금욕적
인 문학의 말은 예술도 무용한 기구에 불과한 것이라고 꾸짖
는 것만 같았기 때문이다.

『염철론』에 이런 말도 있었다.

"옛날 상인은 물품을 유통하는 데 거짓이 없고, 수공업자는
견고한 것을 제작하여 부정이 없었습니다. 그렇기 때문에 군
자가 농업, 수렵, 고기잡이를 하는 것과 실제 같은 것이었습
니다. 오늘날 상인들은 거짓에 능하며 수공업자는 보기에 근
사한 것으로 엄청난 기대를 가짐을 부끄러워하는 마음이 없
습니다. 그리하여 인정이 엷은 사내는 속이고 인정이 많은 사
내도 인정미가 없어집니다."

옛날의 수공업자는 견고한 것을 만들었다. 하여 그것은 믿
음으로 통하였고 정신의 소산일 수도 있었을 것이다. 견고하
다는 말이 나왔으니, 보온병이 시초가 되어 편리한 기구를 들
여놓게 된 얘기를 앞서 했는데, 보따리 보따리 옷을 싸놓으면
서 끝내 옷장 들이는 것만은 참아왔기에 서랍 하나 없는 살림
은 늘 평면일 수밖에 없었다.

약이 되는 세월

고지서나 전기 전화의 요금 납입 통지서 같은 것도 책 사이에 끼워두기 일쑤며 사철의 옷가지도 구식 장롱 하나에 뒤죽박죽일 수밖에 없었다. 벽장을 만들려 해도 목수가 안방을 점령하여 부산을 떨 생각을 하니 결단을 내릴 용기가 나지 않았고 옛날 장을 들이려니 엄청난 값이어서 엄두가 나지 않았다. 신식 장은 누가 거저 준대도 싫었다.

　하여간 옛날 장이 비쌌기 때문에 구석방에 내버려둔 낡은 장롱 생각이 났다. 패서 아궁이에 불이나 때자 생각했을 만큼 장식은 시꺼멓게 부식한 것 같았고 장롱 평면도 시커먼 칠을 하여 울퉁불퉁했으며 문짝도 다 떨어진 채였다. 한번 닦아보자 하여 샌드 페이퍼를 여남은 장 사다가 칠을 벗기기 시작한 것이다. 부식한 것으로만 알았던 놋쇠는 그 아름다운 본래의 모양을 드러내었고 농의 바닥은 일종의 모자이크였는데 나무가 가진 아름다운 무늬가 나타나기 시작한 것이다. 그 정교한 꾸밈새며 쇳덩이같이 탄탄한 목질(木質), 아름다운 조화, 나는 걸레질을 해가며 밤 가는 줄 모르게 농 두 짝을 본시의 모습으로 환원시킨 것이다. 패서 아궁이에 집어넣으려던 낡은 농이 이렇게 변신하여 내 눈앞에 있다니, 그 농이 어떤 경로를 밟고서 그 험한 허울을 뒤집어썼는지 알 길이 없으나, 무지한 손으로 굴러가서, 새까맣게 칠을 당하고 거기다 두껍게 니스 칠을 겹쳐 입었으니, 또 아궁이 속으로 들어갈 뻔했으니 기구한 운명이랄 수도 있겠다.

비단 이 농 두 짝의 운명만일까? 해방된 지 삼십오 년, 아니 그 이전까지 거슬러 올라가서 일제(日帝) 사십 년까지 합한다면 일세기는 미처 못되지만, 이 동안 우리의 문화는 얼마만큼이나 밀폐되어왔을까. 외세에 의하여, 우리 스스로 자기 모멸이 빚은 추악한 가치관에 의하여, 혹은 생활양식의 혁명 때문에 수천 년 내려온 우리의 문화는 밀폐되었을 뿐만 아니라 수없이 사멸되어 가버렸다. 만든다는 것은 언제나 어려운 일이다. 만든다는 것은 언제나 장구한 시일을 요하는 것이다. 그러나 파괴한다는 것은 쉽다. 파괴하는 데 시일은 길게 걸리지 않는다. 어느 시기에 죽였느냐, 어느 시기에 사람들이 파괴하였느냐, 그것만은 장구한 세월 기록될 것을, 우리 오늘을 사는 사람은 기억해둘 필요가 있을 것 같다.

약이 되는 세월

고독의 산물

시인 P는 언제인가 조연현(趙演鉉) 씨를 퍽 외로운 분이라고 말한 적이 있다. 그때 나는 그럴 리가 있겠느냐고 말했던 것이다. 예리한 신경이 칼날처럼 번득이고 항상 의욕이 넘쳐 있는 듯한 씨에게는 좀 인연이 먼 이야기 같았기 때문이다.

그러나 나는 이번에 『휴일(休日)의 의장(意匠)』이란 씨의 평론집을 읽으면서 P의 말을 생각하지 않을 수 없었다. 평론집에 수록된 「이별의 사상」에 이런 구절이 있었다.

"구체적인 행동으로써는 표현될 수 없는 많은 이별이 있다. 가장 가깝게 느낀 친구를 어떤 이유로 인하여 친구로서 느끼기보다는 하나의 아는 사람으로서만 대하게 되었다면 이것도 이별의 하나이다."

우리는 이러한 이별을 매일같이 경험하고 있다. 그리고 또 가장 강력히, 가장 치열히 소망하였던 사람에게만 이별의 슬픔이 있다고 하였고 무서운 것은 이별할 아무것도 없는 인생의 쓸쓸함이라고 했다. 여기서 나는 무엇인지 고독에 철(徹)한 마음과 그것을 극복한 마음을 느꼈다.

「유언(遺言)의 사상」에는 어떠한 최후의 일언보다도 그가 남겨놓은 유산만큼 확실한 유언은 없다. 유산은 그것이 물질적이든 정신적인 것이든 그 사람의 어떠한 유언보다도 그 사람의 남아 있는 유일한 생명이라고 했다. 여기서 나는 죽음 앞에 선 허무를 극복하고 삶을 긍정하는 마음을 느꼈다.

끝으로 나는 「여성백서(女性白書)」를 읽었을 때 내 얼굴 위에는 열이 모였다. 몇 해 전 쇼펜하우어의 「부인론(婦人論)」을 읽었을 때의 기분이었던 것이다.

그때 나는 분하게 생각하면서도 그 시니컬한 필치 앞에 어쩔 수 없이 굴복해버린 나 자신을 발견했던 것이다. 그런데 이 「여성백서」에서도 나는 그때와 같이 분함과 굴복을 느끼지 않을 수가 없었다. 평론집이라고 하지만 네 편의 작가론을 뺀 나머지는 모두 평론가가 바라본 다각도의 관심의 표백으로서 나는 여러 가지 의미로 이 『휴일의 의장』을 여성들에게 일독하기를 권하고 싶다.

비극의 확대

『북경에서 온 편지』를 손에서 놓고 일어섰을 때 나는 그렇게 인간상을 아름답게 형상화시킨 펄 벅 여사를 부러워하지 않을 수 없었다. 그러나 나는 도로 주저앉아서 지금 세계가 당면하고 있는 중대한 현실에 대하여 나대로의 생각에 잠겨 버렸던 것이다.

인간은 생식(生殖)하므로 그들의 이웃이 있었다. 그리하여 부락이, 민족이, 국가가 있었고 오랜 역사가 흘렀다.

그러나 오늘날 세계는 어느 하나로 지향하는 과도기 속에 있고 그 과도기의 파도 속에 휩쓸려 들어간 작은 인간들의 진실과 죽음, 그리고 조국과 인종의 사잇길에서 방황하는 인간들의 운명, 제럴드는 그들 중의 한 사람인 이방인이다. 그러나 서양의 피와 동양의 피를, 그리고 상극된 사상의 피를 받은 제럴드의 사실적 결과만이 이 세계에서 이방인의 정의(定義)는 아닐 것이다. 지금 거리와 시간이 단축되어가고 있는 마당에서 이웃의 울타리가 제거되어 있는 과정, 이 혼란 속에 인간들은 정신적인 이방인으로 고립하는 것이다. 이 과도기를 우리는 어떻게 극복할 것인가. 펄 벅 여사는 그것을 우리에게 제시하고 있는 것으로 나는 안다. 그러면서도 그는 힘자라는 조화를 모색하고 있는 것이다. 동양과 서양의 것을, 어둠과 밝음을, 이러한 시도들을 다만 그가 중국통(中國通)이라는 데 이유를 붙여보기는 그의 작가 정신에 배치되는 것이 아닐까? 사족인지 모르지만 한 번도 나타나지 않는 안개 속의 인물 제럴드의 모습 속에 우리 동양인 자신이 느끼는 것 이상의 강렬한 동양적 향취를 느끼는 것은 동양인이 아닌 여사의 세밀한 객관성에 유래하는지도 모르겠다.

아무튼 혼혈인의 문제는 옛날 한구석에 일어난 소설거리는 아니다. 벅차게 흐르는 조류 속에 이러한 작은 비극들은 확대되어 본류가 될 것이니 말이다. 이 세계성(世界性)을 우리는 어떻게 파악하고 고민해갈 것인가?

　　　　　　　　　약이 되는 세월

따스한 눈길

오영수(吳永壽) 씨 제3창작집 『명암(明暗)』의 세계에서는 이전의 창작집인 『머루』, 『갯마을』에 흐르고 있던 한국적 해학과 애수의 일관성을 그대로 심화시키고 있었다.

전에 역작이던 「박학도(朴學道)」나 「종차(終車)」에서는 약하고 선한, 그리고 인생적 방랑자인 전형적 인물들을 만들어놓았고, 「대장간」, 「남이와 엿장수」에서는 우리의 서정을 애정 깊게, 그리고 마치 한 폭의 수채화처럼 깨끗하게 그려놓았던 것이다.

그러나 「명암」에서 작품을 추려내어 과거 그런 일련의 작품들과 비교를 하는 일에 앞서 하나의 창작집으로 볼 때, 제1, 2 창작집보다 그 비중이 월등한 것을 느낄 수 있다.

「어떤 여인상」의 여주인공은 「박학도」 못지않게 뚜렷한 전형으로서 살아 있었다.

조물주나 현실 속에서 버림을 받은 미련하고 못생긴 여주인공은 악착스럽게 자기의 삶을 긍정하려 드는데, 그 어리석은 모든 작위는 웃음을 자아내는 동시에 일종의 눈물을 느끼게 한다. 이와 같이 버리어지고 짓밟혀지고 사람다운 대접을 받지 못하는, 그리고 현실에 필요치 않은 그런 약하고 선량한 군상을 쫓아가는 따뜻한 눈, 그것이 오영수 씨의 작품 세계이며, 또한 미소와 눈물을 잃지 않으려는 휴머니즘이 작품 세계의 밑바닥을 이루고 있다. 독자들에게 가장 많이 어필되는 것도 역시 씨의 미소와 눈물의 고요한 절도가 아닌가 싶다.

약이 되는 세월

쑥스러워질 수 없는 휴머니즘

　문필 생활을 하는 관계로 문인들하고 접촉이 많다면 많다
고 할 수 있다. 그것은 일반 독자들보다 글을 쓰는 사람을 좀
더 잘 알고 있다는 것이 된다. 글은 쓴 사람의 사람됨을 나타
내고 있다는 옛적부터의 말은 진실이다. 가장 불쾌한 것은 거
짓말의 글이다. 의상처럼 떠벌린 위선의 글은 구토를 느끼게
한다. 감상과 넋두리의 글은 경멸과 쑥스러움을 갖게 한다.

　이번에 정음사에서 간행된 조연현 씨의『문학적 인생론』에
대하여 새삼스럽게 감상을 말한다는 것은 사족이 되지 않을
까. 씨의 수필형식을 띤 이번 소론(小論)은 한결같이 종전과 다
를 바 없는 것이며, 이미 독자들은 씨의 문학적 세계를 잘 알
고 있을 것이기 때문이다. 설교적인 위선의 자취를 티끌만큼

도 발견할 수 없는 점이 변함없었다. 오히려 위악적이다. 그 차디찬 호흡 밑에 현대인의 기계적인 감각 때문에 쑥스러워질 수 없는 휴머니즘이 교묘하게 숨어 있다. 읽어가노라면 흔들리지 않는 평면 위에 정확한 리듬을 들을 수 있다.

눈물의 사상, 이별의 사상, 운명의 사상, 고독의 사상, 이러한 제목 아래 다루어진 소론이 있는데 그 내용은 얄미울 정도로 감상이 없다. 사실이 이러니 어쩔 것이냐 하는 식으로 무자비하다. 입에 발린 위안이 도무지 없다. 가차 없이 준열하다. 거기에서 무자비한 정직을 느낀다. 특히 오늘날의 여성이 지향해야 할 것은 무자비한 사실을 종용(從容)히 받아들이는 태도와 교양이 있어야겠다. 분식을 떠난 직재적인 내용은 두말할 것도 없이 오늘날 여성의 교양이다.

약이 되는 세월

불안한 예감

시인을 언제나 존경하기 때문에, 또 시의 마음이 각박한 나로서는 시인에게 요망할 아무것도 없다. 다만 어디론지 모르게 시가 차츰 사라져가는 것이나 아닐까 하는 어리석은 걱정이 있어서.

소설은 여러 층의 독자를 가질 수 있지만, 시는 그럴 수 없다. 새삼스럽게 말할 필요도 없지만 글줄이나 읽을 수 있으면 뒷골목의 넝마주이도 즐기는 소설이 있겠고, 박학하신 학자님께서도 읽어 이해가 안 가는 소설도 있을 것이다. 이해가 안 가는 게 옳고 그르다는 것도 아니며, 넝마주이 마음에 시가 없고 학자님 마음에 시가 있다는, 반드시 그렇다는 얘기도 아니다. 예술이라든가 예술가라는 말의 한계도 실상 애매하고 막연하지만 우선 어떤 양식의 예술이든 시가 바탕이 되고 그것을 이룩한 사람으로 생각하고.

소설은 그런 뜻에서 예술이 못되어도 고려자기나 조선 자기와 함께 개나리 한 가지쯤 꽂아놓은 사이다병과 마찬가지로, 신파극이나 오락영화가 있는 것과 마찬가지로, 그런대로 존재해가는 것이며 가짜대로의 구실을 하고 있다. 그러나 고고하고 속성(俗性)을 싫어하는 시에 좋든 궂든 간에 소설이 지닌 바의 포용력이 허락될는지? 천한 매춘부의 시를 쓰고, 썩어가는 시체에 구더기가 득실거리는 시를 쓰고, 술주정뱅이의 시를 쓰는 시인이 있었지만, 정숙한 어부인이 그 정숙함으로 인하여 비련의 여주인공이 된다는 따위의 삼문소설(三文小說)을 열독하는 소녀가, 과연 무엇이든지 살아 있는 것이면 다 태양과 더불어 축복받는다고 읊은 시인과, 썩어 무너지는 속에서 탐미의 마력을 꺼낸 시인과, 신비의 시내에서 목욕을 하고 나온 괴이한 시인에게 이끌려갈 수 있을까? 고상한 세계와 추하고 천한 세계, 그런데 고상한 세계에 열중하는 소녀는 통속, 천하고 추한 것을 다룬 시를 아는 사람은 이른바 문학에 있어 귀족인 것이다. 분명히, 하여간 소설은 고상한 거짓말쟁이거나 선정적인 흥미 본위건 간에 오히려 그 통속성 때문에 베스트셀러가 되는 일이 얼마든지 있다. 그러나 시에 그와 같은 통속을 생각할 수 있을까? 따지고 들면 시라는 것은 아무 데나 있고 우리의 시각에, 청각에, 촉각에, 사방에서 밀려오기도 하고 가설극장이나 시장이나 전장 속에도 굴러 있

약이 되는 세월

지만 그런 것들이 시인의 손을 거칠 때는 가요나 민요가 될수 없고, 오락영화나 흥미소설과는 차원이 다른 구름 속에 있게 된다.

요즘, 아니 오래전부터 예술은 대중에게 개방되어야 한다는—개방이야 돼 있는 셈이겠지. 복덕방 할아버지도 예술인지 문명의 이기인지 모를 영화 감상을 하시니—더군다나 집단 사회에서는 자연 발생이 아닌, 의식적으로 그 예술이라는 것을 나누고 있다지만. 내막이야 어찌 되었든 겉으로는 시민이나, 노동자들이 사람으로서 평등한 권리를 찾았다고 하니까. 예술인들 어느 왕조의 거실에서 풀려나온 것은 당연한 일이다. 그러나 모두가 예술을 감각하는 마음이 같을 수 없어, 변모에 변모를 거듭하여 보편화되고 시민들의 위안의 역할을 담당하여, 충분히 예술은 대중에게 개방된 셈이다. 그러나 시만은, 그리고 그 시를 꼭 간직한 천재들만이 아주 적은 관객과 독자와 청중들을 갖고 있으니 독자가 적어야만 순수문학이라는 말은 성립될 수 없고 몇몇 천재들에게만 그것은 영광이 될 것이다. 사실 인간들이 서로 얽혀보려는 것은 노력이지, 본질은 아닌 것으로 안다. 그런 뜻에서 정직한 예술의 작업은 외로운 세계, 그곳에서만이 유형이나 아류가 아닌 새로운 것이 만들어질 것이다.

나는 다만 구경꾼 혹은 문학 애호가의 입장에서 대중과 예술가의 소외를 깊이 느껴보는데, 이럴 때 양이 질을 누르는 사회의 기준은 움직일 수 없는 어떤 서글픈 힘이다. 하여간 예술의 대표 격인 동시 또한 동떨어져 있는 대표가 바로 그 시가 아닐까.

한국의 시가 난해하다느니, 주제가 낡았느니, 안이한 언어를 사용하고 있느니 이러쿵저러쿵한다는 것은 나로서는 가당치도 않은 일이다.

다만 외로운 성을 지키는 시인들의 슬픔을 모르기는 해도 같이 지니고 싶은 마음, 외로움을 그냥 지켜나갈 수밖에 없을 것이란 마음이 있을 뿐이다. 그리고 불안한 예감이 있는데, 그것은 점점 더해가는 요즘의 소음이다. 그 속에서 예술은 모조리 죽어버리지나 않을까, 이 시대의 시들이 박물관에 진열된 문화가 되지나 않을까 하는 생각이, 과대망상증이 아니면 소심공포증인지. 뭉크의 「절규」라는 그림에서 파상적으로 오는 그 선의 공포를 때때로 느끼는 것은 길모퉁이에서, 사람의 눈에서, 시가 차츰 없어져가기 때문인지. 개성의 말살, 균일적인 인간형, 과학이라는 편리한 속에서 생각이 줄어들고. 동방이니 서방이니 하고 임금노예나 인민공사(人民公社)나 할 것 없이 두뇌가 숫자처럼 되어갈 것이라는 환상, 자꾸만 잃어버리고 잃어버려 가고 있다는 슬픔, 시의 마음과 인간을 잃어버려 가고 있다는 안타까움——.

받아들이는 것은 아직까지 자유니까 요즘 알 수 없는 추상화니, 피아노를 두들겨 부수는 연주회니 하는 것을 신문 같은 데서 보는데 나는 왠지 모르게 그들이 불안한 미래에 대한 몸부림으로 보이지, 기성에 대한 반항으론 보이지 않는다.

약이 되는 세월

아무튼 오늘날엔 시가 아직은 있고, 분열이고 모순이고 파괴고 욕지거리고 간에 시인은 정직하며, 아무리 외로워도 시 작업을 하고 있는 한 나는 시인의 행복과 영광을 믿고, 또 그분들을 변함없이 누구보다도 존경할 것이다.

나 이야기

정확하게 말하면 내게는 작가 수업의 기간이 없었다고 보는 것이 좋을 성싶다. 이렇게 말할 수 있으리만큼 내가 문학을 위하여 공부한 것이 없고, 또한 가소로울 정도로 박식(薄識)하다는 것을 솔직히 고백하는 바이다. 그러니만큼 작가 수업이란 나에게 있어서 이제부터의 문제라 하겠다.

외동딸로서 어려서부터 무식한 홀어머니 밑에 자라던 나의 유년시절이나, 또는 학생 시절에 있어서도 남달리 깊게 외로움이라는 것을 느낄 줄 알았지만 그 외로움이 향하는 창문이 나에게는 없었다. 그래서 무식한 시 줄이나 써본 것이 아닌가 생각된다.

수일 전에 어느 잡지사 주최로 금년도 자유문학상을 받은

약이 되는 세월

한무숙(韓戊淑) 여사와 내가 대담한 일이 있었다. 그 석상에서 환경에 대한 얘기가 났을 때 한 여사는 어릴 적에 퍽 병약해서 늘 집에서 오빠의 많은 장서를 읽었으며, 벌써 소학생 때부터 희랍의 시를 읽었다는 것이다. 나는 그때 진실로 부러운 생각을 했다. 그림책 나부랭이조차 내 신변에서 찾아볼 수 없었던 나의 어린 시절이 회상되었기 때문이다. 내가 비교적 독서를 했다면 그것은 결혼 이후의 일이었다.

이렇게 털어보아야 하잘것없는 나의 밑천을 갖고 수업 운운은 쑥스러운 일이다. 그런데도 나는 이미 십여 편에 가까운 작품을 발표해왔다. 더욱이 금년도의 신인문학상을 현대문학사에서 받게 된 영광까지 아울러 겸하게 되니 송구스럽기 짝이 없다.

어찌하여 문학을 하게 되었는가? 그것을 굳이 의식할 수는 없지만 깊은 나의 고독 때문이 아닌가 생각한다. 고독은 슬프고 괴로운 것이다.

나의 고독은 나에게 주어진 불행을 심화시켰다. 그리하여 나는 고독과 불행이라는 공감을 통한 인간상 속에 친밀과 눈물을 느꼈다. 이 친밀과 눈물의 순간만은 내게도, 그리고 또나 아닌 사람에게도 나는 진실했다. 이 진실이 나로 하여금 작품을 쓰게 한 것이다.

나를 알고 그리고 나의 열등의식을 알고 내 성격을 소극적으로 해석하고 있는 사람의 우정에 입각한 질타를 나는 잊지 않는다. 친밀과 눈물의 순간의 진실을 반드시 그는 위선이다, 음성(陰性)이다, 그렇게 말할 것이다. 나는 시인한다. 내 속에 있는 위선을, 그리고 음성을. 그러나 나의 문학 정신은 항상 위선과 음성을 준열히 비판한다. 이 비판이 있고 자학이 있는 한, 나는 인간 이하도 인간 이상도 아닌 인간으로 존재하고 작가로서 존재한다고 믿고 있다.

나에게는 지금 비판의 올바른 방향과 결론으로 가는 도정을 위한 무진한 공부가 필요하다. 이것이야말로 내게 있어서 문학 수업의 첫 단계가 되는 것이다.

이제 가난하다는 넋두리는 하기 싫다. 슬프고 괴로운 이야기도 열없는 것이다.

나는 번번이 내 설움을 하소연할 때 상대의 눈빛에서 무감동을 보았다. 현실과 생활에 젖은 눈이었다. 여기에서 나는 나의 낭만이 감상이었더라는 뉘우침에서 입을 다물고 말았다. 그래서 나는 음성이 되고 말았다.

나는 어두운 거리에서 혼자 중얼거렸다. 때로는 노래도 부른다. 무관심과 무감동의 상대보다 마음은 한결 안위했다.

다음에 나의 설움의 발설구, 문학이었다. 그러나 그 어둠의 거리처럼 안위했어야 할 원고지 뒤에는 무수한 눈이 있었다. 그 눈은 무감동했다. 현실과 생활이 더 절실한 눈이었다. 그렇다면 나는 입을 다물어버리듯이 또 절필할 것인가?

그러나 내게는 고독과 불행이라는 공감을 통한 우수한 인간상들에 대한 친밀과 눈물이 있다. 내 눈에 눈물이 마르지

약이 되는 세월

않는 한에 있어서 나에게는 진실이 있는 것이고 나는 문학을 하는 것이다.

자화상

여류 작가 하면 왜 그런지 촌뜨기가 화려한 연회장에 나온 듯 생소한 감이 든다. 그리고 소설을 씁니다, 하는 그 한 마디가 도무지 떳떳하게 내 입에서 나오지 않는다. 그것은 소극적인 내 성격에서 오는 것이라고도 할 수 있겠으나, 그러나 실상은 그만큼 작품을 쓰는 자세가 아직 잡혀 있지 못하고, 수업적(修業的) 시기를 면하지 못하기 때문이라고 생각한다. 하긴 문학 수업이란 문학 하는 사람의 평생의 과업인 이상 수업적 기간 운운은 실로 외람된 말인지도 모르겠다. 그런 의미에서 습작 시대라고 하는 것이 좋겠다.

내가 문학을 시작한 정신적인 동기는 없다. 다만 내 체질속에 문학적 요소가 있었을 뿐이다. 그것을 나는 재능이나 혹

약이 되는 세월

은 재주라고 보고 싶지는 않다.

무엇인지 모르는 곳에서 오는 깊은 향수 같은 것, 동경과 꿈, 이러한 것이 흐물거려가고, 그리고 충족되어주지 못하는 곳에서 첫째, 나는 나 자신에게로 향하는 지독한 반역, 다시 말하자면 깊은 자학을 느꼈고, 동시에 환경에 대한 반항, 사회에 대한 반항, 그리고 운명 자체에 대한 반항을 느꼈던 것이다.

이러한 것이 내 내부에 잠재하고 있는 문학적 요소에 작용하고 자극을 주어 하나의 표현, 형식을 거쳐 나온 것이 보잘것없는 나의 습작들이었던 것이다.

내가 습작기에 들어선 연월은 멀지 않다. 정확하게 말하자면 1955년 2월경부터 소설에다 손을 대기 시작한 것이다. 그렇게 되기에는 하나의 우연이 나를 이끌어주었다.

지금까지도 나를 과신하고 있는 어리석은 동무가 나에게 하나 있다. 그 동무가 시골에서 올라와가지고 세 들게 된 집이 바로 김동리(金東里) 선생님 댁이었던 것이다. 그 동무만은 내가 시 같은 것을 몰래 쓰고 있는 것을 알고 있었기 때문에 나를 위하여 그러한 우연을 퍽 기뻐했던 것이다.

지금도 그렇게 생각하지만 그때 내 동무가 얻어준 그러한 우연이 없었던들 내 성격으로는 문단에의 길이 절대로 열리지 않았을 거로 알고 있다. 당선 소감에도 썼던 이야기지만 벗도, 스승도 없는 내 문학은 서툰 그림쟁이가 자화상을 그리듯이 그냥 세월이 지남으로써 생활과 문학에 나는 지치고 말았을 것이다.

사람을 새로 안다는 것은 나에게 있어서 상당히 고역이 된다. 더군다나 하잘것없는 작품을 들고 선생님을 만나야 한다는 것은 이중, 삼중의 고통으로 전신의 피가 얼어붙어버리는 듯했다.

원래 김동리 선생님도 말이 적으시며 퍽 대하기가 어려운 분인데, 내 성격이 그 지경이니 그야말로 수업이라기보다 수도하는 과정이었다. 이렇게 선생님을 어렵게 생각하는 마음은 지금도 아직 가셔지지 않아서 선생님을 대하면 나는 여전히 소학생 모양으로 떨어야 했다.

그뿐만 아니라 어휘 하나 제대로 똑똑하게 소화된 것이 없고, 철자법은 그야말로 엉망진창인 전연 황무지 상태였다고 볼 수밖에 없었던 당시의 작품들, 생각만 하면 지금도 등골에 땀이 솟아오르는 것을 느낀다.

그러나 선생님은 땅 밑에 뻗은 광맥처럼 나의 문학 할 수 있는 것을 발굴해주셨던 것이다.

선생님은 내 시를 보시고
"상(想)은 좋은데 표현이 틀렸다."
간단한 말씀이었다.

이때 나는 일본이나 또는 그 밖의 외국(물론 일본말로 번역된 것)의 시나 소설 같은 데서 얻은 말을 그나마도 서툰 한국말로 번역을 하여 그것을 시어(詩語)로써 사용하고 있었던 것이다.

나는 우리나라의 말이 가지는 멋이라든가 생리, 심지어는 그 분위기조차 모르고 시를 쓰는 무모한 짓을 했던 것이다. 그것은 해방이 되었을 때 한글에 대하여는 아주 아는 바 없었던 시대적 현상으로서 나도 존재했기 때문이다.

이러한 무렵에 나는 그 강렬하기 비길 데 없는 서정주(徐廷柱) 선생의 『화사집(花蛇集)』을 읽고 잠이 오지 않았던 일을 지금도 잊지 않고 있다.

그때 문인들이 모이는 곳은 문예 살롱이었다. 그곳은 나에게 괴로운 관문이었다.

불우하고 초라했던 내 모습이 그곳을 드나들던 기억은 언제나 가슴 아픈 것이다. 여자 푼수에 무슨 문학이냐. 하나의 장신구처럼 몸에 걸고 다닐 그런 따위의 문학을 가소롭게도 하느냐. 그러한 질책과 멸시에 찬 눈이 무수히 내 뒤통수에 박히는 것을 느끼며 살롱의 계단을 뛰어내려 거리에 나왔을 때 내 눈앞에 흐르는 자동차의 라이트 앞에 몸이 휘청거리던 일, 그러한 것도 잊을 수 없다.

어느 날 선생님은 가만히 생각하고 계시다가,

"소설을 써보면 어떨까?"

그리하여 쓰인 것이 1회 추천을 받았던 「계산(計算)」이었다. 물론 형편없는 것을 몇 번이나 수정을 거듭한 결과 그만큼이나 만들어진 것이다.

첫 번 추천을 통과했을 때 나는 멍청해버렸다. 기쁘다기보다 두렵고 못 미더웠던 것이다. 그 사실이 못 미더웠던 것이 아니라 나에게 주어진 행운이 못 미더웠다. 언제 나의 뺨을 치고 달아나버릴지 모른다는 그러한 공포는 한 번도 나로 하여금 마음 놓고 기쁨을 즐기지 못하게 했던 것이다. 아마도 자신이 없었기 때문이라고 생각한다.

두 번째, 「흑흑백백(黑黑白白)」이 추천되기까지 꼬박 열석 달 걸렸다. 이 시기에 있어서의 암담한 나의 생활은 그때까지 뿌리 깊게 나의 내부에 뻗어 있었던 낭만적인 것을 모조리 잃어버리게 했다. 구질구질 여름철의 장맛비가 내리는 듯한 생활, 마음과 물질이 극도로 결핍된 속에서 두 번째 추천이 완료되었다는 소식을 들었다. 그러나 책이 서점에 나오고 나를 아는 사람들이 그 책을 사서 보고 하던 때는 7월 27일이었다. 그때 산으로 놀러 나갔던 아이는 병원에서 죽어버리고 말았다.

아이의 죽음은 「암흑 속에서」(미발표)와 「불신시대」를 쓰게 했다. 그리고 나의 문학에 대한 새로운 계기가 되었다. 이것은 소녀 적의 이야기지만 묘한 동경 같은 것을 가져본 적이 있었다. 그것은 제일 행복할 적에 죽어버렸으면 하는 생각이었다. 아마도 그때 화제가 되어 있었던 일본의 유명한 가수 세키야 토시코(關屋敏子)가 인기의 절정에서 자살해버린 일에 영향을 받았던 모양이다.

소녀 적의 죽음이 무엇인가를 모르고 아름답게 각색을 해본 감상의 시절을 지금 생각하면 철없고 우습다. 전쟁은 내 주변의 사람들을 내 곁으로부터 떠나게 했다. 사랑했건 사랑 아니했건 간에 선량한 생명이 사라지는 것을 보았다. 죽음은 결코 비극이 지닌 최고의 미(美)는 아니었다. 처참한 두려움이 있을 뿐이었다. 지금도 최악의 경우를 생각할 때는 무슨 간편한 도구처럼 죽음을 내세워보는 것이다.

그러나 진정 나는 죽을 것을 원치 않는다. 아무리 미운 사람이라도 오래오래 살아줄 것을 원하며 인간의 쓰레기처럼 아무렇게나 굴러다니는 거리의 고아들을 볼 적에도 생명만은 부지해줄 것을 빌고 싶은 마음이다. 미래에다 희망을 두기 때문일까? 아무튼 내 작품이 긍정적인 방향으로 옮겨져야겠다고 생각하는 것은 내 인간 생활의 전환(轉換)을 의미하는 것인지도 모르겠다.

언제인가 모임 장소에서 내가 왜 문학을 하게 되었는가, 거기에 대하여 말한 적이 있었다. 그때 나는 슬프고 괴롭기 때문에 문학을 했다고 말했다. 내 생각 같아서는 위대한 문학자가 되느니보다 차라리 인간으로서 행복하고 싶다. 그러나 오늘날도 이렇게 문학을 버리지 못하고 있는 것은 역시 지금도 슬프고 괴롭기 때문이며, 이러한 슬픔이나 괴로움은 결코 나 혼자만의 것이 아니고 만인의 것이기 때문에 인간 생활 속에 문학이 존재하는 것이라고 그렇게 말했던 것이다.

그러나 슬픔이 슬픔에 그치고 괴로움이 괴로움에 그치는 문학의 존재를 나는 요즘 의심하고 있다.

지난 십이월 지방 문예 강연에 나갔을 때 부산에서 독자들과 간담회를 가질 기회가 있었는데, 그 석상에서 어느 독자가 나에게 선생님 작품의 모델은 선생님 자신이 아니냐고 질문했던 것이다. 나는 그때 그 말을 수긍하면서 그러나 구성을 위하여 사건은 조작된 것이라고 했다. 여기에서도 나는 나의 주관적 창작 경향이 시정되어야 한다는 것을 느꼈던 것이다. 자기를 통한 인간의 발굴, 그리하여 긍정적인 면으로 이끌어가야 하는 것, 그다음에는 무진한 의지에 의한 작업이 남아 있을 뿐이다. 문학은 결코 재주나 소질은 아닐 것을 나는 지금 믿고 있다.

진지한 대인생적(對人生的) 자세와 그리고 인내를 버리지 않는 개작 과정이라 생각한다. 백 번이라도 천 번이라도 자기의 생각을 종이 위에 되풀이 되풀이 정리하라. 이것이 나의 문학에 대한 수법이며 소재는 세계와 인생의 진지한 응시 속에 있는 것이다.

문인 행위를 하면서부터 이따금 느끼는 일인데 매명이나 매문을 위하여 소위 그 정치라고 하는 것이 있다. 문인이라고 해서 고고해진다는 것은 이 이십 세기에 있어서는 하나의 피에로와 같은 존재가 되기 마련이다. 인간이라는 공동생활을 영위해나가는 사회에 있어서 각기 나뉜 분야에 따라 일을 하고 있는데 거기에 무슨 우열이 있을 수 없다. 문인은 하나의 일꾼인 동시에 생활인이고 또 일상인이다.

약이 되는 세월

하나의 예를 들어 말하자면 전연 무능한 한 관리가 소위 정치를 해서 감투를 쓰고 앉았다면 그것은 물론 부당한 일일 것이다. 그러나 그 정치를 하지 않았기 때문에 유능한 관리가 자리를 물러나게 되고 생활인으로서 실격된다면 우리는 이 정치를 어떻게 생각해야 하는가?

바라건대, 유능한 관리가 정치를 하지 않으면 안 되게 만들지 말아달라는 이야기다. 종국에 가서 유능한 관리는 무능한 관리가 되고 말 것이니까…….

이와 꼭 같은 경우를 나는 글 쓰는 사람에게 적용해본다. 사실 나 자신은 여류라는 것으로 덕을 보고 있는 셈이지만 불우하고 진지하고 정치 못 하는 신인들을 위하여 좀 길을 열어줄 것을 바라고 싶다.

그리고 여류이기 때문에 현재 사회로부터 받는 여러 가지 정신적 대우가 있는데 대체적으로 귀한 존재로서 귀엽게 보아주는 듯하다. 그러나 그것이 마치 인형이나 지껄이는 앵무새 같은 애완용쯤으로 인식되어 있다면 옛날의 기녀와 별다른 것이 없을 것이다. 여류라는 호기심보다 작품에서 오는 가치판단에 의하여 표준 해줄 것을 원한다.

마지막으로 작가가 직업을 가지는 데 대하여 나는 생각한다. 작가가 체험을 얻기 위한 것이라면 그것은 문학 행위의 일부로서 말할 성질이 못 되지만, 호구의 책(策)으로서 창작할 수 있는 정력과 시간의 대부분을 빼앗겨야 한다는 것은 참 슬프고 우울한 일이다. 벌써 문학이란 것도 하나의 직업일 수

있는 일인데 두 가지의 일을 겸한다는 것은 그만큼 마이너스
가 되는 것이다.

　잘살기를 철없이 자꾸 원하는 것은 아니다. 다만 내 문학적
작업을 통한 정당한 보수로서 밥만 먹을 수 있다면 집에 들어
박혀 글을 쓰고 싶다.

자기 문학의 재비판

4·26이 지나자 마치 비 온 뒤에 솟아난 죽순처럼 문인들은 다투어 학생들을 찬양하고 민주주의를 구가하는 글로써 신문을 장식하였다. 그러나 진정한 자기비판의 글을 쓴 분은 드물었다. 오히려 숙청이니 제명이니 하고 훤소(喧騷)한 느낌을 주고 있다. 일부 선배들에 대한 불만이나 불신은 4·26 이후에 비롯된 것이 아니련만 이제 와서 떠든다는 것이 어쩐지 석연치 않다. 우리 후배들의 체험으로 볼 때 문학 단체 자체가 무의미한 것이니 해체를 바랄 뿐이다.

그동안 소수 문인들의 음성적인 저항을 알고 있지만 과문의 탓인지는 몰라도 문인 중에 피를 흘렸다거나 데모에 참가하였다는 말을 듣지 못하였고 더군다나 민주주의를 위해서

나 반독재(反獨裁)를 규탄하는 필화로써 투옥되었다는 말도 듣지 못하였다. 그러고 보면 우린 모두 방관하였던 비겁한 자가 아니겠는가. 적어도 앞에 나서서 권력층에 아부한 문인들에 못지않은 죄과를 짊어지고 있는 것이다. 그러면 심판자는 누구이며 제재자는 누구인가, 그것을 묻고 싶다. 심판자는 피 흘린 학생들을 포함한 독자들이 아니겠는가. 나는 무난주의(無難主義)를 배격하고 사이비 문인들이 준열한 비판을 받아야 한다고 생각한다. 그러나 문인 스스로 심판자가 될 수는 없다. 독자들의 심판을 받아야 한다는 것은 독자 앞에 문학이 굴복하는 상업주의의 노선을 의미하지 않는다.

그것은 정의와 진리 앞에의 굴복이요, 진리 앞에의 굴복은 문학의 본질이기 때문이요, 이런 진리의 물결은 사이비 문인들을 도태할 것이요, 그들이 붓을 들 것을 용납하지 않을 것이다. 만일 해방 후처럼 냉각기를 기다려보는 사람이 있다면 그것은 실로 어리석은 짓이다. 오늘날의 지성은 석일(昔日)을 논할 수 없으리만큼 신장되었기 때문이다.

우리는 남을 나무라기보다 자기 문학을 재비판하고 앞으로의 문학의 진로를 모색하며 어떠한 정치적인 압력이나 사고적(思考的)인 제약이 없는 진지한 문학을 확립해야 할 것이다. 비단 어용 문학자뿐만 아니라 개개인의 문학 그 자체의 가치 기준에도 스스로 엄격하지 않으면 안 될 때가 왔다고 생각한다.

그리고 문학인의 사회참여 문제인데 문인들도 구름 위에

약이 되는 세월

사는 선인이 아닌 이상 사회에 참여하는 것은 당연한 권리인 동시 의무인 것이다. 다만 여기서 문학이 지닌 노예성을 말하지 않을 수 없다. 그것은 필연적으로 문학 자체가 독자라는 상대성 위에 존속하기 때문이다. 물론 문학뿐만 아니라 사회에 존재하는 모든 부문이 인간을 상대하여 있는 것이지만. 그 상대성에 대한 오류가 결국 노예로 타락케 한 것이다. 그리하여 어용 문학을, 매문 행위를, 또는 제도의 대변을 낳게 했던 것이다.

그러나 그렇다고 해서 순수라는 미명하에 현실 도피를 인정할 수는 없다. 여기서 문학이 지닌 그 노예성을 전적으로 거부한다면 그것은 상대를, 즉 독자를 거부하는 것이니 문학의 산출 그 자체가 이유 없는 일이 된다. 그러나 문학이 지닌 필연적인 그 노예성을 사회에의 봉사로 바꿀 수 있다. 그리고 거기에서 현실에 가능한 한의 진리를 발견할 수 있을 것이다. 만일 봉사나 노예성, 이 두 가지를 다 거부하는 오만이 있다면 그 문학자는 인간을 소재로 하는 문학을 포기할 수밖에 없을 것이다. 인간에 대한 관심, 인간에 대한 애정이 없는 문학이 일찍이 존재하지 않았기 때문이다.

앞서 말한 것처럼 문학인은 예술인이기 이전에 인간이다. 생존의 권리와 의무를 지닌 인간인 것이다. 그것은 가장 기본적인 것이며 그 기본에서 출발하여 문학이라는 방법과 작업을 통하여 의식적으로 인간의 과정을 그리고 있는 것이다. 그런 이상 문인은 문학이라는 작업 속에서 진실하게, 극명하게 인생을 표출해야 하는 것이다. 그러기 위하여는 정치뿐만 아니라 인간이 관여하는 모든 일에 작가도 관여하지 않으면 안 될 것이다.

가장 올바르고 뚜렷하게 노예성을 벗어던지고, 그러나 그곳에는 부단한 반성과 노력이 준비되어 있어야 한다. 그것은 작가의 모럴이요, 사회의 모럴인 동시에 개개인의 모럴일 것이다.

작가는 언제나 사회와 스크럼을 짜고 같이 호흡해야 하며 결코 외톨박이가 되어서는 안 된다. 그런 뜻에서 지금까지의 자기 문학에 대한 준열한 비판이 필요하다고 생각한다.

약이 되는 세월

「솔바람」에 대하여

　「솔바람」을 쓰기 위한 특별한 창작 노트는 없다. 어떠한 작품을 쓰건 나에게는 언제나 일관된 정신적, 육체적인 노동의 과정이 있고 하나의 신념이 있을 뿐이다. 그러한 신념이나 노력이 어느 정도 구현되었는가? 그러나 그것은 언제나 한결같이 비관에 속하는 문제로서 가슴속에 찜찔하니 남는 것이다. 「솔바람」을 위한 특별한 창작 노트가 없기 때문에 이 지면을 빌려 일반적인, 혹은 내 개인의 창작에 임하는 준비와 신념, 그리고 방법에 대하여 말하고자 한다.

　첫째, 창작을 하는 데 있어서 테마를 잡는 것이 문제가 된다. 물론 하나의 테마를 잡는 데는 많은 사색의 시간이 필요하다. 그러나 사색이라는 하나의 현상은 임의로 이루어지는 것은 아니다. 사색은 강요할 수도 없고 회피할 수도 없는 자연적인 정신의 상태다. 형태와 색채와 그리고 현상, 이러한 것들이 안개처럼 머릿속에 몰려드는데, 그것은 개개인의 인생을 바라보는 눈에 비친 사물의 작용이다. 그러니까 사색은 만인 공유의 것이다. 만인에게는 다 인생을 바라보는 눈이 있고, 그 눈에는 움직이는 사물의 현상이 비치기 때문이다. 그렇다면 사색하는 능력은 곧 예술의 창조가 가능함을 의미하는가? 그렇지는 않다. 만인이 다 예술을 창조할 수는 없다. 왜냐하면 만인의 눈에 비치는 사물의 작용에 대한 판단이 다르기 때문이다. 예술가에게는 만인 또는 인생을 깊이 뚫어보는 눈이 있다. 마음이 있다. 흔히 이것을 가리켜 소질이니 천재니 하고 마치 조물주의 은총이라도 받은 특수한 존재이기라도 한 듯 말하고 있지만, 나는 그 절대성을 믿지 않는다. 예술에 있어서도 노력 없는 천재는 있을 수 없다는 말이 적용된다. 창조할 수 있는 눈이나 마음을 기르는 것은 신의 은총이 아니라 어디까지나 인간에게 부여된 힘에 의한 것이다.

그것은 인생에 있어서의 많은 체험과 풍부한 지식을 얻어 그것을 인간 생활에 작용했을 때, 다시 말하면 인간에 대한 깊은 관심과 따뜻한 애정이 작용했을 때 거짓 없는 비판이 싹트고 인간의 삶의 윤곽을 잡게 되는 것이다. 그리하여 예술가의 마음과 눈이 탄생하는 것이다.

만인은 다 생각한다. 인간이기 때문에. 그러나 인생 체험이 없고 진정한 지식을 얻지 못할 때 그는 예술가로서의 첫째 조건을 갖추지 못한 것이다. 그리고 인간에 대한 깊은 관심과 애정이 없이는 참된 예술 작업에 참여하지 못한다.

이러한 바탕을 가진 사색은 좋은 테마를 작가에게 준다. 그러나 아무리 좋은 테마를 잡았다 할지라도 소설은 시처럼 즉석에서 이루어지는 영감적인 소산일 수는 없다. 소설은 시보다 조직적이며 서술적이기 때문이다. 그렇다고 해서 전연 그 영감, 다시 말하면 감동이 결여된 산물이라고 말할 수는 없다. 길을 거닐 때나 가없이 맑은 하늘을 바라볼 때 피뜩 좋은 상(想)이 떠오르는 때가 있다. 이러한 상을 마치 기름을 짜내듯 머릿속에서 무리하게 짜내려고 하는 것은 잘못일 뿐 아니라 거의 불가능한 일이다. 그것은 고갈된 샘터에서 흙탕물을 몇 바가지 훑어내어 맛난 음식을 만들려는 것과 흡사한 일이다. 그것은 재료의 빈곤을 말하여 준다. 그것은 두말할 것도 없이 정신의 빈곤 상태다. 맑고 많은 수량을 가진 샘터라면 어느 순간이고 좋은 상은 저절로 떠오르게 된다. 어느 사소한 동기나 사물과의 접촉으로 쉬이 얻어지는 법이다. 이러한 상태는 일종의 영감이라기보다 필연적인 결과가 아닐까 생각한다. 테마를 잡은 후에도 많은 시간이 필요하다. 테마를 종합하고 분석하면서 치밀한 설계를 해야 하기 때문이다. 전체적인 조화를 잡아가면서 면밀한 세부의 배치를 고려하는 과정은 충실한 설계사가 갖는 정확한 구도 방식이다. 여기에 이르러서는 일단 잡은 이미지를 이끌어나가면서 정신적인 것보다 오히려 실질적인 것, 또는 과학적인 기술이 소요되는 것이다. 정확하게 다독다독 제자리를 마련해보고, 심리나 장소나 또는 동작 묘사에 입체감을 주도록, 그리고 그것이 규격에 꼭 들어박히도록 해야 할 것이다.

어느 정도 이와 같은 구상이 끝나면 비로소 펜을 잡게 된다. 펜을 잡는다는 것은 일종의 노동을 의미한다. 무서운 정력을 소모해야 하는 중한 노동이다. 무한한 인내력을 발휘해야 한다. 흔히 글을 쓰는 것을 정신노동이라 한다. 그러나 정신노동 이상의 육체노동인 것을 명심해야 한다.

아무리 능숙한 문장력을 가진 사람이라도 참으로 야심작을 쓸 때는 그러한 노동을 감행하지 않고는 자신이 서지 않을 것이다. 그것이 한 인생의 단면을 그린 것이건, 혹은 종합적인 거대한 것을 그리건 간에 입체적이며 동적인 형상은 평면적인 단순한 미문으로 안 되기 때문이다. 잔재주나 공식적인 수법으로 원고지를 메우는 것은 어디까지나 틀린 수작이다.

이상과 같은 세 가지 단계, 테마를 얻는 것, 구상하는 것, 쓰는 것을 말했다. 이 세 가지 단계를 거쳐서 한 작품이 만들어진다. 이러한 세 가지 단계에다 굳이 명칭을 붙여본다면 대개 감정·지성·의지, 이렇게 나누어지지 않을까 생각한다.

약이 되는 세월

작의(作意)가 없는 사람

　한말숙(韓末淑) 씨의 인상은 작은 체구의 치밀한 밀도에서 우선 만만찮은 것이 온다. 그러나 어렵게 생각할 필요가 없다는 투의 낙천이 그의 본색이다.

　그는 아는 사람을 보아도 모르는 척하기 일쑤고 대가 선배 앞에서도 고개 한 번 까딱 않는 묵살을 감행한다. 그것은 그의 근시안 때문이라는 것을 나중에 알았지만 근시안이기에 참 행복했다고 나는 생각했다. 만일 그가 여기저기에 굽실거리고 교소(巧笑)를 뿌리는 여자였다면 나는 그에게 흥미를 잃었을뿐더러 싫어졌을 것이기 때문이다. 그러나 그와 가까이 지냄으로써 그의 개의치 않는 태도는 근시안 때문이기보다 그의 체질이라는 것을 알았다.

그는 곧잘 평론가와 원고료 안 주는 잡지사를 욕한다. 내가 도저히 하지 못하는 말을 그는 시원하게 해치운다. 그것은 대담이나 정략이 아니고 그의 있는 그대로의 표시일 뿐이다. 가령 "내가 얼마나 훌륭하냐!" 하고 그가 뽐낸다면 그것은 비단 옷 입은 아이들의 자랑처럼 무심한 것일 게고 "아이, 내가 미워죽겠네." 한다면 이 왈가닥패가 왜 풀이 죽어, 하며 즐겁게 바라볼 수 있다. 그만큼 그는 포즈를 취할 줄 모른다. 여태까지 그늘 없는 가정환경 속에서 있었다고 생각되는 그에게 문학 할 수 있는 중요한 요소는 아마 그 포즈를 취할 줄 모르는 곳에 있는 것이 아닐까?

돈타령을 하고 그의 작품을 깎는 평론가를 성급하게 쏘아주는 그를 보아도 결코 인색하고 협량(狹量)한 느낌이 들지 않는다. 계산이 없는 서툰 직정(直情)이 그렇게 신선하게 감각되었는지 모르겠다.

그는 외향성이면서도 확실히 사교할 줄 모른다. 그것은 정직하다는 증좌일 것이고, 그렇지 않으면 항상 능숙함이 갖는 교활이 없는 탓이다.

자랑도 감정 사치이기 쉽고 겸손도 감정 사치이기 쉬운 그러한 자의식을 버리지 못하는 대부분 속에서 그는 젊은 기수처럼 참신하다.

아무튼 성급하고 오만스럽고 직선적인 그는 커다란 도량이 싸줄 수 있는 여자로서의 사랑스런 존재다. 만일 누가 성급하고 오만스럽고 직선적인 그의 그런 점을 운운한다면 그

약이 되는 세월

야말로 아주 피상적이며 도리어 인색스런 비문학적 관찰이
라 하겠다.

마지막 습작을 위해

약 십 년 전에 나는 친구로부터 근친 간의 연애 비극을 들은 일이 있다. 그 이야기는 근래에 와서 늘 나의 창작 의욕을 자극해왔다. 그러나 그 소재의 특이한 점으로 예술화하기 어렵다는—물론 그것은 내 역량의 불신에서 오는 것이지만—하여간 후일로 미루어왔던 것이다.

금년 들어 나는 어느 정도 환경이 정리된 것 같고 몇 편의 장편에서 얻은 경험도 있고 하여 그것을 만들어보려는 생각이 들었다. 초정월부터 세부에 이르는 구성 노트를 작성하고 백오십 매가량 지금 나가고 있다.

그런데 요즘 신문에 육촌 남매끼리의 비극적인 연애의 종말이 보도되어 나는 그 우연 일치에 고소하고 있다. 물론 내용은 전연 다른 것이며, 문제의 중점이 그런 불륜의 애정 관계에 있는 것은 아니다. 인간의 깊은 내면에 잠재하고 있는 죄의식(本能의 抑壓)을 파고들어 가는 데 있다. 그러니까 비단 사촌 남매이기 때문에 금단인 경우가 아니라도 현 사회에서 금단인 다른 경우에도 마찬가지의 현상이 성립된다. 그리고 또 한 가지, 현 사회라는 외부적인 금단뿐만 아니라 자아 속에 있는 내부적인 낭만의 허식이다. 그 장애를 걷어차는 데 따르는 조작된 죄의식이 있다. 이런 것이 끌고 가는 패배의 종말, 그러나 광대무변한 땅덩어리는 침묵한다. 무력한 영원의 조소에 지나지 못한다.

아무튼 소재는 무궁무진하며―모래알처럼 인간이 많기 때문에―결국 그 소재를 반죽하여 만들어내는 힘에 달려 있는 것이니 마음은 벅차면서 우울해진다. 이천 매쯤 예정하지만 그런 것에 구애되지 않고 써 내려갈 작정이다. 나는 언제나 벅찬 것은 후일로 미루어왔다. 미루어온 것 중에는 또 다른 두 개가 있다. 그런 뜻에서 나는 지금 습작을 해온 셈이다. 이것도 습작이 될 것이다. 마지막의 작품 하나를 위하여 나는 끊임없이 습작을 할 것이다. 그 마지막 작품이 완성되는 날 나는 문학과 인연을 끊는 것이다. 그러나 그것은 꿈으로 끝날지도 모르겠다.

문학하는 소녀에게

고통과 희열 없이 문학은 할 수 없는 것으로 생각한다. 그러나 그것은 인위적인 것이 아니기 때문에 문학을 하겠다는 목적은 어떤 의식의 훨씬 후에 이루어지는 것이 아닐까.

대상이 무엇이든, 자연, 인간, 혹은 본질에 대한 회의, 마주치는 모든 것에서 한 개성 속에 고통이 쌓이고 그것이 문학이라는 형식을 빌려 표현화되었을 때 창조의 희열을 맛보게 되는데, 이러한 정신과 행위의 과정이 거듭된 연후에 문학을 하겠다는 목적이 서게 되는 것이라고 나는 생각한다.

그런 과정 없이 막연하건, 또는 뚜렷하건, 미래의 희망으로 생각한다는 것은, 미지수의 자기 재능은 그만두고라도, 이를테면 보석을 탐내는 마음, 찬란한 결혼식을 꿈꾸는 그런 마음

약이 되는 세월

과 과히 먼 거리의 것이 아니므로 무한한 정신노동에는 합당치 않을 것이다.

간혹 명예 때문에, 돈을 얻는 수단으로써 문학을 했다는 말을 듣는데, 물론 그러한 것은 인간이면 누구든 원하는 것이니만큼 작가에게 그런 욕망이 없으란 법은 없을 게다.

그러나 마음이 다만 그곳에만 머물게 될 때 문학 이전을 기대할 수밖에 없고, 그런 인간의 욕망을 통하여 허한 바람을 느끼고, 그 허한 것에서 고통을 느끼고 할 적에 작품은 조금씩 높은 곳을 향하게 되는 거라고 믿는다.

어쩌면 작가란 가장 강한 세속의 욕망을 희구하는 인간인지도 모르겠고, 그 욕망(自身)을 증오하는 인간인지도 모르겠고…… 그러나 궁극에는 따뜻한 마음과 모멸에, 눈이 정확한 작품을 마련할 수 있는 거라고 생각한다.

사실은 문학을 하겠다는 분에게 남의 도움이나 충고는 필요 없는 것이다.

앞서도 말한 바와 같이 목적 이전에 이루어지는 자연스러운 것, 목적 이후에도 그것은 자기 스스로 걸어가는 길일 것이다. 문학은 한 개성이다. 자기 자신의 마음과 말(言語)이다.

책을 많이 읽어라, 많이 써라, 경험해라, 그런 말을 할 수는 있지만 남의 말에 움직이는 것은 극단적으로 말해서 개성의 파탄 내지는 약화를 가져올 것이며, 어디까지나 내부의 요구에서 책을 읽고 많이 쓰는 상태라야 할 것이다. 그리고 경험하라는 경우도 자연히 부딪히는 것이지, 문학을 위한 인생이라면 역설적인 말같이 들리기도 하겠으나 사실은 비문학적 (非文學的)인 행위이고 말 것이다.

약이 되는 세월

인간에 대한 사랑을

-박완서 선생께 드리는 회신

만나고 안 만나고, 그런 일은 별로 중요한 것이 아닌 성싶습니다.

박 선생의 편지를 나는 잡지 지면에서 본 것 같지가 않고, 한 작가에게 보내진 것도 아니라는 생각을 했습니다.

따뜻하고 아파하는 어느 친지의 편지를 손에 쥔 것 같은 느낌이 들었습니다.

눈이 먼 것 같은 의식의 일상에서 사실 눈이 몹시 나빠지기도 했습니다만―여간해서는 책을 읽지 못합니다. 해서 얼마 동안은 양식이 될 박 선생의 편지를 못 보고 지냈습니다.

연락을 받고 책갈피를 넘기는 동안 나는 자꾸만 내 눈이 멀었다는 생각을 했습니다.

자정이 넘었습니다.

비 내리는 소리가 들려오고 있습니다.

피곤한 잠에 빠진 어미 옆에 내 손자는 천사같이 잠들어 있고, 자는 아이를 안아보고 또 안아보고 싶은 충동을 누르며, 밤빗소리를 들으며, 지금 이 편지를 쓰고 있습니다.

다시는 거들떠보지 않을 테니, 이웃에 살던 어느 도둑놈이나 사기꾼이 형을 마치고 돌아온 것만큼이나 시큰둥하게 여길 테니, 제발 손자에게 아빠가 돌아올 수 있는 날이 있게만 해달라고 빌 뿐이라는 박 선생의 말씀, 네, 맞아요. 그렇지요?

나는 내가 작가라는 것을 거의 잊었습니다.

사위에 대해서도 지금 나는 아무 말을 할 수가 없습니다.

아이를 업고 개울가를 서성대는 초라한 할머니, 손자랑 함께 뜬구름을 보고, 흐르는 물을 보고, 그러다간 자동차를 피하며 메뚜기같이 뛰기도 하구.

그런 할머니를 나는 장거리에서 만납니다. 부유한 주택가 나무 그늘에서도 만납니다. 버스 정류장에서도 만나고, 창경원에서도 수없이 만납니다.

눈이 먼 것 같은 나날의 희미한 의식 속에, 다만 확실하게 실감할 수 있는 것은 아이의 무게요, 내 사랑하는 것들을 지켜야겠다는 신념입니다.

그리고 이따금 어렴풋이, 어렴풋하게 영원한 것이 무엇인가를 느낄 수 있습니다.

박 선생, 나는 고통스럽지만 불행하진 않아요.

약이 되는 세월

뜨거운 핏줄을, 인간에 대한 사랑을, 하느님의 뜻을 믿고
있습니다.

당신의 편지는 참말 고마웠습니다.

뜨겁게 와 닿는 것은 우리의 양식이니까요.

초라하지 않게, 걱정은 끼치지 않게, 말쑥하게 차리고서,
날이 개면 우리 강이를 업고 창경원에 가서 공중 전차를 함께
타겠어요.

무더운 날, 아이들이랑 가족들 건강하세요.

개인의 의사

어느 날 거리에서 만난 동무로부터 영화 잡지에 난 너의 대담을 잘 읽었다는 뜻밖의 인사를 받고 어리둥절했으나 무슨 착각이거니 생각하며 잊어버렸다.

그러던 것이 일 년이 지난 후 우연히 모 배우와 대담하는 바로 그 잡지를 보고 그만 말문이 막혔다. 또 한번은 초대권이 왔기에 구경하러 갔었는데 이튿날 광고란에 누가 썼는지 모를 영화평에 내 이름 석 자가 버젓이 붙어 있었다. 세상에 공것이 어디 있겠냐고 쓴웃음을 웃을 수밖에 없었다. 도둑을 맞아도 신고(申告)하고 어쩌고 하면 돈만 들었지, 허탕이라는 체념의 세태(世態)여서 속이 부글부글 끓었지만 애써 잊어버리기로 했다. 육칠 년 전의 묵은 이야기. 한데 요즘에도 가끔

약이 되는 세월

그와 비슷한 꼴을 당해왔다.

돈을 버는 데도 수단·방법을 가리지 않는다는 끈덕진 생활 신조(生活信條)를 더러 듣기도 하고 보기도 했지만 새삼스럽게 그 왕성한 생활의욕(生活意欲)엔 경의를 표하지 않을 수 없고, 대신 내 이름 석 자가 걸레 조각이 되어 가는 것 같아 빡빡 찢어버리고 싶어진다. 이런 성질로서는 손해 볼 수밖에 없다는 교활한 참을성도 없지 않아 매사에 말조심을 하게 되고 생각을 하고 또 하게 되는데, 그러다 보면 내가 나 아닌 것 같아서 살을 꼬집어 보고 싶어질 때가 있다. 누구나 다 다소의 오해 속에 살아가기 마련이다. 오해받지 않으려고 고민하는 것은 어리석은 짓이며 자신(自信)이 없고 허영이 강해 그런지도 모르겠다. 하여간 사람과 사람 사이의 담벼락이 높아지고 항상 깃털을 세운 투계(鬪鷄)같이 투쟁하는 기분으로 살아가야 한다는 것은 참 슬픈 일이다.

최근 소설 제목에 '준자유(準自由)'라는 것이 있었다. 과연 우리는 그 준자유(準自由) 속에서나 살고 있는지 의심스럽다. 좋다 싫다는 개인의 의사가 전적으로 무시당할 때 그것은 준자유도 되지 못하니 말이다. 이런 불만을 어떤 시인께서 명사(名士)가 되어 받는 피해라고 웃어넘겼지만 사실 나는 명사도 아니고 아직 스스러운 풋내기 작가지만, 좋다 싫다는 의사 칭호가 내게 베풀어진다 하더라도 사양하겠다.

손

　욕망이 큰 곳에 실망이 있듯, 자애가 강할수록 자학이 심한
것으로 생각한다. 자신이 없는 데서 오는 자학이 그것이다.
이러한 자학이 빚어낸 나의 못된 태도를 겸손이라 더러는 생
각하는 모양인데, 그것은 어림도 없는 소리, 겸손이란 언제나
충족된 사람에게 허용된 특권이기 때문이다. 이러한 나에게
약간의 만족을 느끼는 것이 하나 있으니 그것은 나의 손이다.
어느 동무는 내 손을 보고 광적(狂的)인 것을 느낀다 한다.

　예술적인 손이라 하고 아름답다고도 한다. 그럴 때 나는 그
겸손을 발휘하여 손을 슬그머니 감추어버린다. 이러한 손을
나는 무던히 아낀다. 손이 더러우면 글 한 줄을 못 쓰고, 겨울
이면 보기 싫게 되는 것이 두려워, 부지런히 장갑을 끼거나

358　　　　　　　　　　　　　　　　　　약이 되는 세월

호주머니에 손을 찌른다.

　나는 지금 멋을 부려 보려도 그러한 경제적 여유가 없는 처지지만, 손톱에는 매니큐어를 칠한다. 손에 대한 나의 이러한 지나친 사치를 비웃으면 할 말이 없지만, 나 스스로에 대하여 '글 쓰는 직업에는 손이 연장 같은 것이니 아껴야 한다'고.

연애의 의미

연애의 의미를 말한다는 것은 내게는 좀 거창한 것 같다.
그러나 꼭 한 번은 말해두고 싶은 말이다. 다만 이것은 연애
에 대한 나의 소감에 지나지 않는 것이지, 연애의 전부가 이
렇다는 뜻이 아님을 밝혀둔다.

연애론이라면 우선 생각나는 것은 쇼펜하우어가 생물적인
견해로서 저술한 「성애론(性愛論)」이 있고, 프루스트였는지 또
는 스탕달이었는지 기억이 확실하지 않지만 사랑은 결정작
업(結晶作業)이라 한 말이 생각나기도 한다. 파스칼도 연애감
정은 남성에게 있어 다른 야심의 충족보다 앞서는 것이란 뜻
의 말을 한 것 같다.

파스칼이나 쇼펜하우어는 다 같이 철학자인 동시에 독신

자로서 그 생애를 끝마친 사람이지만, 수도승과도 같은 파스칼이 연애에 대하여 가볍게 넘겨버린 것과는 반대로 여성을 지독하게 미워하고 여성이란 남성과 어린이 사이의 중간 위치에 있는 미완성품이라고까지 극언한 그였으나 성애론을 위한 꽤 두꺼운 부피의 저술을 남겨놓았다. 이 밖에도 철학가, 예술가들이 연애에 대하여 각기 다른 정의를 내리고 있다.

전혀 없는 것은 아니지만 정사(情事) 사건이 더러 있는 것으로 보아서 요즘 중년층은 말할 것도 없고 젊은 세대에 있어서 플라토닉한 연애는 별로 없는 것 같다. 신비스런 무지갯빛으로 연애를 생각하는 것보다 실리적으로, 향락으로 생각하는 경향이 많아 보인다. 낭만이나 감상(感傷) 따위의 거추장스런 감정의 사치를 벗어젖히기 때문일까? 전쟁을 겪고 과속한 현실 속에서 세기말적인 불안과 부조리 속에 사람들의 마음에는 부지불식간에 어떤 허무적인 공간이 생긴 때문이기도 하겠지만 남녀 간의 거리가 무척 가까워진 데 그 원인도 있을 것 같다.

모든 것은 거리가 있음으로써 신비로워지는 것이니까.

플라토닉한 연애에는 다분히 위선적인 면이 있는 것을 부인할 수 없고 상대적이기는 하나 거의 주관적인 상대에 대한 인격을 조성해낸다. 이런 것을 가장 적절히 표현한 말에 아름다운 오해가 있다. 상대를 아름답게 오해하기 때문에 연애가 성립된다는 것이다. 오해라는 그 자체가 의식의 세계다. 행동보다 사고(思考), 진취적이기보다 보수적인 것이다.

일반적으로 다 그렇다고 할 수는 물론 없지만 요즘에는 뭐라고 명명할 수 없는 잡다한 남녀관계가 있다. 남녀관계라면 으레 연애라는 용어를 사용하지만 애인이나 연인이라는 말이 있는 한편 정부(情夫)니 정부(情婦)니 하는 말이 있다. 이와 마찬가지로 연애라는 말 이외에 정사(情事)라는 말이 있는데 정신적인 면을 떠난 육욕의 관계를 정사라 하는 것일까? 사실 엄밀히 따져본다면 향락적인 것, 계책적인 것, 우연적인 것, 그러한 남녀의 교제를 사랑이라 할 수는 없을 것이다.

그것은 아름다운 오해에 속하지 않는 것으로서 쇼펜하우어의 말을 빌리지 않더라도 생물적인 것에 지나지 않는다. 영(靈)만의 교류를 위선이라 한다면 육(肉)만의 교류는 표현이 좀 분명치 않으나 위악(僞惡)이다.

내 생각이 편협해서 그런지는 몰라도 육과 영이 완전히 어떤 상태로 승화된 경우는 그리 흔하지 않을 것 같다.

진실로 연애를 체험한 사람이 그다지 많지 않을 것이란 말이다. 연애의 경지, 그것은 예술 이상의 경지를 말한다. 예술은 인생의 모방이니까.

하기는 아까 말한 것처럼 애인과 정부, 연애와 정사 이것의 기준도 문제가 되기는 한다. 흔히 외적(外的)인 조건으로 하여 정부가 되기도 하고 애인이 되기도 한다. 기실 그것은 외적 조건이 되기도 하지만 그것은 외적 조건이 말하듯 객관적인 것에 지나지 못한다. 어떤 사회적인 연대(連帶)(다소는 있겠지

약이 되는 세월

만)를 필요로 하지 않는 개인의 애정 문제인 만큼 척도는 그들 자신의 감도(感度)에 있는 것이 아닐까.

내 개인의 생각으로는 연애란 극히 희귀한 것인 성싶다. 갈구하면서도 좀처럼 얻어질 수 없는 것이 연애라 생각한다. 문학작품이나 영화, 그 밖의 예술에도 그 주제는 언제나 인간들의 애정의 사실(寫實)이라 볼 수는 없다. 이상화된 것이 그 대부분이요, 또 예술이라는 작업을 거쳐서 윤색된 것만은 틀림이 없다.

인생의 가치에서 따져본다면 언제나 예술은 인생에 비하여 이차적(二次的)인 존재다. 물론 그 인생 자체가 시정(詩情)까지 이끌어졌을 때 예술이란 인생에 비하면 별수 없는 모방인 것이다. 여기에 있어서 연애를 (절대적인 경지에 도달한) 모방한 예술이 있게 되고 예술을 모방한 연애가 있게 된다. 가령 『로미오와 줄리엣』을 두고 생각한다면 그러한, 아니 그것을 넘어선 보다 강렬하고 순결한 (인간의 체험은 완전히 예술화되지 못하기 때문에) 사랑이 인간 세상에 더러 있었던 것만은 사실일 것이다. 이 작품이 인생을 모방하지 않았다고는 절대로 믿을 수 없는 일이다. 이와 반대로 『젊은 베르테르의 슬픔』이라는 작품이 구미(歐美)를 풍미했을 무렵 젊은 남녀들의 자살이 유행했다니 이것은 정녕코 예술을 모방한 인생이었던 것이다. 그러니까 모방한 것을 또다시 모방한 셈이다. 현재 우리 주변에도 얼마든지 있는 일이다. 예술의 순수성을 무시하고 도덕을 강요하는 것도 그런 때문이다.

오스카 와일드는 인생이 예술을 모방한다는 예술지상주의 자였지만 그는 아마도 인생을 경멸했던 모양이다. 나 자신은 그만큼 위대하지 못했기 때문에 인생에 대하여 끊임없는 공포 속에서 자학하며 그렇다고 해서 인생에 패배한 마당에서도 예술로 도피하기에는 너무나 둔재인 것이다. 그러나 예술을 모방한 인생을 용납하기에는 자존심이 강하다.

이야기가 엇길로 흘러간 것 같다.

아무튼 내가 생각하는 연애란 오스카 와일드의 예술지상주의만큼 지상의 연애, 절대의 연애, 순수한 연애로서 그런 것에만 연애라는 명칭을 붙여주고 싶다.

이런 고고한 영애에 관한 소감을 낡은 것이라 한대도 할 수 없지만 하여간 갈구하면서도 솜처럼 얻어질 수 없는 것, 그것은 자율적인 원인, 타율적인 원인, 그리고 거창하게 말하자면 운명적인 것이기도 하다.

그러니 인간들의 결합은 그 대부분이 정사에 속할 것이다 (물론 원치 않는 사람이 많겠지만). 지극히 소수의 사람이 연애의 요행을 누리거나 정사로서의 결합을 거부하며 고독을 지키는 것이다.

결론하여 대부분의 인간들은 연애라는 좁은 문 앞에서 웅성거리는 고독한 군상이다.

약이 되는 세월

약력

1926년 10월 28일(음력) 경상남도 통영시(1995년 충무시와 통영군이 통합돼 통영시가 됨) 명정리에서 박수영 씨의 장녀로 출생. 본명 박금이.

1945년 진주고등여학교 제17회 졸업.

1946년 1월 30일 김행도 씨와 결혼. 딸 김영주 출생.

1947년 아들 김철수 출생.

1950년 수도여자사범대학 가정과 졸업, 황해도 연안 여자중학교 교사. 6·25사변에 남편과 사별.

1953년 서울에서 신문사, 은행 등에 근무하며 습작.

1955년 8월《현대문학》에 단편「계산(計算)」이 김동리에 의해 추천됨.

1956년 8월《현대문학》에 단편「흑흑백백(黑黑白白)」이 2회 추천받아 등단, 본격적인 문학 활동 시작. 아들 사망.

1957년 단편「불신시대(不信時代)」로 제3회《현대문학》신인문학상 수상

1958년 첫 장편 「애가」를 《민주신보》에 연재.

1959년 장편 『표류도』 제3회 내성문학상 수상.

1962년 전작 장편 『김약국의 딸들』 간행.

1965년 장편 『시장과 전장』으로 제2회 한국여류문학상 수상.

1966년 수필집 『Q씨에게』, 『기다리는 불안』 간행.

1968년 단편 「약으로도 못 고치는 병」 발표.

1969년 『토지(土地)』 1부 《현대문학》에 연재 시작.

1972년 『토지』 1부로 월탄문학상 수상.

1980년 원주시 단구동으로 이사.

1983년 『토지』 1부 일본어판 출간.

1988년 시집 『못 떠나는 배』 간행.

1990년 제4회 인촌상 수상. 시집 『도시의 고양이들』 간행.

1994년 8월 15일 집필 25년 만에 『토지』 탈고, 전5부 16권으로 완간. 이화여자대학교 명예문학박사 학위 수여. 『토지』 1부 불어판 출간.

1995년 연세대학교 원주캠퍼스 객원교수. 『문학을 지망하는 젊은이들에게』 간행. 『토지』 1부 영어판, 『김약국의 딸들』 불어판 출간.

1996년 제6회 호암예술상 수상. 칠레 정부로부터 가브리엘라 미스트랄 문학 기념 메달 수여. 토지문화재단 설립, 이사장 취임.

1997년 1월 연세대학교 용재 석좌교수. 『시장과 전장』 불어판 출간.

1999년 토지문화관 개관.

2000년 시집 『우리들의 시간』 간행.

2001년 토지문화관에서 문인 및 예술인을 위한 창작실 운영. 『토지』 독어판 출간.

약이 되는 세월

2003년 환경문화계간지 《숨소리》 창간. 장편소설 「나비야 청산가자」 3회

　　연재(미완.)

2004년 에세이집 『생명의 아픔』 간행.

2006년 『김약국의 딸들』 중국어판 출간.

2007년 『신원주통신-가설을 위한 망상』 간행.

2008년 4월 시 「까치설」, 「어머니」, 「옛날의 그 집」 《현대문학》에 발표.

2008년 5월 5일 별세. 금관문화훈장 추서, 경남 통영시 산양읍 신전리

　　미륵산 기슭에 안장됨.

약이 되는 세월

초판 1쇄 인쇄 2025년 1월 21일
초판 1쇄 발행 2025년 2월 13일

지은이 박경리
펴낸이 김선식

부사장 김은영
콘텐츠사업2본부장 박현미
콘텐츠사업1팀장 임경섭 **콘텐츠사업6팀** 정지혜, 곽수빈, 조용우, 이한민, 이현진
마케팅1팀 박태준, 권오권, 오서영, 문서희
미디어홍보본부장 정명찬 **브랜드관리팀** 오수미, 서가을, 김은지, 이소영, 박장미, 박주현
뉴미디어팀 김민정, 정세림, 고나연, 변승주, 홍수경
영상홍보팀 이수인, 염아라, 석찬미, 김혜원, 이지연
편집관리팀 조세현, 김호주, 백설희 **저작권팀** 성민경, 이슬, 윤제희
재무관리팀 하미선, 임혜정, 이슬기, 김주영, 오지수
인사총무팀 강미숙, 이정환, 김혜진, 황종원
제작관리팀 이소현, 김소영, 김진경, 최완규, 이지우, 박예찬
물류관리팀 김형기, 김선진, 주정훈, 양문현, 채원석, 박재연, 이준희, 이민운

펴낸곳 다산북스 **출판등록** 2005년 12월 23일 제313-2005-00277호
주소 경기도 파주시 회동길 490
전화 02-704-1724 **팩스** 02-703-2219
이메일 dasanbooks@dasanbooks.com
홈페이지 www.dasan.group **블로그** blog.naver.com/dasan_books
용지 스마일몬스터피앤엠 **인쇄 및 제본** (주)상지사피앤비 **코팅 및 후가공** 제이오엘엔피

ISBN 979-11-306-6307-4 (03810)